AF383293

Helmut Baumgärtner

Die Schicksalswelle

Eine rätselhafte Begegnung

ROMAN

Impressum

Die deutsche Nationalbibliothek verzeichnet diese Publikation in der deutschen Nationalbibliografie; detaillierte bibliografische Daten sind im Internet über http://dnb.dnb.de abrufbar.

TWENTYSIX – Der Self-Publishing-Verlag
Eine Kooperation zwischen der Verlagsgruppe
Random House und BoD – Books on Demand

© 2021 Helmut Baumgärtner

Herstellung und Verlag:
BoD – Books on Demand, Norderstedt

ISBN: 978-3-7407-7068-6

Verzweifelt versuchte sie Luft zu schnappen. Bevor es ihr gelang, wurde sie von der nächsten Welle überspült. Zum wiederholten Mal schluckte sie Salzwasser. Hustend spie sie es wieder aus. Ihre Mundhöhle und ihre Kehle brannten. Sie kämpfte gegen die Atemnot und versuchte die aufkommende Panik zu unterdrücken. Sie musste ruhig bleiben, wenn sie überleben wollte. Kurz kam sie nach oben und sog gierig die Luft in sich hinein. Rechtzeitig vor der nächsten Welle hielt sie den Atem an. Mit wilden Schwimmbewegungen wehrte sie sich im Auf und Ab der Wellen. Schon war der nächste Brecher über ihr und hob sie mit sich hoch, bevor er sie mitnahm und der Länge nach überschlug. Wild strampelte sie, ohne noch recht zu wissen was oben und unten ist. Es wird wohl das Ende sein, dachte sie. Verzweifelt schlug sie um sich. Immer stärkere Wellen rückten jetzt schneller heran, als sie ausreichend Luft holen konnte. In den Wellentälern spürte sie manchmal scharfkantige Klippen, die schmerzhaft an ihren Beinen kratzten. Es gelang ihr aber nicht darauf Fuß zu fassen. Bei der starken Brandung, die über diese Felsen spülte, würde sie auf ihnen aber auch keinen Halt finden können. Wahrscheinlich hatte sie sich bereits die Füße und Beine daran blutig geschlagen. Die starken Schmerzen vernebelten ihre Gedanken. Das Schwimmen hatte ihr fast alle Kraft genommen und ihre Sinne schwinden lassen.

Ihre schwächer werdenden Bewegungen folgten nur noch einem Selbsterhaltungstrieb des Körpers. So langsam erlahmten ihre Glieder aber vollends. Jetzt war sie zum willenlosen Spielball des um sie herum tobenden Meeres geworden. Ein Gefühl für Zeit und Raum war bei ihr nicht mehr vorhanden. Wie lange war sie schon im Wasser? Warum hatte sie ihre Uhr nicht angelassen? Aber was hätte sie ihr genutzt? Ein letzter Blick gelang ihr noch auf den unerreichbaren kleinen Sandstrand hinter den unüberwindbaren Klippen.

„Aus, aus, das schaffe ich nicht mehr", dachte sie und ließ sich nur noch willenlos treiben. Sie wollte aufgeben, aber der Körper wehrte sich. Hustend spie er wieder das geschluckte Wasser aus. Den harten Schlag auf eine Klippe spürte sie kaum. Sie wartete auf die nächste Welle, die sie sehr wahrscheinlich auf dem Felsen zerschmettern würde. Die ließ nicht lange auf sich warten. Während sie von ihr unsanft mit nach oben genommen wurde, als würde sie in die Luft geschleudert, spürte sie gleichzeitig ein Ziehen am rechten Arm. Was war das? Etwas Unbekanntes zerrte an ihr. Wild strampelnd versuchte sie es abzuschütteln. Die Umklammerung wurde jedoch noch fester und hielt ihren Arm wie in einem Schraubstock fest und ließ nicht mehr locker. Was immer es war, es war stärker als sie. Chancenlos ergab sie sich. Sie hatte keine Kraft und keinen Lebenswillen mehr. Dann schlug sie mit dem gesamten Körper hart auf und entschwand in eine dunkle Nacht.

KAPITEL 2

Larissa Heim konnte sich nicht beherrschen. Zum wiederholten Mal hatte ihr Stiefsohn Ralf sie hintergangen. Ohne ihre Zustimmung einzuholen, plante er einen Produktionsbereich der Fabrik, die sie gemeinsam führten, auszulagern in ein neu zu gründendes Tochterunternehmen. Die gesamten Planungen befanden sich bereits im Endstadium, als sie darauf aufmerksam wurde. Da der neue Betrieb in einem 30 km entfernten Ort ansässig sein sollte, hatte das personelle Konsequenzen. Sicher konnten einige der Mitarbeiter in den neuen Betrieb übernommen werden und den längeren Anfahrtsweg in Kauf nehmen. Nicht alle waren jedoch so flexibel. In dem kleinen Ort, in dem das Unternehmen bereits seit mehreren Jahrzehnten seinen Sitz hatte, lebten die meisten der Einwohner direkt oder indirekt von der Fabrik. Über mehrere Generationen garantierte sie ihnen bereits sichere Arbeitsplätze und ein solides Einkommen. Viele Mitarbeiterinnen und Mitarbeiter kannte sie seit Jahrzehnten, einige sogar aus der gemeinsamen Schulzeit. Auch die familiären Verhältnisse waren ihr zum Großteil bekannt. Ihre soziale Einstellung zwang sie über die negativen Folgen der Betriebsverlagerung für diese Menschen nachzudenken. Sie hatte einen Ruf zu verlieren und fürchtete um das Ansehen des Unternehmens. An Ralf, ihrem Stiefsohn und gleichberechtigten Partner, gingen diese Überlegungen offensichtlich spurlos vorbei.

Für ihn war sie zu weichherzig für die Führung der Fabrik. Er war erfolgsversessen hinter einer ständigen Expansion und Gewinnoptimierung her, ohne Rücksicht auf die Folgen für die Mitarbeiter. Dabei war in der geschäftlichen Entwicklung der vergangenen Jahre keine Notwendigkeit dafür vorhanden. Die erwirtschafteten Gewinne konnten sich sehen lassen. Das Auftragsvolumen war auf lange Zeit gesichert, und ein gut ausreichendes finanzielles Polster war ebenfalls vorhanden. Die Eigenkapitaldecke war, ohne Berücksichtigung der vielen zusätzlich vorhandenen Immobilien und Anlageobjekte, sogar traumhaft. Sie erinnerte sich an die oft gebrauchte Aussage ihres verstorbenen Mannes, der in der Lage war, seine Grenzen der Belastbarkeit einzuschätzen, und das Leben trotz seiner hohen Verantwortung genießen konnte.

„Was wollen wir denn noch alles erreichen? Mehr als ein Steak täglich muss ich nicht essen."

Trotz seinem beachtlichen Reichtum hatte er seine Bodenständigkeit nicht aufgegeben und war mit beiden Beinen auf der Erde geblieben.

Hatten sie mit der Bewältigung der täglichen Aufgaben nicht bereits genug zu tun? Jammerte nicht ihr Stiefsohn ständig über den chronischen Zeitmangel und vernachlässigte bereits seine Frau und seine beiden Kinder? Es war doch gar nicht nötig immer noch mehr zu erwirtschaften. Zumal die geplante Verlagerung und Erweiterung auch erhebliche Darlehen zur Finanzierung erforderlich machen würde. Ohne Risiken war das auch nicht.

Die noble Villa, in der sie nach dem tragischen Unfall ihres Mannes alleine lebte, war viel zu groß für sie. Auch Ralf hatte ein Anwesen auf einem riesigen parkähnlichen Grundstück. Drei exklusive Feriendomizile in den herrlichsten Regionen im Süden von Europa, warteten darauf genutzt zu werden. Der Fuhrpark des Unternehmens, sowie auch ihr eigener, ließen keinerlei Wünsche offen. Sogar über einen eigenen Jet, den sie auch privat nutzen konnten, verfügte die Firma. Was sollte also das Streben nach immer weiter, immer höher, immer mehr? Es musste doch verwaltet werden. Nur als Gier konnte sie das ruhelose Wirken von Ralf beschreiben. Warum eine Vergrößerung, noch höhere Verantwortung, noch mehr Arbeit?

Jetzt erst, im bereits fortgeschrittenen Stadium der Planungen, war sie auf seine Aktivitäten aufmerksam geworden. Hinter ihrem Rücken hatte er alles in die Wege geleitet. Darauf angesprochen, zeigte er keinerlei Schuldbewusstsein. Arrogant vertrat er seine Auffassung, dass er nicht auf ihr Einverständnis angewiesen sei.

„Ich habe im Rahmen meiner Zuständigkeit, und nur zum Wohle der Firma gehandelt."

„Du weißt, dass du bei dieser Größenordnung meine Zustimmung brauchst", schrie sie ihn an.

„Larissa, halte dich da heraus, du blockierst wieder einmal unsere geschäftliche Entwicklung. Zieh dich endlich ganz aus der Firma zurück und überlasse mir alle deine Geschäftsanteile. Ständig stehst du unserer weiteren Expansion im Wege.

Du bist doch nur ein Klotz am Bein und wirst überhaupt nicht gebraucht", antwortete er boshaft.

Nachdem vor fünf Jahren ihr Mann bei einem Verkehrsunfall ums Leben gekommen ist, waren die Anteile an der Fabrik zu gleichen Teilen an sie und an Ralf, seinen Sohn aus erster Ehe, gegangen. Schon vorher hatte ihr Mann erkannt, dass sein hitzköpfiger Nachkomme eine Hemmschwelle brauchen würde, um nicht total über alle Köpfe hinweg wirken zu können. Ihm ginge es nur um Gewinnmaximierung. Dabei wäre Ralf bereit über Leichen zu gehen, meinte er. Larissa würde seinen übertriebenen Drang hoffentlich in vernünftigen Bahnen halten können. Sofort nach der Hochzeit mit Larissa hatte er vorsorglich sein Testament verfasst, in dem Glauben, es noch nicht so bald zu brauchen. Das Schicksal hatte es anders bestimmt.

Seit fünf Jahren führten Larissa und Ralf jetzt gemeinsam die Geschäfte. Ralf kümmerte sich um die Produktion und die Kundenkontakte, Larissa war hauptsächlich für die Verwaltung und das Personal zuständig. Alle größeren Investitionen und Neuerungen bedurften der Zustimmung von beiden. Ihr Verhältnis war wegen der meistens unterschiedlichen Auffassungen fast immer sehr spannungsgeladen und drohte öfter zu zerbrechen. Nun war es so weit. Wutentbrannt verließ Larissa Ralfs Büro, nicht ohne ihn lautstark anzubrüllen.

„Hoffentlich erstickst du eines Tages an deiner Gier. Dein Vater würde sich im Grabe umdrehen, wenn er deine Methoden mitbekommen würde."

Mit einem lauten Knall fiel die Bürotür hinter ihr ins Schloss. Ralf Heim dachte kurz darüber nach ihr nachzugehen. Aber diese Blöße wollte er sich nicht geben. Seine Sekretärin und auch die Mitarbeiter in den benachbarten Büros hatten das laute Streitgespräch sowieso mitbekommen. Damit war schon der Grundstein für Diskussionen unter den Mitarbeitern gelegt. Besonders förderlich für die Arbeitsmoral war das sicher nicht. Wegen der geplanten Produktionsverlagerung war schon eine Betriebsversammlung anberaumt. Dabei würde er allen Beschäftigten die Gründe darlegen. Bisher war es ihm immer gelungen alle um den Finger zu wickeln. Das glaubte er zumindest. In Wirklichkeit hatte er jedoch den größten Teil der Belegschaft gegen sich. Nur der Mangel an Arbeitsplätzen in dem strukturschwachen, ländlichen Umland von München zwang sie, in der Firma zu bleiben. Die tägliche Fahrt in die Großstadt mit ihren prekären Verkehrsverhältnissen scheuten sie. Statt im Stau verbrachten sie ihre Freizeit lieber im heimischen Garten oder auf den zahlreichen Sportstätten.

Larissa hatte sich äußerst erregt sofort auf den Heimweg gemacht. Für heute hatte sie die Nase gestrichen voll. Zum Glück hatte sie an diesem Tag keine dringenden Verpflichtungen mehr. Während der Heimfahrt dachte sie angestrengt noch einmal über den Vorgang nach. War sie im Unrecht? Sollte sie alle Entscheidungen nur Ralf alleine überlassen und sich vollständig aus der Firma zurückziehen? Konnte sie ohne ihre Arbeit in der Fabrik leben?

Ihr Lebensstandard war für alle Zeiten gesichert. Das ganze bisherige Leben lang war sie berufstätig gewesen, obwohl sie eigentlich nach der Hochzeit nicht mehr arbeiten musste. Freiräume hatte sie trotzdem ausreichend gehabt, wenn auch nicht immer zum richtigen Zeitpunkt. Ohne Aufgaben würde es ihr wahrscheinlich langweilig werden, obwohl sie viele Interessen hatte. Sport, Shopping, Veranstaltungsbesuche, Reisen und die Treffen mit ihren Freunden würden ihre Zeit aber sicher nicht ausreichend füllen können. Sie beschloss in aller Ruhe darüber nachzudenken. Zunächst würde sie sich spontan ein paar Wochen zurückziehen.

Zuhause nahm sie sich ihren Terminkalender vor. Alle ihre geschäftlichen Verpflichtungen in den nächsten Wochen ließen sich ganz bestimmt an Mitarbeiter delegieren. Es gab genügend, bei denen sie das Vertrauen hatte, dass sie in ihrem Sinne handeln würden. Ihre wenigen privaten Termine ließen sich absagen oder verschieben. Nichts erzwang ihre Anwesenheit. Warum sollte sie nicht einfach ein paar Tage oder auch Wochen Urlaub machen und verreisen?

Am nächsten Morgen stand ihr Entschluss fest. Sie wollte in den Süden in ihr Ferienhaus, das sie schon lange nicht genutzt hatte. Schnell hatte sie in der Firma alles Erforderliche in die Wege geleitet. Für Ralf hinterließ sie eine kurze Nachricht bei seiner Sekretärin. Bereits für den nächsten Tag buchte sie einen Linienflug nach Teneriffa. Auf das Firmenflugzeug wollte sie nicht zurückgreifen.

Dazu hätte sie sich mit Ralf absprechen müssen, was ihr momentan nicht in den Sinn kam. In ihrem Haus auf der Insel meldete sie sich telefonisch an. Das Ehepaar, das sich dort um ihre Liegenschaft kümmerte, würde alles vorbereiten und sie vom Flughafen abholen. Ein Wagen stand am Anwesen ständig zu ihrer Verfügung.

In Deutschland war das Wetter beim Abflug nicht gerade freundlich. Nieselregen und ein kalter böiger Wind machten jeglichen Aufenthalt im Freien ungemütlich. Bei wolkenlosem Himmel und einer sehr angenehmen Temperatur traf sie auf der Insel ein. Das mediterrane Klima stimmte sie gleich freundlicher und sie stellte sich auf einen langen erholsamen und sorgenfreien Urlaub ein.

Das lange Schlafen am Morgen tat ihr gut. Vor dem ausgiebigen Frühstück schwamm sie einige Bahnen im Pool. Den Rest der Tage verbrachte sie je nach Laune mit Shoppen, Spaziergängen oder kleinen Wanderungen im nahen Tenogebirge. Ihre Auseinandersetzung mit Ralf kam immer einmal wieder hoch, aber es gelang ihr, sie zu verdrängen. Sie hatte früher schon gelernt, sehr schnell vom Arbeitsalltag in Urlaubsstimmung umzuschalten. An ein Leben ohne Partner gewöhnt, konnte sie sich gut organisieren. Zwischen Unternehmungen und an den langen Abenden verbrachte sie viele Stunden im schön angelegten Garten oder am Pool und las Bücher, die sie schon lange interessierten. Dennoch sehnte sie sich bald nach Ansprache und Austausch mit anderen Menschen.

Nach fünf Tagen überraschte sie ihr Stiefsohn Ralf mit einem Telefonanruf. Sie hatte nicht damit gerechnet, dass er sich persönlich bei ihr meldet. Normalerweise überließ er die Kontaktaufnahme seiner Sekretärin oder er schickte nur eine SMS mit seinem Anliegen. Dass er selbst anrief war selten. In einem versöhnlichen Ton erkundigte er sich nach ihrem Wohlbefinden. Wahrscheinlich merkte er dabei, dass sie nach einer einsamen Wanderung für eine persönliche Ansprache sehr dankbar war. Ungewöhnlich ausführlich schwärmte er von der Schönheit Teneriffas. Er gab ihr Ratschläge, welche Sehenswürdigkeiten sie sich keinesfalls entgehen lassen sollte. Seine Freundlichkeit und Fürsorge überraschte sie, aber sie freute sich darüber. Außer bei den wenigen Familienfesten, wo er Höflichkeit heuchelte, hatte sie ihn so noch nicht erlebt. Sollte er sich plötzlich verwandelt haben, oder steckte etwas anderes dahinter? Nach langem Geplauder kam ihre harte Auseinandersetzung zur Sprache.

„Verzeih mir bitte, dass ich bei unserem letzten Gespräch so barsch reagiert habe. Ich hatte keinen guten Tag und war etwas überarbeitet. Ich dachte nicht, dass dich mein Plan so verärgern könnte. Auch wenn wir oft unterschiedlicher Auffassung sind, sollten wir uns dennoch vertragen.“

Nach kurzem Schweigen fügte er hinzu.

„Wir müssen doch als Familie zusammenhalten. Findest du das nicht auch?“

Nachdem sie ihre Überraschung überwunden hatte, antwortete Larissa erfreut.

„Nichts wäre mir lieber, aber dann müssen wir uns erst wieder zusammenraufen. Grundlegende Entscheidungen und Investitionen in der Fabrik müssen wir vorher miteinander absprechen. So ist es vereinbart und daran müssen wir uns halten."

Wieder entstand eine längere Pause, bevor Ralf antwortete und einen Vorschlag machte.

„Ich könnte drei oder vier Tage frei machen. Was hältst du davon, wenn ich zusammen mit Susanne am Freitag zu dir nach Teneriffa komme? Die Kinder können bei den Großeltern bleiben. Wir könnten gemeinsam einiges unternehmen und hätten Zeit uns ausführlich auszusprechen. Alles natürlich ganz zwanglos und auch nur, wenn du damit einverstanden bist. Oder hast du andere Pläne bei denen wir stören?"

Obwohl sie der Vorschlag überraschte und sie an der Aufrichtigkeit noch ein wenig zweifelte, antwortete Larissa verhältnismäßig schnell.

„Das ist eine gute Idee, auch wenn es mich sehr wundert. Ich würde mich freuen. Verabredungen oder Verpflichtungen habe ich keine. Es wäre mir ein Anliegen, unsere unterschiedlichen Meinungen auszutauschen. Es macht keinen Sinn wenn wir uns in der Firma vor den Angestellten nicht einig sind. Unruhe gibt es bei der Belegschaft zurzeit sowieso schon genügend."

„Gut, dann werde ich alles in die Wege leiten. Informierst du bitte unser Personal. Abholen muss uns niemand, ich nehme mir am Flughafen einen Leihwagen, damit wir unabhängig sind."

Nach Beendigung des Telefonates dachte sie noch lange darüber nach. Woher kam auf einmal dieser plötzliche Sinneswandel? Steckte in Ralf doch etwas, was sie bisher nicht entdeckt hatte? Oder fiel ihm plötzlich wieder ein, welch hohes Gut eine intakte Familie ist, das es zu erhalten gilt?

Als ihr Mann noch lebte war die Familie öfter zusammengekommen. Nicht nur an Geburtstagen und Festen, sondern auch manchmal spontan. Dringende geschäftliche Angelegenheiten waren von Zeit zu Zeit ebenfalls Anlass dazu.

Mit Ralf war das Verhältnis immer distanziert. Es war Larissa nie gelungen eine engere Bindung zu ihm aufzubauen, trotz dem Bemühen ihres Mannes. Als verwöhnter Sohn und einziges Kind reicher Eltern, nutzte er seine Möglichkeiten aus und war schon als Kind großspurig und arrogant. Als seine leibliche Mutter noch für ihn da war, verlief sein Leben in einigermaßen geordneten Bahnen. Ihre Tätigkeit als Wissenschaftlerin ließ ihr genügend Zeit sich um ihn zu kümmern. Eines Tages entwickelte sie jedoch einen unbändigen Ehrgeiz. Sie wollte in ihrem Leben etwas Eigenes erreichen und sich nicht nur als Hausfrau und Mutter mit einer Nebenbeschäftigung zufrieden geben. Ein großes Forschungsprojekt im Ausland vereinnahmte sie plötzlich vollends. Häufig war sie wochenlang beruflich unterwegs gewesen. Ihr Chef erkannte und nutzte ihr Engagement bald aus und bot ihr die Leitung des gesamten Projektes an. Dadurch war sie kaum noch zu Hause anzutreffen.

„Das ist eine einmalige Chance", erklärte sie.

„Die bekomme ich niemals im Leben wieder. Ich muss zwar viel Zeit im Ausland verbringen, aber das bringe ich mit unserem Familienleben in Einklang. Ralf ist jetzt in einem Alter, in dem er Verständnis dafür aufbringen wird. Selbstständig genug ist er auch schon."

Ihrem Mann Lukas war das verständlicherweise gar nicht recht. Lange diskutierten sie darüber.

„Es gibt doch bestimmt genügend Dinge, die du hier tun kannst. Arbeiten und Geld verdienen, und dadurch die Familie zerreißen, musst du nicht."

Bald merkte er, dass es sie unglücklich machen würde, wenn sie das Angebot nicht annehmen sollte. Ihr Leben lang würde sie wahrscheinlich sich und auch ihm Vorwürfe machen. Alle seine Überredungskunst half nichts und er gab nach. Er fürchtete sie sonst zu verlieren, zu sehr hing sie an diesem Projekt. Also hoffte er, die Zeit im Ausland würde sie eines Besseren belehren. Stattdessen bemerkte er ein Erkalten in ihrer Beziehung. Bei ihren Besuchen zu Hause dachte sie nur an ihre Arbeit. Ständig telefonierte sie mit einem Kollegen, zu dem sie offensichtlich ein vertrautes Verhältnis hatte. Lukas konnte sich des Eindrucks nicht ganz erwehren, dass dahinter mehr als nur berufliche Gründe steckten. Nachdem ihre Besuche seltener wurden, und ihr Interesse an ihm und besonders auch an Ralf immer geringer wurde, stellte er sie zur Rede. Es lief darauf hinaus, dass sie gegen eine Trennung nichts einzuwenden hatte.

„Ich habe mein Lebensziel gefunden. Es tut mir leid. Aber wenn du mich vor die Wahl stellst, muss ich meinem Herzen und meinen Interessen folgen. In meinem Kollegen habe ich auch einen Partner getroffen, mit dem ich alle Ansichten und Ziele teile. Wir arbeiten nicht nur zusammen, seit einiger Zeit leben wir auch gemeinsam in einer Wohnung. Es war ursprünglich nicht meine Absicht, aber es hat sich im Laufe der Zeit so ergeben."

Lukas schluckte zunächst, hatte aber wenig, was er dem entgegenhalten konnte.

„Ralf kann gerne hier bei dir bleiben und mich von Zeit zu Zeit besuchen. Ich glaube, da werden wir uns einig. Es macht keinen Sinn, ihn in seiner Entwicklung einzuschränken. Seine Chancen sind hier besser als in einem Dritte-Welt-Land."

Ein Jahr lang blieben sie noch in einer lockeren Beziehung, dann trennten sie sich einvernehmlich.

Ralf, damals im Alter von 14 Jahren, litt wenig unter der Trennung von seiner Mutter. Er nutzte aber die verstärkte Fürsorge seines Vaters, der meinte sie ihm ersetzen zu müssen, skrupellos aus. In der pubertären Sturm- und Drangzeit wurde ihm gewährt was immer er wollte, und das war nicht wenig. Früher schon verwöhnt wie kaum ein anderes Kind seines Alters, stand ihm die ganze Welt in allen Facetten offen. Schon immer hob er sich in teurer Designer-Kleidung von der Masse ab. Die allerneuesten sportlichen und technischen Ausstattungen waren sein eigen und sorgten mehr für Neid und Missgunst, als für Anerkennung.

Zahlreiche ‚sogenannte‘ Freunde scharten sich um ihn. Nicht weil sie ihn mochten, sondern weil sie von ihm profitierten. Stets zeigte er sich großzügig und spendabel und kaufte sich ihr Wohlwollen damit. Jetzt, in seiner Pubertät, gab es kaum Partys oder Veranstaltungen an denen er nicht teilnahm. Jede freie Minute war mit Vergnügungen gefüllt. Reisen in viele Länder dieser Welt, in manchmal zweifelhafter Begleitung leistete er sich. An vielen Wochenenden verbrachte er die Nächte in noblen Diskotheken. Geld spielte keine Rolle. Besondere Freude bereitete es ihm, mit seinen Freunden oder auch Freundinnen, in der großen Limousine seines Vaters mit livriertem Chauffeur, die Flaniermeilen entlangzufahren und dann in den besten Lokalen abzusteigen. Oft grölten sie aus dem Auto heraus die Passanten unflätig an und machten sich über sie lustig. Ralf fühlte sich stets über den Dingen stehend und ignorierte dabei öfter nicht nur die Anstandsregeln, sondern auch noch so manche Verkehrsvorschrift. Er wurde zu einer bekannten und schillernden Figur im Nachtleben Münchens. Trotz seinem lasterhaften, ausschweifenden Leben kam er allen schulischen Anforderungen gut nach. Er war nie ein Primus, bewegte sich aber immer im Mittelfeld. Seine Versetzungen waren niemals gefährdet. Auch sportlich erreichte er respektable Erfolge, wenn auch nicht an der Spitze. Deshalb blieben ihm Vorwürfe seines Vaters wegen seines Lebensstils erspart. Was Lukas wusste, tolerierte er und war mit seiner Entwicklung zufrieden.

Als Lukas und Larissa sich kennen und lieben lernten, war das für Ralf sofort ein Dorn im Auge. Obwohl Larissa sich sehr zurückhaltend verhielt, sie wollte ihm nie die leibliche Mutter ersetzen, sondern nur eine freundschaftliche Verbindung zu ihm pflegen, ließ er sie links liegen und ignorierte meistens ihre Anwesenheit. Wahrscheinlich war es ein wenig die Eifersucht, da die Aufmerksamkeit seines Vaters nun nicht mehr ihm alleine galt. Sein Vater stand zwischen den Fronten und versuchte alles um beiden Seiten gerecht zu werden.

Nach dem Abitur studierte Ralf in Heidelberg Betriebswirtschaft. Eine kleine, noble Wohnung und die großzügige Finanzierung durch seinen Vater, machten ihm ein Leben in Luxus möglich. Zahlreiche Mädchen wechselten sich in seinem Bett ab. Selten hielt eine Beziehung länger als ein bis zwei Monate. Seine spätere Frau Susanne lernte er auch in Heidelberg kennen. Sie verstand es, ihn länger an sich zu binden und war auch die erste, die er zu Hause vorstellte. Das häusliche Klima verbesserte sich durch sie etwas, von Harmonie zwischen Larissa und Ralf konnte aber noch lange nicht die Rede sein. Da sie nur am Wochenende zu Besuch kamen, ließ es sich ertragen. Vor Abschluss ihres Studiums wurde Susanne schwanger. Es war eine Risikoschwangerschaft, die sie zum Abbruch ihres Studiums zwang. Sie zog in die Obhut von Lukas und Larissa um. Ralf blieb bis zum Ende des Studiums alleine in Heidelberg und war nur am Wochenende und in den Semesterferien zu Hause.

Die Unterstützung, die Larissa der werdenden Mutter zukommen ließ, sowie auch die Vorfreude von Lukas auf einen Stammhalter, verbesserten das Verhältnis zueinander weiter.

Ralf blieb aber immer noch arrogant und zeigte Larissa gegenüber unmissverständlich, dass er die älteren Rechte im Haus seines Vaters besaß. Sie duldete sein Verhalten und tröstete sich damit, dass die Wochenenden schnell vorbei gingen. Kurz nach der Niederkunft von Susanne beendete Ralf sein Studium mit erfolgreichem Abschluss. Er kehrte nach Hause zurück und plante die Zukunft für seine kleine Familie. Sein erstes Anliegen war ein nobles Anwesen, das er mit den finanziellen Mitteln seines Vaters erstand und nach eigenen Vorstellungen umbauen ließ. Parallel dazu wurde die Hochzeit geplant und ausgerichtet. Sie feierten ein Fest, das seinesgleichen suchen konnte. Die alten Freunde von Ralf ließen es in vorgerückter Stunde zu einer wilden Sauforgie eskalieren. Die anderen Gäste, vornehmlich aus den gehobenen Kreisen, suchten deshalb bald das Weite. Lange noch war es ein Gesprächsthema in der ganzen Region und diente nicht gerade dem Ansehen des weit bekannten Unternehmens.

Gleich nach den anschließenden Flitterwochen trat Ralf ein Praktikum in den Heim Werken an. Sein Vater bestand auf einer soliden Grundlage für die später für ihn eingeplante Führungsposition. Er arbeitete sich erstaunlich schnell ein und kannte bald alle Abteilungen und Leistungen der Fabrik.

Nach nur einem Jahr übernahm er einen großen Produktionsbereich, den er selbstständig leitete. Einige Monate später stieg er in die Chefetage auf. Lukas übertrug ihm die freigewordene Leitung des Einkaufs und die Marketingabteilung. Ralf wurde dadurch noch großspuriger und spielte sich oft gegenüber den Angestellten auf. Sein Einsatz und seine Erfolge waren aber so beeindruckend, dass man ihn weitgehend wirken ließ, auch wenn seine Ansichten sich mit denen von Lukas und Larissa nicht deckten. Seine Familie musste viel auf ihn verzichten. Da seine Frau darunter litt und neben dem Haushalt und der Erziehung des Sohnes noch etwas Eigenes tun wollte, kaufte er eine Boutique, in der sie sich verwirklichen konnte. Bald darauf wurde Susanne noch einmal schwanger und gebar eine Tochter. Durch diese Aufgaben war auch sie ausgelastet und vermisste ihn weniger.

KAPITEL 3

Ralf hatte während des langen Gesprächs mit Larissa so überzeugend geklungen, dass sie ihm einfach glauben musste. So gut kann ein Mensch sich nicht verstellen, dachte sie. Vielleicht ist es der Einfluss von Susanne, dass er so zugänglich ist. Sie konnte nicht leugnen, dass sie sich sogar über den Besuch und die Abwechslung freute.

Er kam bereits am Mittag zusammen mit seiner Ehefrau Susanne auf Teneriffa an. Sie waren mit dem Firmenjet geflogen. Die beiden Kinder hatten sie zuhause bei den Eltern von Susanne gelassen. Larissa war auf einem Spaziergang in der Stadt unterwegs. Als sie zurückkam war sie überrascht über die schnelle Umsetzung von Ralfs Vorschlag. Noch viel mehr verwunderte sie die Herzlichkeit mit der beide sie begrüßten.

Zunächst drehten sich alle Gespräche nur um Larissas Wohlbefinden und ihre Unternehmungen auf der Insel. Geschäftliche Themen, der Streit und ihr nicht geplantes und plötzliches Verschwinden wurden von beiden Seiten nicht angesprochen. Ralf war lustig und gelöst wie nie zuvor. Sein Charme und seine Fürsorge zeigten unbekannte Höhen. Die Zweifel an seiner Aufrichtigkeit legte Larissa ab und genoss die neue Freundschaft.

Gemeinsam spazierten sie am Strand entlang in die Stadt und ließen sich in einem Restaurant, mit Blick aufs Meer, verwöhnen. Nach wie vor drehte sich ihre Unterhaltung nur um allgemeine Dinge.

Spät am Abend, bei einer guten Flasche Wein, machte Ralf einen Vorschlag für den nächsten Tag.

„Was haltet ihr beiden von einer gemütlichen Bootstour an der Insel entlang? Ich könnte eine Motorjacht für uns chartern. Dann können wir unterwegs schwimmen oder tauchen gehen und am Mittag ein gutes Speiselokal anlaufen.“

„Tauchen gehe ich nicht, das habe ich früher schon nicht gemocht. Ihr beiden könnt aber ruhig gehen, ich werde schon keine Langeweile haben“, antwortete Larissa.

„Du kommst aber mit, dann ist jemand auf dem Boot während wir tauchen gehen?“, fragte Ralf freundlich. Larissa zögerte einen Moment. Das friedvolle Verhältnis wollte sie nicht zerstören. Zeit hatte sie ausreichend. Sie hatte am nächsten Tag nichts Bestimmtes geplant.

Diplomatisch antwortete sie.

„Wenn ihr den ersten Tag alleine verbringen wollt, habe ich volles Verständnis dafür.“

„Nein, wir hätten dich sehr gerne dabei.“

Der sehr raschen Entgegnung von Ralf stimmte Susanne kopfnickend zu.

Der Wetterbericht meldete für den nächsten Tag zunächst strahlenden Sonnenschein, aber bis zum Mittag waren Regen und Gewitter zu erwarten. Deshalb brachen sie zeitig mit der bereits vorab telefonisch gebuchten Jacht auf. Auf dem freien Meer, weit abseits der von den Touristenbooten frequentierten Route, ankerten sie. Susanne und Ralf starteten zu einem Tauchgang.

Larissa setzte sich mit einem Buch ins Heck des Schiffes. Es war mittlerweile sehr heiß und die sengende Sonne war wohl ein Zeichen dafür, dass bald ein Gewitter kommen würde. Das war kein Grund zur Beunruhigung, in wenigen Minuten könnten sie den nächsten Hafen erreichen. Wohlig rekelte sie sich und genoss die Ruhe. Entspannung pur fühlte sie. Ihr Kopf war frei, keine Sorgen und keine Probleme störten ihren Seelenfrieden. So schön kann das Leben sein.

Nach einiger Zeit hielt sie Ausschau nach den Tauchern. Weit und breit waren sie nicht zu sehen. Beide waren routinierte Hobbytaucher, um deren Sicherheit sie sich keine Sorgen machen musste. Sie beschloss zum Schwimmen von Bord zu gehen. Die Abkühlung würde ihr bestimmt gut tun. Die Jacht könnte sie genauso gut vom Wasser aus im Auge behalten.

Obwohl das Meer sehr erfrischend war, fühlte sie sich wohl darin und ließ sich das Wasser über den Kopf laufen. Auf dem Rücken liegend, blickte sie der Sonne entgegen und fühlte sich rundum entspannt. Der Wellengang wirkte beruhigend auf sie. Ab und zu vergewisserte sie sich, dass sie nicht zu weit vom Boot weggetrieben wurde und ob Ralf und Susanne zurückgekehrt waren. Da das Wasser sie mit wenig Bewegung trug, konnte sie es lange darin aushalten, ohne sich dabei anzustrengen. Die Anspannungen der letzten Wochen waren völlig verflogen. Eigentlich könnte sie ihr Leben mit allen erdenklichen Möglichkeiten genießen, dachte sie.

Sie hatte keine privaten Verpflichtungen, weder finanzielle noch gesundheitliche Probleme, war völlig frei und unabhängig. Die Firma lief auch ohne sie. Warum sollte sie Ralf nicht die alleinige Geschäftsführung überlassen, wo er sich doch jetzt so einsichtig und freundschaftlich verhielt? So viel würde er bestimmt nicht verkehrt machen. Ihre Lebenszeit lief auch dahin. Jetzt könnte sie noch unternehmen was ihr Spaß macht. Wer weiß wie lange noch. So war sie mit sich selbst und der Welt rundum im Reinen und ließ sich von dem leichten Wellengang tragen. Nach einiger Zeit hörte sie, in vermeintlich größerer Entfernung, das Geräusch eines Motors. Mit beiden Ohren unter Wasser schätzte sie es als weit genug entfernt ein. Es stellte bestimmt keine Gefahr für sie dar. Sie gab sich weiter der Entspannung hin. Ohne ein konkretes Zeitgefühl dachte sie jetzt aber an die allmähliche Rückkehr zur Jacht. Ihr Körper war mittlerweile gut abgekühlt. Sie drehte sich auf den Bauch und hielt nach dem Wetter Ausschau. In der Ferne bäumten sich die Kumuluswolken auf, die den Wetterwechsel ankündigten. Der Wind war noch verhältnismäßig schwach. Es würde geraume Zeit dauern, bis das Gewitter bei ihnen angelangt war. Mit der hochseetüchtigen Jacht wären sie in kurzer Zeit im nächsten Hafen.

Mit einem Blick rundum suchte sie das Boot. Auf Anhieb war es nicht zu sehen, worauf sie sich in aller Ruhe einmal um die eigene Achse drehte. Aber auch jetzt konnte sie es nirgends ausmachen.

Unsicher schwamm sie langsam im Kreis herum. Bestimmt war es kurz durch eine Welle verdeckt. Weit und breit war bis zum Horizont kein Schiff zu sehen. Auch zur Insel hin zeichneten sich keine Konturen einer Jacht ab. Andere Motorboote oder Segelschiffe waren auch nicht in der Nähe. Sollte das Motorengeräusch vielleicht von der eigenen Jacht gewesen sein und Ralf und Susanne waren ohne sie losgefahren? Hatte man sie vielleicht in der Kajüte vermutet und nicht mehr nachgeschaut ob sie an Bord war? Wenn ja, würde Susanne oder Ralf es sicher bald bemerken. Dass sie sich nur einen Scherz erlaubt hatten, schloss sie kategorisch aus. Bestimmt würden sie gleich zurückkommen, um sie zu holen. Als gute Schwimmerin kam es ihr auf ein paar Minuten länger im Wasser nicht an, auch wenn es ihr allmählich kalt wurde. Sie waren zwar außer Sichtweite, aber das Boot war schnell. Geduldig planschte sie auf der Stelle, stets bestrebt sich so wenig wie möglich von diesem Fleck zu entfernen. Ralf konnte bestimmt den Ankerplatz leicht wiederfinden.

Viele Minuten vergingen, ohne dass sich etwas rührte. Jetzt kamen ihr doch Bedenken. Das Paar war oft sehr mit sich selbst beschäftigt. Hatte man sie einfach, in ein Gespräch vertieft, vergessen? Vielleicht waren sie bereits auf der Suche nach einem Restaurant an der Küste entlanggefahren. Spätestens beim Anlegen müssten sie den Verlust aber bemerken. Es blieb ihr nichts anderes übrig, als in aller Ruhe die Rückkehr abzuwarten.

Kräftesparend ließ sie sich im Wasser treiben. Mittlerweile spürte sie die Kühle des Meeres. Der Wind hatte stark aufgefrischt, die Wolken kamen schneller näher. Nur die Ruhe bewahren, sagte sie sich. Panik hilft dir jetzt nicht. In Gedanken spielte sie die möglichen Szenarien durch. Beim nächsten Halt, entweder in einem Hafen oder auch an der Mole eines Restaurants, würde ihnen auffallen, dass sie nicht mehr an Bord war und sie würden sofort umdrehen. Also musste sie nur durchhalten bis zur ihrer Rückkehr. Vom Ankerplatz sollte sie sich besser nicht entfernen.

Sie versuchte sich zu orientieren, wissend, dass sie eventuellen Strömungen ausgeliefert war, die sie von ihrer jetzigen Position wegtreiben könnten.

In weiter Ferne ragte die beeindruckende, über 400 m hohe Steilküste von Los Gigantes ins Meer. Nur schwach zu sehen waren die Konturen. Aus dieser großen Entfernung waren keine Fixpunkte zu finden, an denen sie sich orientieren könnte. Die steilen Felswände sahen aus dem Wasser ziemlich gleichförmig aus. Markante Unterschiede waren aus diesem Abstand keine zu erkennen.

Während sie weiter im Meer trieb, war ihre ganze Hoffnung nur auf die baldige Rückkehr der Jacht ausgerichtet. Langsam breitete sich die Kälte unangenehm in ihrem Körper aus, es wurde ihr zunehmend ungemütlicher. Es kann jetzt nicht mehr lange dauern, tröstete sie sich, immer nach der Jacht Ausschau haltend. Die Zeit verstrich, während sie weiter im Kreis herum schwamm.

Nach wie vor war von der Jacht nichts zu sehen. Auch andere Schiffe oder Boote, bei denen sie sich bemerkbar machen könnte, waren keine in Sicht. In Anbetracht der ungünstigen Wetterprognose waren die meisten Wassersportler bestimmt in den sicheren Häfen oder ihren Hotels geblieben. Selbst die Kapitäne der vielen Ausflugsboote, die sonst mit Touristen entlang der Küste fuhren, gingen kein Risiko ein und fuhren anscheinend heute nicht. Die Stelle, die Ralf zum Ankern ausgesucht hatte, war ohnehin abseits der üblichen Routen. In dem Bereich sollte angeblich ein gesunkenes Schiff zu finden sein, das er sich zusammen mit Susanne anschauen wollte. Den Tipp hätte man ihm an der Tauchbasis im Hafen von Los Gigantes gegeben, als er die Ausrüstung dort geliehen hatte.

Larissa zweifelte mittlerweile doch etwas an der baldigen Rückkehr der Jacht. Was immer sie aufgehalten haben mochte, sie müsste längst zurück sein. Nur ganz kurz kam ihr in den Sinn, dass man sie vielleicht absichtlich hier zurückgelassen hatte. Sie verwarf den Gedanken genauso schnell wie er gekommen war. Trotz der oft unterschiedlichen Auffassungen und der Reibereien, die sie und Ralf ständig hatten, schloss sie vollkommen aus, dass er ihr deshalb nach dem Leben trachten könnte. Er hatte sie zwar nie besonders gemocht, aber soweit würde er bestimmt nicht gehen.

Lange würde sie es jetzt nicht mehr im Wasser aushalten können. Sie hatte lange genug gewartet. Kalte Schauer krochen ständig durch ihren Körper.

Ihre Füße wurden bereits klamm und gefühllos. Das Schwimmen strengte sie mittlerweile an, trotz der gemächlichen Bewegungen. Die immer noch heiß sengende Sonne setzte ihr noch zusätzlich zu. Gesicht und Kopf brannten und die Lippen fühlten sich aufgequollen und brüchig an. Die Haut an den Händen war ganz schrullig vom Salzwasser. Was hatte sie aber für eine Alternative? Wieder schaute sie auf die ferne Steilküste. Die sah unerreichbar weit aus. Könnte sie es denn schaffen, bis dorthin zu schwimmen? Als Kind war sie eine richtige kleine Wasserratte, die oft stundenlang im Wasser bleiben konnte. Ufer oder Beckenrand waren aber leicht erreichbar. Jetzt müsste sie weit schwimmen, unendlich weit. Falls sie das Ufer erreichen würde, wie sollte sie an der Steilküste an Land kommen? Selbst wenn sie eine winzige Stelle zum Anlanden finden würde, die steilen Felsen könnte sie niemals ohne fremde Hilfe erklimmen. Sie kannte einige Stellen von Acantilades de los Gigantes, dem Ende des Tenogebirges, von Wanderungen die sie früher zusammen mit ihrem Mann gemacht hatte. Oben von den Felsen hatten sie damals nach Grindwalen und Delfinen Ausschau gehalten, die es hier zu sehen gab, und den herrlichen Meerblick genossen. Einmal waren sie von dem kleinen Ort Masca aus in eine der wenigen Badebuchten gewandert. Es war ein sehr schwerer und schweißtreibender Weg, der sie dorthin geführt hatte. Die idyllische Bucht entschädigte etwas. Es war herrlich völlig alleine dort zu baden und die Ruhe zu genießen.

Der Rückweg steckte ihr danach, in Form eines Muskelkaters, lange in den Knochen. Jetzt sah sie die Felsen bedrohlich in weiter Ferne aufragen.

Trotzdem sie ihre Chance gering einschätzte, beschloss sie, den Versuch zu wagen, das Land zu erreichen. Zunächst schwamm sie noch sehr zügig darauf zu. Bald merkte sie die Anstrengung und ließ es langsamer angehen. Nach vielen Minuten konnte sie noch keine Verringerung des Abstandes feststellen. Noch immer hatte sie die Hoffnung nicht aufgegeben, dass Ralf doch zurückkommen und sie aus dem Wasser fischen würde, aber auf dem Meer waren immer noch keine Schiffe oder Boote zusehen. Weiter und weiter schwamm sie tapfer der fernen Küste entgegen. Mit viel Mühe konnte sie jetzt einen markanten Punkt an der Felswand erkennen, an dem sie sich zu orientieren versuchte. Bald merkte sie aber, dass die Strömung ihr eine andere Richtung gab, der sie sich beugen musste. Also ließ sie sich dahin treiben. Zuerst musste sie näher an das Land kommen, dann würde sie weitersehen. Am Stand der Sonne, die jetzt seltener zwischen den Wolken durchblitzte, konnte sie erkennen, dass sie bereits viele Stunden im Wasser sein musste. Dem Ufer war sie kaum näher gekommen. Ihre Hoffnung sank zusehends. Immer wieder musste sie sich Mut zusprechen.

Mittlerweile dachte sie doch an Ralfs eventuelle Absicht, sie dem Meer zu überlassen. Falls es kein Vorsatz war, so hatte er es vielleicht billigend in Kauf genommen und nur die Gelegenheit genutzt.

Aber ihr Fehlen müsste er der Polizei oder der Küstenwache melden, damit sie nach ihr suchen könnten. Allerdings würde es sicher geraume Zeit dauern, bis die Mühlen der Bürokratie angelaufen waren und man Schiffe oder Hubschrauber zur Suche losschicken würde. Ob sie diese Zeit heil überstehen konnte schien ihr zweifelhaft. Wieder einmal nahm sie alle noch verbleibende Energie zusammen und schwamm weiter um ihr Leben. Während es bis kurz unter der Wasseroberfläche brütend heiß war, wurde es nach unten immer kälter. Die Belastung und die Kälte hatten plötzlich Folgen. Die Überbeanspruchung der Muskulatur machte sich bemerkbar. Ein stechender Schmerz beim Anwinkeln des rechten Beins kündigte einen Oberschenkelkrampf an. Sie versuchte das Bein nicht mehr abzuwinkeln, aber impulsiv bewegte sie es doch noch. Nach einer Entspannungsphase in Rückenlage blieb ihr nichts anderes mehr übrig, als die Luft anzuhalten und den Oberschenkel mit beiden Händen unter Wasser zu massieren. Es gelang ihr bedingt. Bei gestrecktem Bein war der Schmerz nicht mehr zu spüren. Behutsam zog sie das Bein dann einige Male an und streckte es mit Schwung wieder aus. Zunächst hatte sie den Krampf besänftigt, aber es blieb ihr die Angst vor einer Wiederholung.

Bald konnte sie die Konturen der Küste etwas deutlicher wahrnehmen. Die Entfernung war aber immer noch erschreckend groß. Anstrengung und Kälte ließen ihre Bewegungen schwächer werden.

Ihr ganzer Kopf brannte. Lange ausgesetzt der sengenden Sonne im Salzwasser, fühlte sich ihr Gesicht an, als wäre es rohes Fleisch. Kaum konnte sie sich noch zu Schwimmbewegungen motivieren. Sie versuchte ihre Kräfte besser einzuteilen und die Strecke in einzelnen Etappen zu bewältigen. Immer nach 50 Schwimmstößen ließ sie sich einen Moment treiben zur Erholung. Das Zählen lenkte sie eine ganze Weile ab, trotzdem wurde sie immer langsamer. Ihr Zustand glich irgendwann einem Halbschlaf. Mit gebrochenem Überlebenswillen bewegte sie kaum die Arme und Beine. Jegliches Gefühl für die Zeit hatte sie lange verloren. Kam sie überhaupt näher an die Küste? Ständig hatte sie das Gefühl weiter zurückgetrieben worden zu sein. Wieder nahm sie doch allen Mut zusammen und bäumte sich auf. Erneut machte sie dann ihre aus 50 kräftigen Schwimmstößen bestehenden Etappen, legte sich auf den Rücken und zwang sich zu entspannen und kräftig durchzuatmen.

So ging es weiter und weiter, bis sie dem Ufer tatsächlich ein erhebliches Stück näher gekommen war. Lange Zeit hatte sie die Küste nicht genau in Augenschein genommen. Bis dahin hatte sie die drohend aufragenden Felsen nur schemenhaft wahrgenommen. Jetzt versuchte sie, sich genauer zu orientieren. Ein kleiner Strand war zwischen den Felsen zu sehen. Sie konnte es kaum glauben und schaute angestrengt ans Ufer. Das könnte ihre Rettung sein. Ob es auch eine Möglichkeit gab, den steilen Hang zu erklimmen, war ihr zunächst egal.

Es war immer noch ein beachtliches Stück weit weg, aber da war doch tatsächlich ein schmaler Sandstrand zu sehen. Ob sie es bis zu dieser Stelle schaffen könnte? Jetzt hast du es schon so weit geschafft, das Stück müsste auch zu bewältigen sein, redete sie sich ein. Ein Wunder, wie viel der Mensch leisten kann wenn er muss, weil es um das nackte Überleben geht. Apathisch waren weiter ihre Bewegungen, trotz der neu aufgekommenen Hoffnung. Alles folgte nur einer Automatik.

Eine leichte Berührung an den Beinen schreckte sie plötzlich auf. Hatte sie sich das nur eingebildet oder hatte sie gerade etwas gestreift? Angst stieg in ihr auf. In dieser Region hatte man noch nie von Haien berichtet, obwohl man das sicher nicht ganz ausschließen konnte. Die schrecklichen Bilder von Haiangriffen auf Menschen, die sie im Fernsehen gesehen hatte, tauchten aus ihren Erinnerungen auf. Dabei wurden den Schwimmerinnen oder Schwimmern einzelne Gliedmaßen abgebissen. Soweit sie sich noch erinnern konnte, war das aber hauptsächlich in Australien, Neuseeland oder der Karibik passiert. Nur nicht daran denken, sagte sie sich. Dennoch hielt sie fortwährend ängstlich nach den markanten Haifischflossen Ausschau. Wale und Delfine gab es in diesem Bereich zahlreich. Das wäre weniger schlimm. Wie oft hatten Delfine angeblich schon Menschen gerettet. Ganze Serien wurden solchen Szenen gewidmet. Flipper, zum Beispiel, war in aller Welt bekannt und durch seine Aktivitäten zum Liebling vieler Kinder geworden.

Ein Delfin, der sie auf dem Rücken zum rettenden Ufer bringen würde, tauchte vor ihrem geistigen Auge auf. Darauf zu hoffen war sicher illusorisch. Das gab es bestimmt nur im Fernsehen oder im Kino. Sie versuchte nicht darüber nachzudenken. Sicher war es nur ein harmloser Schwarm kleiner Fische oder auch ein Büschel losgerissenes Seegras, beruhigte sie sich. Auch Plastikmüll könnte es sein. Die Meere waren mittlerweile in vielen Bereichen voll davon. Was auch immer, in Panik zu geraten würde ihr nicht helfen, sie musste ruhig bleiben.

Ihr Durst wurde mittlerweile unerträglich. Sie versuchte sich irgendetwas vorzustellen, das den Speichelfluss anregte. Sie erinnerte sich daran, wie sie als Kinder bei einem Volksfest eine Blaskapelle durcheinander gebracht hatten. Auf dem Podest vor ihnen sitzend, hatten sie Apfelsinen geschält und gegessen. Den Trompetern lief bei diesem Anblick das Wasser im Mund zusammen und ihre Speichelproduktion wurde so stark, dass sie nicht mehr weiter spielen konnten. Wütend wurden sie daraufhin von ihnen vertrieben. Sie bildete sich ein, dass der Gedanke an saftige Apfelsinen ihren Durst jetzt auch ein wenig linderte.

Ein weiteres Mal schaute sie zurück auf das offene Meer, in der Hoffnung, doch ein Schiff zu sehen. Bevor sie den Ankerplatz verlassen hatte, um an die Küste zu schwimmen, war in weiter Ferne ein Frachtschiff zu sehen gewesen. Sie hatte sich nicht der Illusion hingegeben, dass man sie auf die große Entfernung im Wasser sehen könnte.

Hilferufe hätten keinen Sinn gemacht. Selbst aus nächster Nähe wäre es nur ein Zufall, wenn man einzelne Schwimmer von einem so großen Schiff aus sehen würde. Sogar kleinere Boote fuhren oft ganz nahe an Schwimmern vorbei, ohne sie zu bemerken. Bei einem Segeltörn in der Adria, den sie früher einmal mitgemacht hatte, bestand der Skipper darauf, dass jedes Besatzungsmitglied eine Trillerpfeife um den Hals trug, um sich damit akustisch bemerkbar machen zu können, falls man über Bord ging. Das würde ihr jetzt aber auch nicht helfen. Kein Boot war weit und breit. Zum Schwimmen mussten sie damals, genauso wie bei schlechtem Wetter und rauer See, auch immer Schwimmwesten tragen. Das engte so ungemütlich ein, dass es ihr keinen Spaß machte. Viel lieber wäre sie damals und auch heute nackt ins Wasser gegangen. Es gab ihr ein Gefühl von Freiheit wenn das Wasser den unbekleideten Körper umspülte. Ihr Schamgefühl hatte sie davon abgehalten.

Warum suchte immer noch niemand nach ihr? Wenn Ralf nicht zum Ankerplatz zurückkehren würde, müsste er schon längst die Küstenwache informiert haben. Oder würde er es tatsächlich wagen, sie alleine auf dem Meer zurückzulassen, ohne irgendjemand zu verständigen? Wenn sie jetzt umkommen sollte, würde sie, außer ihrem Hauspersonal, kein Mensch vermissen. Zuhause in Deutschland wartete auch sonst niemand auf sie. Es wurde ihr bewusst wie einsam sie lebte. Eltern, Geschwister oder Verwandte hatte sie keine mehr.

Zumindest keine näheren, mit denen sie Kontakt pflegte. Ihren guten Freunden war bekannt, dass sie für einige Zeit verreist war. In der Fabrik hatte sie sich abgemeldet. Niemand hatte Veranlassung nach ihr zu fragen. Vorläufig würde also kein Mensch bemerken, dass sie verschwunden war. Warum hatte sie mit ihrem Schwimmausflug nicht gewartet, bis die beiden von ihrem Tauchgang zurückgekommen waren? War es zu leichtsinnig, die Jacht schon vorher zu verlassen und alleine schwimmen zu gehen? Es war zu spät um darüber jetzt noch nachzudenken. Sie musste sich wieder auf das Schwimmen konzentrieren.

Ihrem Empfinden nach kam sie, falls überhaupt, nur sehr wenige Meter nach vorne, bis sie von den kräftigen Wellen wieder zurückgezogen wurde. Der stärkeren Dünung nach zu urteilen, müsste sie bereits in einem seichteren Gewässer sein. Einige Wellen schlugen ihr manchmal über den Kopf. Prustend versuchte sie dann wieder nach Luft zu schnappen, bevor die nächste kam. Eine Menge Wasser dürfte sie bereits geschluckt haben, weil sie schneller kamen, als sie die Luft einhalten konnte. Wieder kam eine hohe Welle, die sie nach oben mitnahm. Als sie über ihr zusammenschlug spürte sie den Sog, der sie wieder zurückzuziehen schien. Auch hatte sie große Mühe in der Horizontalen zu bleiben. Jetzt sah sie erst, dass einige Klippen fast die gesamte Breite vor dem Strand versperrten. Bei diesem Wellengang schien es unmöglich, zwischen diesen Felsen eine Passage zum Strand zu finden.

Stundenlang war sie geschwommen, die Hitze von oben, die Kälte von unten, den großen Durst, die schmerzenden Glieder und die verbrannte Haut ertragen. Einen Oberschenkelkrampf konnte sie mit viel Mühe verdrängen. Jetzt hatte das Schicksal ihr weitere Steine in den Weg gelegt. Was sollte sie denn noch alles überwinden? Womit hatte sie das verdient? Ihr blieb keine andere Wahl, sie musste auch dieses Hindernis bewältigen.

Der Kampf mit der Dünung forderte wieder ihre ganze Aufmerksamkeit. Langsam wurde das Ufer deutlicher, sie war etwas näher gekommen. Beim Blick entlang der steilen Felswände fand sie keinen besseren Zugang als den bereits gewählten. Alle anderen Stellen waren ohne Unterbrechungen unzugänglich steil.

In einiger Entfernung glaubte sie oben an der Steilküste Menschen zu sehen. Es waren bestimmt Wanderer, die den herrlichen Ausblick genossen. Sie waren zu weit entfernt, um sie zu bemerken. Auch Rufe würden ihr nichts nützen, dafür war das Rauschen der Wellen, die auf die Klippen prallten, viel zu laut. Sie konnten ihr auch nicht helfen. Sie war auf sich alleine gestellt.

Die Wellen spielten mit ihr wie mit einem Ball. Auf der Spitze der Wogen kam immer der Sog nach hinten und holte sie wieder zurück. Das schaffst du nicht mehr, gestand sie sich jetzt ein. Viele Stunden hatte sie sich gezwungen die Augen offen zu halten. Übermüdet gehorchten ihre Lider nicht mehr richtig und wollten ständig zufallen.

Wieder zwang sie sich aufmerksam zu bleiben. Die Belastung hatte Körper und Geist geschwächt.

Völlig kraftlos wurde sie auf und ab getrieben. Eine kurze Entspannungspause einzulegen, um auf ihrem Rücken liegend auszuruhen, wie sie es eine Zeit lang gemacht hatte, ging jetzt nicht mehr. Eine der großen Wogen zog sie wieder mit nach oben. In den Wellentälern sah sie den Felsen direkt vor sich. Mit Schrecken erkannte sie, dass sie daran sehr wahrscheinlich nicht vorbei kommen würde. Er versperrte ihr den direkten Weg zum Ufer. Nach einer Seite auszuweichen, schien auch nicht möglich, da die starken Wellen sie direkt auf diese Klippe trieben. Gegen diese Naturgewalt war sie völlig machtlos. Aus, jetzt ist es endgültig aus, dachte sie noch. Da kommst du nicht daran vorbei. Wie ein rohes Ei wirst du zerschlagen. Hoffentlich geht es wenigstens schnell und ohne Schmerzen.

Sie war nie besonders religiös gewesen, aber nun überlegte sie doch, ob ihr ein Gebet helfen würde. Nie hast du bisher an einen Gott geglaubt, jetzt willst du ihn anrufen und hoffst, dass er dich erhören wird? Sie wusste auch nicht was sie beten sollte. Auch diesen Gedanken verwarf sie wieder.

Wie ist es eigentlich wenn man ertrinkt, fragte sie sich. Saugt sich der Körper voll mit Wasser, das man schlucken muss, oder erstickt man vorher jämmerlich, weil man es unterdrückt? Mit der Kraft am Ende konnte sie keine klaren Gedanken mehr fassen und keine Energie mehr mobilisieren. Sie musste alles einfach auf sich zukommen lassen.

Ertrinken, ersticken, oder auf dem Fels zerschlagen werden, das waren ihre verbleibenden Optionen. Alle führten zu dem gleichen Ergebnis. Aussuchen konnte sie es sich nicht, es würde sich ergeben und stand nicht in ihrer Macht. Die letzte Möglichkeit war am wahrscheinlichsten. Ihr Leben würde kurz vor dem rettenden Ufer enden. Seltsam, ich bin schon so weit, dass es mir nichts mehr ausmacht, dachte sie als letztes. Sie hatte alles versucht was in ihrer Macht stand. Nun war sie den Elementen und dem Schicksal ausgeliefert. Sie gab sich auf und wartete nur noch mit geschlossenen Augen auf den erlösenden Schlag.

KAPITEL 4

Robert Lauber saß, tief versunken in Gedanken, auf einem Felsen und beobachtete das Spiel der Wellen, die über die zahlreichen Klippen spülten. Immer mächtiger bäumten sie sich auf, um sich dann zu überschlagen und anschließend sanft am Strand auszulaufen. Diese kleine, malerische Bucht war ein Geheimtipp eines Freundes, der ihm sein kleines Ferienhaus auf Teneriffa für einige Wochen zur Nutzung überlassen hatte. Der schmale steile Weg hierher war versteckt zwischen Felsen und Gestrüpp und nur für Eingeweihte zu finden. Eine kleine Oase der Ruhe. Seit Stunden war er hier. Das Buch, in dem er einige Zeit gelesen hatte, lag aufgeschlagen an seiner Seite. Er beschäftigte sich noch immer mit der packenden Handlung, die ihn in eine fremde Welt geführt hatte. Kein Mensch störte seine Gedanken.

Nun war es dringend an der Zeit, den Rückweg anzutreten. Die dunklen Wolken und der immer stärker werdende Wind kündigten ein Gewitter an. Vorher wollte er zurück im Ferienhaus sein. Aber nur schwer konnte er sich loslösen von der Idylle, die ihn umgab. Das Rauschen der starken Brandung, die an beiden Seiten der kleinen Bucht gegen die schroffen Steilwände klatschte, und vor dem schmalen Strand die Klippen überspülte, wirkte berauschend und beruhigend zugleich. Er hätte nicht gedacht, dass es so einsame Flecken auf der von Touristen übervölkerten Insel noch gab.

Mehrmals hatte er Abkühlung im Meer gesucht. Mühsam hatte er den einzigen schmalen Zugang zwischen den scharfkantigen Klippen gesucht und gefunden, um ein Stück ins freie Meer hinaus zu schwimmen. Es war wohltuend erfrischend. Jetzt war die Brandung aber zu stark, um es vor seinem Rückmarsch noch einmal zu wagen. Nach dem Baden im Salzwasser war das Duschen sowieso unbedingt nötig und der Aufstieg war bestimmt auch wieder schweißtreibend.

Es war eine gute Idee gewesen, eine Auszeit zu nehmen, um in dieser Abgeschiedenheit zu sich selbst zu finden. Sein beruflicher und besonders auch der private Stress der letzten Wochen hatten ihm stark zugesetzt. Hier hatte er die Möglichkeit sich ausreichend davon zu erholen.

Nun erhob er sich langsam und suchte seine Utensilien zusammen. Bei einem erneuten Blick aufs Meer meinte er, in einiger Entfernung einen Gegenstand auf dem Wasser treiben zu sehen. Er schenkte ihm aber keine besondere Beachtung und packte seinen Rucksack. Als er sich auf seinem Lagerplatz noch einmal umsah, ob er auch nichts vergessen hatte, schweifte sein Blick doch wieder über das Wasser. Jetzt konnte er genauer sehen, dass irgendetwas von den Wellen auf und nieder getrieben wurde. Ein Delfin oder ein Grindwal war es offensichtlich nicht. Beides waren, nach seiner Meinung, Rudeltiere die selten alleine unterwegs waren und bestimmt nicht so nahe an die Küste kamen. Außerdem waren sie auch deutlich größer.

Es wird ein Stück Treibholz sein oder irgendein Gegenstand, der von einem Schiff gefallen ist oder auch achtlos über Bord geworfen wurde. Als er sich wieder davon abwenden wollte schien es ihm, als würden, wie bei einem Schwimmer, Arme aus dem Wasser herausragen. Soweit er sehen konnte, war kein einziges Schiff in erreichbarer Nähe, von dem er kommen könnte. Der nächste Badestrand war zu weit entfernt, um bis hierher schwimmen zu können. Woher also sollte hier ein Schwimmer kommen? War er zu lange der Sonne ausgesetzt und sah schon Hirngespinste? Was immer im Wasser trieb, es kam nur langsam auf diese Bucht zu. Gerne wüsste er, um was es sich dabei handelt, aber der stark verdunkelte Himmel mahnte ihn zur Eile. An den Klippen würde der Gegenstand wohl nicht vorbeikommen. Er wandte sich schnell ab und machte sich auf den Rückweg, um dem nahenden Unwetter zu entgehen.

Der schmale Einstieg zu dem steilen Pfad, auf dem er hergekommen war, forderte seine ganze Aufmerksamkeit. Einen Fehltritt sollte er sich in dieser Einsamkeit nicht erlauben. Hilfe war hier nicht zu erwarten.

Kaum hatte er die ersten Windungen des Pfades hinter sich gebracht, tropfte ihm bereits der Schweiß in dicken Perlen von der Stirn und lief ihm in die Augen. Einen Moment hielt er inne, um Luft zu schnappen und die Glieder zu entspannen. Er war sehr stramm losgezogen. Der noch vor ihm liegende lange Aufstieg würde viel Kraft kosten.

Deshalb sollte er es langsamer angehen lassen. Bei einem Blick zurück bemerkte er wieder den im Meer treibenden unbekannten Gegenstand. Er war ein Stück näher an die Bucht heran gekommen, aber noch nicht zuzuordnen. Gebannt wartete er noch eine Weile, ohne den Blick abwenden zu können. Bevor er weiterging meinte er erneut, auf den höheren Wellenbergen etwas aus dem Wasser emporragen zu sehen, das wie der Kopf und die Arme eines Schwimmers aussah. Jetzt wurde er neugierig. Aus seinem Rucksack holte er sein Fernglas heraus und suchte den Wasserspiegel ab. Er meinte einen Schwimmer zu erkennen. Von den zunehmend stärker werdenden Wellen auf und ab getrieben, bewegte er sich nur sehr langsam auf die winzige Bucht zu. Manchmal verschwand er sekundenlang in den Wellentälern und er musste ihn wieder suchen. Obwohl es ihn weiterdrängte, konnte er den Blick davon nicht abwenden und er verharrte gebannt. Nach einigen Minuten war er ganz sicher, dass dort ein Mensch schwamm. Seine Bewegungen waren langsam und behäbig, so dass es nur der Brandung zuzuschreiben war, dass er näher kam. Ein Boot war nirgends auszumachen, aber es könnte außerhalb seines Blickwinkels sein. Vielleicht würde es gleich auftauchen, oder der Schwimmer würde dahin zurückkehren. Minuten vergingen, ohne dass er sich loslösen konnte. Die ersten Blitze schossen nun aus dem Himmel und auch der Donner ließ nicht lange auf sich warten. Ein böiger Wind trieb die Gicht über die Klippen.

Spätestens jetzt müsste das Boot auftauchen um den Schwimmer an Bord zu nehmen. Auch ohne das Gewitter war die Situation gefährlich. Immer näher trieb er nun auf die Klippen zu. Die Wellen spielten mit ihm und trieben ihn auf und nieder. Er hatte keine Gewalt über sich. Unruhig schaute sich Robert weiter das Auf und Ab an. Helfen könnte ihm so nahe an den Klippen niemand mehr. Auch mit einem Boot würde man nicht nahe genug an den Schwimmer heran kommen, ohne das Risiko einzugehen, auf einen Felsen getrieben zu werden. Vom Land aus gab es ebenfalls keine Möglichkeit zu helfen. Trotzdem stieg er hinab in die Bucht. Er wollte sehen, wie es weitergehen würde und ob er doch etwas für den Schwimmer tun könnte.

Von einem erhöhten Felsbrocken aus schaute er nach ihm. Jetzt war ganz deutlich zu erkennen, dass er um sein Leben kämpfte. Die Richtung die er gewählt hatte, und auf die ihn die Brandung trieb, war durchsetzt mit zahlreichen Felsen, die zwischen den Wellen zu sehen waren. Hier gab es kein Durchkommen. Die nächsten Brecher würden ihn direkt auf die Felsen werfen.

Robert überlegte fieberhaft, was er tun könnte. Ihn zu warnen machte keinen Sinn. Er würde ihn nicht hören. Nach einer Seite auszuweichen würde ihm auch nicht helfen. Dort schlugen die Wellen mit aller Kraft gegen die steilen Felsen. Den Durchgang zwischen den Klippen, den er selbst zum Schwimmen mit viel Glück gefunden hatte, würde er auch nicht sehen und erreichen können.

Zurück ins freie Meer zu schwimmen, würde nur sinnvoll sein, wenn ein Boot in der Nähe wäre, das ihn dort aufnehmen würde. Davon war aber noch immer nichts zu sehen.

Nochmals setzte er das Fernglas an, um sich einen genaueren Überblick zu verschaffen. Bereits bei der nächsten Welle wurde der Schwimmer mit hoch gehoben und über die ganze Körperlänge überschlagen. Kurz wurde ein langer Haarschopf sichtbar - und – ein Bikini. Es war gar kein Mann, nein, eine Frau war es, die dort ums Überleben kämpfte. Pustend und hektisch um sich schlagend kam sie wieder hoch. Viel Zeit zum Luftholen blieb ihr nicht, schon rollte der nächste Brecher über sie. Noch mehr fühlte sich Robert genötigt zu helfen. Aber wie, was könnte er tun? Das Gewitter hatte er mittlerweile vergessen, die Situation ließ ihn nur gebannt auf die verzweifelte Schwimmerin starren. Er musste dringend etwas unternehmen, um ihr zu helfen. Untätig zuschauen, wie die Frau vor seinen Augen tragisch ums Leben kam, konnte er nicht. Aber was könnte er tun? Nach einigen Sekunden, in denen er vollkommen hilflos herumstand, raffte er sich auf und rannte schnell los. In Windeseile umrundete er den ersten großen Felsblock im nur knietiefen Wasser. Die Brandung riss ihn fast von den Beinen und drückte ihn an die scharfkantigen Felsen. Vorsorglich hatte er seine Wanderschuhe angelassen, damit er über die kleineren Klippen hinweg steigen oder klettern konnte. Wenn sie wenigstens in seine Richtung getrieben würde.

Hier war der einzige Durchgang um an den Strand zu kommen. Er schrie so laut er konnte:

„Hierher, schwimmen sie hierher."

Wie befürchtet, war es Energieverschwendung. Der Wind und die Wellen übertönten seine Rufe. Hektisch kletterte er über die nächste Klippe, schwamm dann schnell um einen größeren Felsen herum und kämpfte dabei gegen die Wellen und die Gicht an, die ihm ständig die Luft und die Sicht nahmen. Die Schwimmerin trieb auf einen großen Felsen zu, der sich einige Meter landeinwärts von ihm aus dem Wasser erhob. Er konnte nicht mehr erkennen ob sie noch lebte, bewegungslos glitt sie auf den Wellen. Er versuchte, so schnell es ging, die Klippe zu erreichen und zu erklimmen, auf die sie wahrscheinlich bald aufschlagen würde. Die Wellen drückten ihn an die scharfkantigen Steine. Der Adrenalinschub unterdrückte seinen Schmerz. Ohne Rücksicht auf Risse und Kratzer an Händen, Armen und Beinen kletterte er auf den Felsen. Starke Brecher überspülten die Klippe komplett. Er schaffte es dennoch, einen festen Stand zu finden. Die Schwimmerin trieb direkt auf den Felsbrocken zu. Die nächsten Wellen würden sie vielleicht mit aller Kraft daran oder darauf schleudern. Besser wäre es, er könnte sie bereits im Wasser abfangen, das würde den Aufprall etwas abfedern. Tastend bewegte er sich bis an den Rand und versuchte stabil stehen zu bleiben. Er schaffte es tatsächlich. Bei jedem neuen Brecher stützte er sich mit den Händen ab und kämpfte um sein Gleichgewicht.

Noch ein oder zwei Wellen und sie würde sehr wahrscheinlich auf seiner Höhe sein. Bereits beim nächsten Brecher sah er sie in der Gicht und griff schnell nach ihr, so gut es seine Position erlaubte. Schwankend musste er sich abstützen, um nicht selbst ins Wasser gerissen zu werden. Er spürte gerade noch ihren Haarschopf durch seine Finger gleiten, als sie vorbeigeschleudert wurde. Zwei Schritte konnte er ihr am Rand der Klippe noch nachgehen, aber sie war schon vorbeigetrieben worden. Zum Glück brachte der Sog der nächsten Wellen sie auf seine Höhe zurück. Mit beiden Händen griff er nach ihr, entschlossen, sie notfalls auch an den Haaren herauszuziehen. Ihr rechter Ellenbogen erwischte ihn plötzlich schmerzhaft am Kopf, als die Welle sie direkt auf ihn schleuderte. Ein stechender Schmerz durchfuhr ihn. Trotz der kurzen Benommenheit packte er fest zu, aber sein Griff ging zunächst ins Leere. Er gab jedoch noch nicht auf und grapschte einfach ins Ungewisse. Plötzlich spürte er etwas zwischen seinen Fingern, das sich mit aller Kraft zu entziehen versuchte. Brutal packte er zu. Noch einmal würde er die Möglichkeit bestimmt nicht bekommen. Sobald er merkte, dass er sie fest im Griff hatte, zog er an ihr und hob sie nach oben, um sich mit ihr zusammen rückwärts auf den Fels fallen zu lassen. Ein starker Schmerz durchfuhr seinen Körper, als er mit dem Rücken, zusätzlich mit ihrem Gewicht belastet, auf den scharfkantigen Steinen aufschlug. Ihm blieb kurz die Luft weg, aber er rappelte sich wieder auf.

Er drehte sich zur Seite und versuchte dabei, die Frau etwas aufzurichten. Mit seinem Rücken schirmte er sie gegen die Wellen ab. Der Erfolg war bescheiden. Sie schien ohnmächtig zu sein, atmete aber noch schwach. Auf der Klippe konnte er nichts für sie tun. Mit aller Kraft packte er sie von hinten und hob ihren Oberkörper an. Mit Hilfe der Wellen zog er sie bis an den hinteren Rand des Felsens. Auf die scharfen Steine nahm er keine Rücksicht. Es galt einem viel größeren Risiko zu entkommen. Es ging nicht mehr nur um ihr Leben, sondern auch um sein eigenes. Um sie zu retten, hatte er sich selbst in Lebensgefahr gebracht. Er überlegte, wie er sie in das etwas seichtere Wasser bekommen könnte. Der nächste Brecher nahm ihm die Sorge aber ab. Mit einer Urgewalt riss er beide von dem Felsen herunter. Glücklicherweise fielen sie zwischen einigen kleineren Klippen ins Meer. Schnell richtete er sie wieder auf, wobei sie Wasser spukte, was er erfreut als ein Lebenszeichen zur Kenntnis nahm. Auf dem gleichen Weg, auf dem er gekommen war, zog er sie um die kleineren Felsbrocken zum Strand. Mehrmals wurden beide von den Wellen umgerissen. Strauchelnd konnte er sie immer wieder packen und aus dem Wasser ziehen. An dem einzigen kleinen Strandabschnitt, der noch nicht überspült wurde, legte er sie ganz behutsam nieder und warf sich erschöpft daneben. Gerne wäre er eingeschlafen, die Augen fielen ihm zu. Der Hilfseinsatz hatte viel Kraft gekostet und ihn körperlich stark mitgenommen.

Ein greller Blitz, sofort gefolgt von einem lauten Donnerschlag schreckte Robert Lauber aus einem Erschöpfungsschlaf auf. Er war einige Sekunden lang eingenickt. Sofort wurde ihm die momentane Lage wieder bewusst. Dringend musste er sich um die gerettete Person kümmern. Ein schneller Blick auf die Seite jagte ihm einen gewaltigen Schreck ein. Da lag eine Frau, deren ganzer Körper übersät war mit blutenden Abschürfungen und Rissen. Ihr Gesicht, die Arme und die Schultern waren tiefrot verbrannt. Ihre Lippen waren geschwollen und alles an ihr wirkte aufgedunsen, wie bei einer Wasserleiche. Es war kein schöner Anblick. Schnell überprüfte er, ob sie noch lebte. Einen schwachen Pulsschlag konnte er an der Halsschlagader fühlen. Zur Sicherheit legte er sie in die Seitenlage, was sie mit prustend ausgespucktem Wasser quittierte. Somit war klar, dass sie noch atmete, wenn auch sehr schwach. Leicht tätschelte er ihre Wangen um festzustellen, ob sie ansprechbar war. Sie zeigte keine Reaktion. Als er ihr ein Augenlid nach oben schob, begegnete ihm ein starrer leerer Blick. Sie war zurzeit nicht ganz in dieser Welt.

Dem nächsten Blitz und Donnergrollen folgte ein starker Platzregen. Prustend richtete sich die Frau auf und gab undefinierbare Laute von sich, wobei sie mit den Armen ruderte, als würde sie schwimmen. Sie glaubte wohl, sie sei immer noch im Meer. Gleich darauf sackte sie wieder erschöpft in sich zusammen. Er griff nach ihrer Hand um sie zu beruhigen und legte sich neben sie in den Sand.

Für ihn war der Regen erfrischend, er hatte in den letzten Stunden eine Menge Sonne abbekommen. Für die Frau dürfte Wasser wohl das Letzte sein, was sie sehen und spüren wollte. So wie sie jetzt aussah, musste sie stundenlang geschwommen sein. Sicher brauchte sie dringend irgendetwas zu trinken, fiel ihm jetzt ein. Schnell holte er seinen Rucksack und entnahm seine Trinkflasche. Als er sie vorsichtig an ihre geschwollenen Lippen setzte, schlug sie kurz die Augen auf. Erstaunt schaute sie ihm in die Augen, nahm benommen etwas von dem Getränk auf, um dann wieder mit verdrehten Augen in die Horizontale zu gleiten. Sie hatte viele Verletzungen und einen schlimmen Sonnenbrand, aber sie lebte. Das ist im Moment das Wichtigste dachte er, lehnte sich zurück und schloss wieder die Augen, um noch etwas zu entspannen.

Ein erneuter Donnerschlag brachte ihn zurück in die Gegenwart. Er wischte sich den Regen aus den Augen und musterte nun die Frau neben sich noch einmal eingehender. Ihr Alter war in diesem Zustand schwer zu schätzen. Sie war mit einem knappen Bikini bekleidet, der mehr zeigte, als er verdeckte. Ihr Kopf, ihre beiden Schulterblätter und die Arme waren krebsrot verbrannt. Mehrere Stunden musste sie im Wasser der gleißenden Sonne ausgesetzt gewesen sein. Die Lippen waren spröde und stark aufgedunsen. Ihr ganzer Körper war übersät mit zahlreichen Schürfwunden und leicht blutenden Rissen. Quer über ihren Bauch war ein tiefer Schnitt, der ziemlich stark blutete.

Das mit dem Regen vermischte Blut, lief als rote Rinnsale über ihren Körper. Einige ihrer vielen Verletzungen gingen sicher auf sein Konto, als er sie aus dem Meer über das Riff ziehen musste. Was hätte er aber sonst tun sollen? Es war die einzige Möglichkeit um sie zu retten.

Für die Versorgung ihrer Verletzungen und des Sonnenbrandes hatte er hier keine Möglichkeit. Jetzt wurde ihm bewusst, wo sie sich befanden. Von der nächsten menschlichen Behausung waren sie weit entfernt. Hilfe an diesen Platz zu holen schien unmöglich. Vom Wasser her gab es keinen Zugang zu der Bucht und aus der Luft war auch nichts zu erwarten. Bei diesem Wetter konnten keine Hubschrauber eingesetzt werden. Es war völlig sinnlos überhaupt darüber nachzudenken. In dieser Bucht gab es außerdem kein Telefonnetz, das hatte er bereits festgestellt. Also blieb ihnen nur der steile Aufstieg über den schmalen Pfad, auf dem er in diese Bucht gekommen war. Das war aber in ihrem Zustand unmöglich zu schaffen. Hier in dieser Bucht zu bleiben war auch keine Option. Sollte er versuchen Hilfe hierher zu holen? Das würde einige Stunden dauern, in denen sie hilflos und völlig alleine hier ausharren müsste. Würde sie das überleben? Kategorisch schloss er diese Möglichkeit aus.

Der Blick zum Einstieg in den extrem steilen Pfad jagte ihm zusätzlich einen Schreck ein. Der Regen floss in wilden Sturzbächen zwischen den Steinen durch. Der Weg war nass und rutschig.

Wie sollte er die Frau da jemals hinauf bekommen. Ohne ihr Zutun hatte er gar keine Chance. Als er sich zu ihr beugte, öffnete sie kurz die Augen und schaute ihn mit verklärtem Blick an. Er war sich nicht sicher, dass sie ihn zur Kenntnis nahm. Trotzdem sprach er sie an.

„Hallo, hören sie mich? Wachen sie bitte auf. Wir müssen hier dringend weg, sie brauchen Hilfe. Hierher kann niemand kommen."

Ohne eine Antwort drehte sie sich zur Seite. Sie schien ihn nicht zu verstehen oder gar nicht zur Kenntnis zu nehmen. Fieberhaft überlegte er, was er machen könnte. Sie in ihrem jetzigen Zustand zu tragen war ausgeschlossen, das würde er nicht schaffen. Sie müsste auf eigenen Beinen stehen können. Erst musste sie einigermaßen stabil sein, bevor sie sich auf den Weg machen konnten. Um vor Einbruch der Dunkelheit die Steigung zu überwinden, blieb nicht viel Zeit. Ratlos schaute er sie lange an und hielt ihre Hand, um jede Reaktion zu erkennen. Langsam schien sie wieder zu sich zu kommen. Erneut gab er ihr etwas zu trinken, was sie mit einer schwachen Handbewegung dankte.

Robert Lauber nahm seinen Rucksack und stülpte ihn aus. Seine Ausstattung betrachtend, sondierte er seine Möglichkeiten. Zunächst musste er ihr behelfsmäßig die Füße präparieren, barfuß konnte sie auf den Steinen nicht vorankommen. Badeschuhe mit einer dünnen Sohle hatte er dabei. Für den steinigen Weg waren sie nicht geeignet, weshalb er sich entschloss, sie selbst anzuziehen.

Seine Füße hielten einiges aus, er würde es eher ertragen können. Dann könnte er ihr seine festen Wanderschuhe überlassen. Ein Blick auf ihre Füße werfend, zerschnitt er sein Badetuch in Streifen, um sie damit zu umwickeln und die Schuhgröße auszugleichen. So würde sie in den Schuhen festen Halt bekommen. Als er ihre Füße bearbeitete und ihr sein Provisorium überzog, sah sie ihn wieder mit glasigem Blick an, ließ es aber widerstandslos über sich ergehen. Dieses erste Problem war gelöst.

Als nächstes musste er ihren Oberkörper gegen das Gestrüpp schützen, durch das sie klettern mussten. Zum Glück hatte er ein Reserve-T-Shirt dabei, das er ihr vorsichtig überzog. Es war zwar ganz durchnässt, aber es regnete ja sowieso in Strömen. Wie eine völlig leblose Puppe ließ sie sich während dem Anziehen hin und her bewegen. Mehr konnte er im Moment nicht für sie tun, sein Material war aufgebraucht.

Das Wetter wurde zunehmend ungemütlicher. Zu Blitz, Donner und Regen blies jetzt auch noch ein starker Wind. Dringend sollten sie sich auf den beschwerlichen Weg machen, um nicht auch noch von der Dunkelheit überrascht zu werden.

Robert beugte sich wieder über die Frau. Mit geschlossenen Augen döste sie vor sich hin. Puls und Kreislauf schienen in Ordnung zu sein. Sicher war sie nur infolge der Überlastung so schwach.

„Hallo, hören sie mich? Wir müssen hier weg. Dazu brauche ich ihre Hilfe. Können sie aufstehen wenn ich ihnen behilflich bin? Verstehen sie mich?

Sprechen sie deutsch? Geben sie mir ein Zeichen wenn sie mich verstehen können."

Schwerfällig öffnete sie die Augen und schaute ihn mit apathischem Blick an, bevor sie einen Blick auf die Umgebung warf. Ein Nicken signalisierte ihm, dass sie verstanden hatte. Leicht bewegten sich ihre Lippen, aber was sie sagen wollte war völlig unverständlich, sie lallte nur. Beim nächsten Versuch gelang es ihr einige Worte zu stammeln.

„Wo bin ich denn? Wo sind Ralf und Susanne? Wer sind sie? Was ist passiert?"

Froh darüber, dass sie einigermaßen bei Sinnen war, antwortete er langsam und deutlich.

„Sie sind in einer kleinen Bucht. Ich habe sie aus dem Meer gefischt als sie auf die Klippen trieben. Mein Name ist Robert Lauber, nennen sie mich einfach nur Robert. Von den anderen Personen weiß ich nichts, sie trieben ganz alleine im Wasser. Sie müssen schon stundenlang geschwommen sein. Ihr Körper ist voller kleiner Verletzungen und sie haben einen schweren Sonnenbrand. Ich muss sie zu einem Arzt oder in ein Krankenhaus bringen. Dazu müssen wir erst einen Berg hinauf, hier unten kann uns niemand helfen. Ich brauche aber unbedingt ihre Unterstützung, alleine schaffe ich das nicht. Versuchen sie bitte aufzustehen, ich werde sie stützen. Setzen sie einfach einen Fuß vor den anderen, dann wird es schon gehen."

Ohne Widerspruch versuchte sie aufzustehen, sackte aber sofort wieder in sich zusammen. Er konnte sie gerade noch rechtzeitig auffangen.

Das wird wohl nichts werden, dachte er und ließ sie im Sand liegen. Nach kurzem Nachdenken wurde ihm bewusst, dass es keine Alternative gab. Sie mussten den Berg hinauf. Vielleicht bekam er weiter oben ein Telefonnetz um Hilfe herbei zu rufen. Schnell packte er seine restlichen Sachen in den Rucksack und hängte ihn um. Dann nahm er sie unter den Armen und zog sie in die Höhe. Sie war so schwer, dass er erneut Bedenken hatte, mit ihr weiterzukommen. Wo kommt bei einer so schlanken Figur dieses Gewicht her, fragte er sich. Einen ihrer Arme legte er sich um den Hals und zog ihn vorne auf seine Brust, wo er ihn festhielt. Wacklig, mit weichen Knien hing sie auf ihm und drohte gleich wieder zusammenzusacken. Mit dem freien Arm packte er sie fest um die Taille und schritt mit ihr langsam auf den Pfad zu. Trotzdem sie versuchte kleine Schritte zu machen, war es mehr ein schleifen, statt gehen. Am Einstieg des Weges nahm er ihr rechtes Bein und stellte es auf den ersten Stein, bevor er sie neben sich nach oben schob. So wird das nie etwas, dachte er erneut. Mangels anderer Möglichkeiten schleppte er sie dennoch weiter. Nach einigen Schritten merkte er, dass sie ihn zusehends stärker zu unterstützen versuchte. Es ging etwas leichter. Schritt für Schritt kämpften sie sich aufwärts. Nicht nur wegen ihr, sondern auch wegen sich selbst, musste er alle paar Minuten eine Pause einlegen. Trotz starkem Regen und einer recht deutlichen Abkühlung der Luft, lief ihm schon der Schweiß aus allen Poren.

Nach nur wenigen Windungen des Pfades setzte er seinen Ballast zum Ausruhen auf einen Felsen. Ein Blick zurück zeigte ihm, wie wenig Höhe sie bisher überwunden hatten. Er überlegte, wie lang der Weg insgesamt noch war. Sein Abstieg war sehr zügig gewesen. Aber da ging es auch nach unten. Außerdem war er alleine, nur mit seinem eigenen Gewicht. Lange unterwegs war er trotzdem. Auf die Uhr hatte er dabei nicht geschaut. Das jetzt geschaffte Stück war jedenfalls nur ein winziger Bruchteil der gesamten Strecke. Entmutigen ließ er sich davon jedoch nicht. Es gab nur diese eine Möglichkeit für sie. Die Zeit lief aber auch gegen sie. Es war zu befürchten, dass sie nicht mehr vor Einbruch der Dunkelheit ankommen würden. Hauptsache, er brachte sie heil auf den Berg. Die Zeit spielte doch eigentlich keine Rolle. Auch mit der Dunkelheit würden sie notfalls klarkommen. Das Licht seines Smartphone müsste reichen, was anderes hatten sie nicht.

Der Blick auf das Meer war beeindruckend. Wild rauschte die Brandung über die Klippen auf die kleine Bucht zu. Seitlich davon klatschten die Wellen mit großer Wucht an die Steilhänge und zogen sich dann wieder zurück. Wie ein Angreifer der gegen ein Hindernis anläuft und merkt, dass es unüberwindbar ist und sich wieder zurückzieht. Die Gischt stiebte und hinterließ einen grauen Dunstschleier. Der Strand war mittlerweile von Wellen überflutet. Auf dem Wasser war immer noch, soweit das Auge reichte, kein Boot zu sehen.

Demnach wurde die Frau noch von niemandem vermisst. Das erschien ihm rätselhaft. Gedanken darüber zu verschwenden war aber jetzt nicht der richtige Zeitpunkt, sie mussten weiter. Zunächst gab er der Frau wieder etwas zu trinken, was sie gierig annahm. Dann nahm er selbst einen kleinen Schluck. Sie mussten sparsam mit seinem Getränk umgehen, es lag noch ein langer Weg vor ihnen.

Er musterte wieder das jämmerliche Geschöpf, das benommen vor ihm saß. In dem weiten T-Shirt, das nass auf dem Körper klebte und den schweren Wanderschuhen, gab sie ein seltsames Bild ab. Ein Foto von ihr zu machen wäre zwar reizvoll, aber dazu waren die Umstände zu ernst. Gerne hätte er wenigstens gewusst, mit wem er es zu tun hatte und wieso sie alleine auf dem Meer getrieben war. Aber in dem Zustand wollte er sie nicht fragen. Außerdem brauchten sie beide ihre Energie für den weiteren Aufstieg.

Mühsam nahm er seinen Ballast wieder auf. Nur mit seiner Unterstützung konnte sie sich noch weiterschleppen. Mittlerweile hatte sie sich aber an den Automatismus gewöhnt. Gleichmäßig setzte sie einen Schritt vor den anderen. Aber immer noch lastete ihr Gewicht auf seinen Schultern.

Der Regen hatte mittlerweile nachgelassen. Das Gewitter war ins Innenland weitergezogen.

In einem steileren Stück entglitt ihm die Frau plötzlich und sackte zu Boden. Beim Versuch sie abzufangen, rutschte er selbst aus und fiel neben sie in den Matsch. Ganz verwirrt blickte sie ihn an.

Sie hatte den Sturz ohne Schaden überstanden und versuchte jetzt sogar selbstständig aufzustehen. Es gelang ihr nicht und sie sank wieder zurück.

„Es tut mir sehr leid", stammelte Robert und er glaubte, in ihrem Gesicht den leichten Ansatz eines Lächelns zu sehen.

„Wie heißt du eigentlich und wo kommst du her? Bist du über Bord gefallen?"

Die Frau schaute ihn lange an. Sie war zu sehr geschwächt, um sich mit ihm zu unterhalten.

„Nenne mich Tina, so hat man mich als Kind auch immer gerufen", hechelte sie nach einigen Minuten. Die Anstrengung war ihr anzumerken. Ihren vollen Namen wollte sie nicht preisgeben. Robert gab sich damit zunächst zufrieden.

Er reckte sich mehrmals und versuchte seine Schulter zu entspannen, die von der ständigen Belastung mit ihrem Gewicht stark schmerzte. Auch sein Rücken tat ihm von dem Sturz auf die Klippe noch weh, er dürfte einige Schürfwunden und Risse abbekommen haben.

Der Weg wurde mittlerweile etwas breiter und war nicht mehr so steil. Sie kamen besser voran. Bald würde die Dunkelheit hereinbrechen und Robert hätte vorher gerne sein Ferienhaus erreicht. Es lag abseits der jetzt weit in der Ferne sichtbaren Ansiedlungen. Es war über eine Abkürzung direkt zu erreichen. Meter um Meter schleppte sich das ungleiche Paar weiter. Beide waren ausgezehrt und müde. Die Abstände zwischen den Pausen wurden immer kürzer.

Endlich konnten sie hinter einigen Hügeln das Ferienhaus erkennen. Robert hatte beschlossen, zur Erstversorgung und zum Entspannen erst einmal dort zu rasten. Das Ziel bereits vor Augen gab ihnen die Kraft ihre Schritte zu beschleunigen. Da seine Patientin keine akute Bedrohung mehr hatte, konnten sie sich mit dem Aufsuchen eines Arztes oder eines Krankenhauses etwas mehr Zeit lassen. Robert wunderte sich über die eiserne Energie der Frau, und dass ihr Kreislauf die Strapazen nach dem langen Schwimmen noch ausgehalten hatte. Hauptsache sie waren jetzt gleich in Sicherheit und hatten erst einmal ein Dach über dem Kopf sowie eine Möglichkeit zum Ausruhen.

Kaum hatte er die Eingangstür geöffnet, sank Tina schon auf dem Teppich des Wohnraumes zusammen und schlief offensichtlich sofort ein. Eine trockene Leinendecke legte er noch über sie. Dann fiel er nass und verschmutzt auf die Couch, er war total am Ende seiner Kräfte.

KAPITEL 5

Robert Lauber schreckte durch undefinierbare Geräusche auf. Benommen schaute er sich um. Zuerst bemerkte er seine noch durchnässte und verschmutzte Kleidung, die ihm am Leib klebte. Wie lange er schon so gelegen hatte wusste er nicht. Alle Glieder schmerzten. Langsam wurde ihm die Situation wieder klar. Behäbig erhob er sich. Seine Beine und die Arme waren lahm und verkrampft. Das lange Schleppen der unbekannten Frau hatte ihn überanstrengt. Ein Blick zu ihr ließ ihn erschrecken. Sie stöhnte und japste, wobei sie mit den Armen hektische Schwimmbewegungen machte. Offensichtlich litt sie unter Atemnot, oder glaubte es zumindest. Träumte sie und wähnte sie sich im Wasser? Wie sie so vor ihm lag, mit ihren zahlreichen Schnittwunden und Abschürfungen und dem verbrannten oberen Teil ihres Körpers, gab sie ein bedauernswertes Bild ab.

Er setzte sich neben sie auf den Boden und nahm ihre Hände, während er sie ansprach.

„Es ist alles gut, sie sind in Sicherheit und haben festen Boden unter den Füßen. Ich werde ihnen jetzt trockene Sachen beschaffen und ihre Wunden versorgen, so gut ich kann."

Mit verklärtem Blick beruhigte sie sich, legte sich auf die Seite und schien wieder einzuschlafen. Die Strapazen forderten ihren Tribut. Nachdem er ihren Puls kontrolliert hatte kam er zu dem Schluss, dass keine akute Lebensgefahr bestand.

Wenn ihr Kreislauf stabil bliebe, müsste sie nicht sofort zum Arzt oder ins Krankenhaus. Da er sich auf der Insel nicht auskannte, dürfte das ohnehin nicht ganz einfach sein. In der hereingebrochenen Dunkelheit schon gar nicht. Er hatte keine Ahnung wo er den nächsten Arzt oder ein Krankenhaus suchen sollte. Heraus aus den nassen Kleidern müsste sie allerdings bald, um einer Erkältung vorzubeugen. Auch die gröbsten Verletzungen sollten gesäubert und behandelt werden. Seinen Kleiderbestand inspizierend, entschied er sich für kurze Shorts, ein T-Shirt und eine Trainingshose. Anstatt Schuhen müssten dicke Socken von ihm genügen. Aus dem Badezimmer nahm er eine Schüssel mit lauwarmem Wasser, Waschlappen und einige Handtücher mit. Sie zu baden oder zu duschen schien ihm aufgrund ihrer Verletzungen nicht sinnvoll und nicht unbedingt notwendig. Der Regen hatte den Dreck bereits abgespült.

Der Verbandkasten seines Freundes gab nicht viel Auswahl her. Ein Rest Desinfektionsmittel, Verbandmull und Heftpflaster waren wenigstens vorhanden und mussten fürs Erste genügen. Im Wohnraum platzierte er alles neben sie auf dem Boden. Sie schlief fest und atmete gleichmäßig. Sollte er sie schlafen lassen? Er entschied sich, sie für eine Minimalversorgung zu wecken.

„Hallo Tina, du musst dich abtrocknen und trockene Kleider anziehen. Sobald ich notdürftig deine Verletzungen versorgt habe, kannst du dich nebenan zum Schlafen auf ein Bett legen."

Ganz verstört blickte sie ihn wieder an, machte aber keinerlei Anstalten sich zu bewegen. Resolut setzte er sie auf, lehnte sie mit dem Rücken an die Couch und zog ihr das durchnässte Shirt, das er ihr am Strand angezogen hatte, über den Kopf. Widerstandslos schwankte sie hin und her und lies sich abtrocknen. Rund um die zahlreichen Risse und Schnitte konnte er sie nur sanft abtupfen. Das Badetuch um ihren Oberkörper haltend, löste er darunter das Oberteil ihres Bikinis. Dann zog er ihr das trockene T-Shirt über. Dabei stellte er fest, dass der große Schnitt an ihrem Bauch stark blutete. Sie verzog nur ganz leicht den Mund als er mit dem Desinfektionsmittel die Wundränder bearbeitete. Nachdem er den Schnitt rundherum gesäubert hatte, legte er Verbandmull auf und fixierte ihn. Das sollte als Notversorgung vorerst genügen. Das Badetuch um ihren Unterleib gewickelt, tauschte er ihre Bikinihose gegen die Shorts. Die kleinen Schnitte und Schürfwunden auf ihrem Körper tupfte er mit Desinfektionsmittel ab. Mit einem Fettstift fuhr er ihr über die spröden Lippen. Völlig unbeteiligt ließ sie über sich ergehen, dass ein fremder Mann sie versorgte und umzog.

Sein Bett im Schlafzimmer überzog er schnell mit frischen Laken, nahm die Frau vom Boden auf, legte sie aufs Bett und deckte sie mit einer dünnen Decke zu. Als sie die Augen öffnete, glaubte er ein dankbares Lächeln wahrzunehmen. Neben ihr Bett platzierte er Wasser, Trainingshose und Badetuch, dann löschte er das Licht und ließ sie alleine.

An sich hatte er die ganze Zeit nicht gedacht. Zu sehr hatte ihn die Sorge um seine Patientin in Beschlag genommen und davon abgelenkt. Immer noch steckte er in seiner durchnässten Kleidung. Er ging schnell unter die Dusche und spülte sich ab. Flüchtig kontrollierte er dann seine Verletzungen. Es waren einige Abschürfungen und Schnitte von den scharfkantigen Klippen, die seinen Körper übersäten. Seine Schulter war von dem Fall auf die Felsen, als er die Frau aus dem Wasser gerissen hatte, auch etwas abgeschürft. Sein Rücken hatte Prellungen abbekommen, als er mit Tina an seiner Brust rückwärts aufgeschlagen war. Auf die eigene Gesundheit hatte er in der Notsituation keine Rücksicht genommen. Am stärksten spürte er die Überbelastung seiner Schultergelenke. Das würde sich durch Schonung schnell wieder stabilisieren. Die größeren Schürfwunden und Risse versorgte er notdürftig und zog sich trockene Kleidung an. Normalerweise sollte er mal etwas Essbares zu sich nehmen. Die Frau müsste bestimmt auch hungrig sein. Aber beide waren so mitgenommen, dass ein erholsamer Schlaf jetzt sicher wichtiger war. Mit einer Flasche Bier begab er sich auf die Couch im Wohnraum. Bevor er noch einen Schluck trinken konnte, war er schon fest eingeschlafen.

In der Nacht wurde er mehrmals wach. Immer wieder dachte er an den denkwürdigen Verlauf dieses Urlaubstages. Wo war so plötzlich diese Frau hergekommen? Was könnte ihr passiert sein? Sicher war sie von einem Schiff oder Boot gefallen.

Das müsste eigentlich jemand bemerkt haben. Wieso hatte er während der langen Zeit in der Bucht kein Fahrzeug zur Kenntnis genommen? Falls es zunächst außerhalb seines Blickwinkels gewesen sein sollte, müsste er ihre anschließende Suche doch mitbekommen haben. Wieso war keine Küstenwache unterwegs? Hatte noch niemand ihr Fehlen gemeldet, obwohl sie mehrere Stunden im Wasser getrieben sein musste? Auf seine vielen Fragen fand er alleine keine Antwort. Das müsste er mit ihrer Hilfe am nächsten Morgen klären.

In einer weiteren Wachphase machte er sich Sorgen darüber, dass er den Vorfall noch nicht der Polizei gemeldet hatte. Wäre es nicht seine Pflicht gewesen, sofort die Behörden zu verständigen? Könnte es nicht sein, dass jemand verzweifelt auf ihre Rückkehr wartete? Vielleicht sogar Kinder, die sie versorgen müsste. Aber er hatte keine Wahl gehabt. Was könnte man ihm anlasten? Außer ihm wusste niemand etwas von dem Vorfall. Kein Mensch, außer ihm, hatte etwas mitbekommen. Auf dem gesamten Rückweg war ihnen niemand begegnet. Er beherbergte eine wildfremde Frau, von der er nichts wusste. Weder ihre Herkunft, noch die Ursache für ihren Unglücksfall waren ihm bekannt. Würde man ihm überhaupt glauben, dass sie plötzlich, aus dem nichts heraus, im Meer aufgetaucht ist und er zufällig an dieser entlegenen Stelle war? Seine Blessuren, aber hauptsächlich die vielen Verletzungen und der Sonnenbrand der Frau, würden seine Darstellung untermauern.

Zwischendurch hatte er immer wieder um die Ecke ins Schlafzimmer geschaut. Meistens schlief die Frau tief und ruhig. Manchmal bäumte sie sich aber stöhnend auf. Sie wird sicher träumen und ihr Erlebnis verarbeiten, dachte er. Kein Wunder, wo sie gerade so knapp am Tod vorbei geschlittert ist. Ob ihr bewusst ist, wie knapp es war? Sie war ja schon ganz apathisch. Ihre Verletzungen und der Sonnenbrand würden bestimmt auch schmerzen, aber zunächst dürfte die Überlastungsschwäche überwiegen. Ruhe war sicher das, was sie jetzt am dringendsten brauchte, um wieder zu Kräften zu kommen. Alles andere musste warten. Er würde sie am Morgen in ein Krankenhaus bringen, damit sie medizinisch versorgt würde. Anschließend müsste er feststellen, wo sie abgängig war und sie abholen lassen oder wieder in ihr Domizil bringen. Sehr wahrscheinlich lag bei der Polizeidienststelle bereits eine Vermisstenmeldung vor. Oder sie selbst konnte und wollte ihm Auskunft darüber geben, wo man sie abliefern sollte. Nach dieser Überlegung gelang es ihm endlich, seine Sorgen und Gedanken zu verdrängen. Er gab sich wieder seinem dringend benötigten Schlaf hin.

KAPITEL 6

Larissa Heim, die Tina genannt werden wollte, bekam ihre Rettung und den beschwerlichen Weg zum Ferienhaus nur völlig im Tran und nur in Bruchstücken mit. Zu sehr kämpfte sie mit ihren Schmerzen. Kopf, Rücken und Arme brannten fürchterlich, trotz der ständigen Befeuchtung durch den Regen. Ihre Arme und Beine spürte sie kaum noch, ihr Gleichgewichtssinn war gestört und sie taumelte nur in den stützenden Armen eines Unbekannten. Sie war kraftlos und am Ende.

Als sie das Innere des Hauses schemenhaft wahrnahm, hatte sie nur noch Schlafen im Sinn.

Jetzt schlief sie zwar, aber laufend hatte sie den Kampf mit den Wellen vor Augen. Aufbäumend ruderte sie mit den Armen und schnappte nach Luft, um danach wieder in einen tieferen Schlaf zu versinken, der fast einer Ohnmacht glich. Einmal träumte sie, ein Riesenkrake würde sie mit seinen langen Fangarmen in ein tiefes schwarzes Loch ziehen. Ihre Gegenwehr war vergeblich. Dann umgab sie eine undurchdringliche Dunkelheit.

Wie sie in diese heikle Situation geraten war beschäftigte sie zeitweise. Aber zu unklar war ihre Erinnerung. Sie konnte sich nicht konzentrieren und keine schlüssige Erklärung finden.

Als die ersten Sonnenstrahlen durchs Fenster auf ihr Bett schienen und den Tag ankündigten, wurde sie langsam wach. Ihr Körper war schlaff, ihr Sonnenbrand juckte und brannte fürchterlich.

Es kostete sie viel Beherrschung sich nicht ständig zu kratzen. Jetzt musste sie sich zusätzlich auch noch gegen eine aufkommende Übelkeit wehren. Seit vielen Stunden hatte sie nichts mehr gegessen. Hunger spürte sie nicht direkt, aber eine große Leere hatte sich in ihrem Magen ausgebreitet. Ein Frühstück könnte ihr wohl nicht schaden, aber der Gedanke daran verstärkte ihren Brechreiz.

Wie sollte es nun weiter gehen? Sie war in der Obhut eines wildfremden Mannes, von dem sie nichts wusste. Wer war das? Was hatte ihn dazu veranlasst, ihr unter Einsatz seines eigenen Lebens zu helfen? Seltsamerweise vertraute sie ihm. Er war so fürsorglich und hatte sich so zurückhaltend verhalten. Ohne ihn wäre sie sicher nicht mehr am Leben. Musste sie jetzt Ralf verständigen wo sie abgeblieben war? Was aber, wenn eine Absicht dahintersteckte, sie nicht mehr aufzufinden? Dass er ihr nach dem Leben trachtete, konnte sie noch nicht so ganz glauben. Obwohl der Gedanke nicht so abwegig war. Ständig war sie ihm bei seinen geschäftlichen Aktivitäten im Wege. Ohne sie hätte er jetzt nicht nur uneingeschränkte Entscheidungsfreiheit, er würde zusätzlich auch ihre Anteile und ihr beträchtliches Vermögen erben. Sie war ihm immer schon ein Dorn im Auge, der ihn hemmte. Skrupellos genug war er auch. Wenn sie an die ständigen Auseinandersetzungen in letzter Zeit wegen unterschiedlicher Auffassungen dachte, konnte sie es nicht ausschließen. Sein plötzlicher Familiensinn könnte nur gespielt gewesen sein.

Wie viele Menschen wurden schon wegen viel geringeren Motiven umgebracht. Der Gedanke daran verstärkte ihre Übelkeit noch. Ein Schauder durchfuhr ihren Körper und die Angst trieb ihr einen kalten Schweiß auf die Stirn. Nein, sie wollte daran nicht glauben. Dass er ihr Verschwinden billigend in Kauf genommen hatte, würde sie ihm allerdings zutrauen. Sie beschloss, sich vorsichtig zu verhalten bis sie sich Klarheit verschafft hatte. Sicherheitshalber hatte sie ihrem Retter nicht ihren richtigen Namen preisgegeben und sich nur Tina genannt. So wusste er nicht wer sie wirklich war. Die Anonymität verschaffte ihr Sicherheit.

Wieder übermannte sie eine bleierne Müdigkeit und erlöste sie von den schrecklichen Gedanken. Nochmals verfiel sie in einen tiefen Schlaf. Dieses Mal blieben ihr die schlimmen Träume erspart.

Eine leichte Berührung am Oberarm weckte sie nach einiger Zeit wieder. Erschreckt schaute sie auf den Mann neben sich und musste sich erst wieder sammeln, um ihn zuordnen zu können.

„Entschuldige, dass ich dich wecke. Du musst endlich etwas essen und trinken. Danach müssen wir uns um deine Blessuren kümmern. Weißt du überhaupt noch was passiert ist?"

Ihr verwirrter Blick hatte Robert zu dieser Frage veranlasst. Er vermutete, dass sie nicht ganz bei sich war und ihn nicht einordnen konnte. Sie wandte sich auch prompt von ihm ab und drehte sich auf die andere Seite. Da er keinen Grund zur Eile sah, ging er ins Bad und machte sich fertig.

Ein Blick in den Spiegel offenbarte ihm, dass er noch ziemlich mitgenommen aussah. Ihm steckte die Anstrengung des Vortages im Körper. Er hatte Urlaub, den wollte er eigentlich genießen. Vorher musste er den eingehandelten Ballast loswerden.

Als er aus dem Bad zurückkam, schlief sein ‚Gast' immer noch. Bevor er sie erneut aufweckte, richtete er ein ausgiebiges Frühstück und kochte einen starken Kaffee. Eine kräftige Mahlzeit würde sie sicher wieder auf die Beine bringen, dachte er. Er selbst war auch sehr hungrig und durstig und freute sich darauf, endlich wieder etwas in den Magen zu bekommen.

Beim nächsten Versuch Tina aufzuwecken hatte er mehr Glück. Aber ihr Bestreben aufzustehen scheiterte kläglich. Sie bat ihn, mehr durch Gesten als durch Worte, sie zuerst zur Toilette zu bringen. Er musste sie aufrichten und ins Bad schleppen. Wie ein nasser Sack hing sie an ihm. Nach einigen Minuten machte sie sich bemerkbar und er konnte sie an den Tisch befördern. Den Blick, mit dem sie das Frühstück kritisch inspizierte, missdeutete er.

„Was anderes kann ich dir leider nicht anbieten. Ich habe kein Hotel und meine Vorräte sind nur auf meinen Bedarf abgestimmt", reagierte Robert.

Sie schüttelte nur verneinend den Kopf und bediente sich bei den aufgebackenen Brötchen und dem Rührei mit Speck. Nach nur wenigen Bissen wandte sie sich ab und schaute geistesabwesend ins Leere. Robert gab sich keine Mühe mit ihr. Sein Ansinnen war, sie möglichst schnell loszuwerden.

Hatte er sich mit ihr ein undankbares, verwöhntes Wesen eingehandelt? Wusste sie nicht zu schätzen, dass er sein Leben für sie riskiert hatte? Oder war sie nicht ganz bei Sinnen und er musste ihr noch Zeit einräumen bis sie ihre Situation realisierte?

„Sobald du soweit bist, bringe ich dich zu einem Arzt oder in ein Krankenhaus. Danach musst du mir sagen, wen ich anrufen kann oder wo ich dich hinbringen darf. Hast du einen Mann oder andere Angehörige hier? Du warst doch sicher nicht ganz alleine auf dem Meer? Man wird dich vermissen und sich Sorgen machen. Du kannst sie doch nicht weiter im Ungewissen lassen. Bist du von Bord gefallen, oder was ist mit dir passiert?"

Ihr Blick schien durch ihn hindurch zu gehen, als wäre er nicht existent. Irritiert schaute er sie an. War die Frau geistig normal?

Nach langem Zögern bequemte sie sich endlich zu einer kurzen Antwort, aber anders als erwartet.

„Ich will keinen Arzt und in kein Krankenhaus. Lasse mich bitte einfach nur eine Weile in Ruhe. Ich kann dir nichts anderes sagen."

Sie war jetzt auch zu dem vertraulichen ‚Du' gewechselt, wie Robert schon zuvor.

Der Ton in dem sie zu ihm sprach, stand im krassen Gegensatz zu ihrem Zustand. Er wurde ihrer Situation und Abhängigkeit nicht gerecht. Es klang so endgültig, fast wie ein Befehl, dem nicht widersprochen werden durfte. Robert schaute sie entgeistert an. Er war doch nicht ihr Diener. Ihr musste eigentlich klar sein, dass sie Hilfe brauchte.

Auf ihrem Körper zeigten sich Schwellungen und der Sonnenbrand entwickelte die ersten Blasen. Als er ihr ins Bad geholfen hatte, fühlte er bereits ihre viel zu heiße Haut. Starke Schmerzen, Fieber und vielleicht Übelkeit und Durchfall könnten bald folgen. Aber die Antwort klang so, als dulde sie keinen Widerspruch. Er war aber niemand, mit dem sie so umgehen konnte. Außerdem wollte er nun endlich wissen, mit wem er es zu tun hatte. Er hatte schließlich mit seiner uneigennützigen Hilfe ein Recht darauf erworben.

Sie hatte anscheinend seine Gedanken erraten und seinen Unmut gespürt.

„Bitte, bitte, lass mich einfach nur hier bleiben bis es mir besser geht. Ich kann dir nichts sagen, zumindest noch nicht. Sobald es geht, verschwinde ich. Vertraue mir und hilf mir so gut du kannst. Ich habe meine Gründe und ich habe große Angst. Es soll auch nicht dein Schaden sein."

Kaum hatte sie die letzten Worte gesprochen, wurde sie von einem Weinkrampf geschüttelt. Wimmernd war sie in sich zusammengesunken. Obwohl Robert mit dieser Antwort nicht zufrieden war, brachte er es jetzt nicht übers Herz, dieses jammernde und zitternde Geschöpf stärker unter Druck zu setzen. Gerne wäre er sie, und vor allen Dingen die Verantwortung für sie, losgeworden. So hatte er sich seinen Urlaub nicht vorgestellt. Ihr Zustand erregte aber sein Mitleid. Was konnte er gegen ihren Willen tun? Konnte er verantworten sie hier zu lassen? Er beugte sich ihrem Willen.

„Dann lasse mich wenigstens deine Blessuren versorgen, soweit es meine bescheidenen Mittel zulassen. Viel lieber wäre mir, wenn ein Arzt dich untersuchen könnte und dir etwas verordnet. Wie fühlst du dich, ist dir übel? Dein Körper ist so heiß. Es könnte sein, dass du Fieber hast.“

„Es ist schon alles in Ordnung. Du hast mich gut versorgt. Es geht mir von Stunde zu Stunde besser…und…verzeih mir bitte meinen Ton von vorhin, es war nur meine Verzweiflung. Ich bin dir doch so dankbar für deine Hilfe. Ich wüsste nicht, was ich ohne dich tun sollte.“

Nachdenklich schaute er sich dieses jammernde Wrack von einer Frau an.

„Was mache ich jetzt nur mit dir? Ich kann dich ja nicht einfach hinauswerfen in deinem Zustand. Du bringst mich ganz schön in Verlegenheit.“

Ohne auf ihre Antwort zu warten verließ er den Raum. Erneut durchsuchte er den Verbandkasten und alle seine Bestände. Die Schürf- und Schnittwunden zu versorgen war noch das Einfachste, was er schnell erledigt hatte. Den langen Riss auf dem Bauch konnte er mit den letzten verbliebenen Verbandmitteln neu verkleben. Bereitwillig folgte sie seinen Anweisungen. Zum Glück war nichts entzündet oder eitrig. Was konnte er aber gegen das Jucken des Sonnenbrandes tun? Immer wieder rieb sie daran. Es war zu befürchten, dass er sich entzündete. Auf ihrer Stirn und ihren Schultern hatten sich bereits einige Brandblasen gebildet. Die verbrannte Haut war glühend heiß und tiefrot.

Als erstes reichte er ihr feuchte Tücher für das Gesicht und die Stirn. Zur Kühlung von Nacken und Schulter zog er ihr zunächst ein nasses T-Shirt über. Sehr erstaunt war er darüber, dass sie im Wasser so einen starken Sonnenbrand bekommen konnte. Ihm fiel ein, dass die Kraft der UVB-Strahlung bis unter die Wasseroberfläche reicht. Oberhalb kommt es zur Streustrahlung durch die Reflektion. Als Kind war er viel im Freien unterwegs und bei jeder Gelegenheit auch schwimmen. Oft bekam er dabei einen Sonnenbrand ab. Seine Großmutter hatte ihn dann mit Quark eingerieben. Das hatte gekühlt und geholfen. Dieses Hausmittel könnte auch ihr Linderung verschaffen.

Den bescheidenen Bestand des Kühlschrankes begutachtend, entnahm er Frischkäse und Joghurt. Vielleicht konnte er damit die gleiche Wirkung erzielen. Er mischte es zu einem Brei und trug es auf den verbrannten Teil ihres Oberkörpers auf. Offene Verletzungen und Blasen ließ er aber frei. Eine Salatgurke, die er auch noch fand, schnitt er in dünne Scheiben. Die konnte sie zur Linderung im Gesicht auflegen. Seine Patientin ertrug alles ruhig, es schien ihr gut zu tun. Ihre Schwächung war aber noch unverkennbar. Nach der laienhaften medizinischen Versorgung beorderte er sie wieder ins Bett, was sie auch widerspruchslos hinnahm. Noch immer war sie sehr geschwächt und müde. Mit seiner Leistung als Krankenpfleger war er recht zufrieden. Schon erstaunlich was einem alles einfällt, wenn eine Notlage es erforderlich macht.

„Das war alles, was ich im Moment tun kann. Ich hoffe es hilft ein wenig und der Juckreiz lässt nach. Du musst viel Flüssigkeit zu dir nehmen. Möchtest du mir immer noch nicht sagen wen ich verständigen kann, oder willst du selbst anrufen, damit man weiß, dass du in Sicherheit bist?"

Wieder schüttelte sie energisch den Kopf und schaute ihn flehend an. Resignierend fand er sich damit ab und wandte sich zum Gehen.

„Dann werde ich in die Stadt fahren, um dir Medikamente und Verbandmittel zu beschaffen. Außerdem sind meine Lebensmittel aufgebraucht. Auf deinen überraschenden Besuch war ich nicht vorbereitet. Kann ich dich alleine lassen?"

Ein Zeichen der Zustimmung glaubte er ihrem Blick zu entnehmen. Nachdem er ihre Kleider- und Schuhgröße notiert hatte, fuhr er in die Stadt. Er dachte unterwegs fortwährend über die Frau und die Lage nach. Was hatte er sich da eingehandelt? Wenn er wenigstens wüsste, wo sie hergekommen war. Alleine war sie sicher nicht auf dem Meer. Sie musste von einem Schiff oder Boot gefallen sein. Oder hatte man sie sogar über Bord gestoßen, weil sie sich so geheimnisvoll verhielt? Warum hatte niemand nach ihr gesucht und warum sollte er niemand verständigen? Alles war mysteriös, aber ohne ihre Aussage würde er keine Antwort finden.

Nach einiger Suche fand er eine Apotheke und hatte das Glück, dass eine Mitarbeiterin etwas deutsch sprechen konnte. Nach seiner Schilderung brachte sie ihm eine Auswahl After-Sun-Lotion.

Für sein Empfinden war das jedoch aufgrund der Schwere der Verbrennungen nicht ausreichend, was er ihr mit einiger Mühe klarmachen konnte. Stärkere Mittel, und auch ein Medikament für die Kreislaufstabilisierung verweigerte sie ihm. Sie brauchte dafür ein Rezept. Unverrichteter Dinge machte er sich auf die Suche nach einer Arztpraxis.

Der junge Arzt, den er nach kurzer Suche fand, bestand hartnäckig darauf, die Patientin unbedingt sehen zu müssen. Sonst könnte er nichts für sie tun und nichts verschreiben. Mit vielen Ausflüchten und dem Versprechen ihn großzügig, ohne eine Rechnung zu verlangen, zu entlohnen, hatte er aber Erfolg. Nur der horrende Preis erschreckte ihn. Damit wollte er sein Urlaubsbudget eigentlich nicht belasten. Aber er hatte sich nun schon darauf eingelassen und konnte nicht mehr zurückrudern. Noch mehr ärgerten ihn die Kosten für Bekleidung und Schuhe, die er anschließend einkaufte. Die Frau hatte nur einen Bikini angehabt, damit konnte er sie unmöglich aus dem Haus lassen. Es blieb ihm zunächst keine andere Wahl. Vielleicht würde er ja seine Auslagen von ihr erstattet bekommen.

Nachdem er sich auch noch mit Verpflegung eingedeckt hatte, wollte er den Rückweg antreten. Wieder ließ ihn die mysteriöse Geschichte der Frau nicht los. In einem Zeitungsladen suchte er nach der einheimischen Tagespresse. Auch nach der überall in der Welt präsenten großen deutschen Boulevardzeitung schaute er. Berichte über einen Bootsunfall oder eine vermisste Frau fand er nicht.

Nachdem er einige Minuten alle Blätter gründlich durchstöbert hatte, wurde der Inhaber auf ihn aufmerksam. Er wollte ihm helfen und auch seine Zeitungen verkaufen, und nicht nur als kostenlose Lektüre zur Verfügung stellen.

„Ich habe gehört, dass hier in der Nähe gestern eine Frau im Meer vermisst wurde. Darüber ist nirgends etwas zu lesen. Wissen sie etwas davon?"

Der Mann schaute ihn interessiert an und gab zu verstehen, dass er nichts gehört hatte. Weder in Zeitungen, noch in den Nachrichten war etwas zu vernehmen. Hier fand er also auch keine Antwort. Vielleicht war es noch zu früh und die Meldung würde erst am nächsten Tag verbreitet werden.

Enttäuscht machte sich Robert, schwer beladen mit seinen vielen Einkäufen, auf den Heimweg. Unterwegs dachte er weiter über den Vorfall nach. Die Neugierde machte ihn ganz unruhig. Spontan schlug er den Weg zum Hafen ein, er musste sich Klarheit verschaffen. Irgendjemand müsste doch etwas davon wissen. Kein Mensch kann einfach spurlos verschwinden, ohne dass es bemerkt wird. Wo könnte er etwas erfahren? Ziellos spazierte er einige Zeit durch die Hafenanlagen.

Ein Blick auf die Uhr erinnerte ihn bald an seine Patientin, die er bereits seit vielen Stunden alleine gelassen hatte. Er machte sich Sorgen um sie. In ihrem Zustand könnte jederzeit eine Komplikation auftreten, der sie alleine nicht gewachsen war. Auf dem Weg zu seinem Parkplatz bemerkte er aber ein Schiff der Küstenwache, das an der Mole lag.

Vielleicht war hier eine Antwort zu bekommen. Er schlenderte darauf zu, stellte sich daneben an die Uferpromenade und steckte sich eine Zigarette an. Ein Besatzungsmitglied des Schiffes kam kurze Zeit später von Bord, offensichtlich für eine Rauchpause. Robert betrachtete sich jetzt genauer das Schiff und heuchelte großes Interesse dafür. Mit kurzen Gesten signalisierte er dem Matrosen seinen Respekt. Eine Unterhaltung schien ihm zur Abwechslung gerade recht zu sein.

„Tourist?" war seine kurze Frage. Als Robert bejahte, kam gleich die Frage nach der Sprache. Robert outete sich als Deutscher. Darauf folgte ein wahrer Begeisterungsausbruch über Deutschland. Ganz besonders die deutschen Fußballstars und das Münchener Oktoberfest waren ihm bekannt. Robert nutzte den Kontakt nach dem freundlichen Erfahrungsaustausch aus und unterbrach ihn.

„Wurde die vermisste Frau eigentlich gestern noch aufgefunden?", preschte er einfach vor. Sein Gegenüber schaute ihn daraufhin erstaunt an.

„Das weiß ich nicht. Von den Kollegen, die nach ihr gesucht haben, habe ich noch nichts darüber gehört. Das war auch viel weiter im Süden der Insel, dafür waren wir nicht zuständig. Ich glaube, sie konnten niemanden finden. Vielleicht war es ein Fehlalarm, das kommt öfter vor."

KAPITEL 7

Robert musste endlich nach seiner Patientin schauen. Eilig machte er sich auf den Heimweg.

Zu Hause fand er die Wohnung verwaist vor, von Tina war keine Spur zu sehen. Wieder stiegen Zweifel in ihm hoch. Ob es richtig von ihm war, sie nicht im Krankenhaus abzuliefern oder wenigstens den Vorgang der Polizei zu melden. Verwundert war er, dass sie in den unpassenden Kleidern und ohne Schuhe verschwunden war. Sie hatte weder Geld noch Papiere. Ihr Aussehen, krebsrot mit Brandblasen, stark aufgequollenen Lippen und zahllosen Schrammen, würde überall auffallen. Vielleicht hatte sie in seiner langen Abwesenheit jemanden verständigt, der sie abgeholt hatte. Das passte aber gar nicht zu ihrer Aussage und ihrer angeblich panischen Angst.

Nachdenklich ging er durch den Garten und rund ums Haus. Wo war sie geblieben? Sollte er froh sein, den Ballast los zu sein? Still und leise zu verschwinden, war ihm gegenuber alles andere als angebracht. War das ihr Dank für seine Rettung und Fürsorge? Oder steckte etwas anderes hinter der Geschichte, vielleicht kriminelle Aktivitäten? Er konnte sich keinen Reim darauf machen.

Ein leises Wimmern, hinter einer dichten Hecke neben dem kleinen Swimmingpool, erregte seine Aufmerksamkeit. Leise schlich er in die Richtung aus der das Geräusch kam. Zusammengekauert fand er sie im feuchten Gras am Boden sitzend vor.

Sie zitterte am ganzen Körper, gerade so, als hätte sie starken Schüttelfrost. Als er sie sanft hochhob, spürte er ihre extrem erhöhte Körpertemperatur. Schützend legte er einen Arm um sie.

„Tina, was ist denn los mit dir? Was wolltest du hier draußen? Komm schnell mit ins Haus, du hast anscheinend hohes Fieber."

„Ich habe solche Angst und glaube man will mich umbringen. Da war ein Mann, der im Garten langsam rund um das Haus geschlichen ist. Er ist bestimmt hinter mir her."

„Beruhige dich erst einmal. Bisher weiß doch niemand, dass du hier bist. Wer sollte dich hier finden und dir etwas antun wollen? Komm mit, sonst holst du dir noch eine Lungenentzündung. Wir müssen erst deine erhöhte Temperatur senken. Dann werde ich deine Wunden versorgen. Aus der Stadt habe ich Medikamente und Verbandmittel mitgebracht. Anschließend musst du mir endlich erzählen, was mit dir passiert ist und wer du bist. Ich habe ein Recht darauf, schließlich helfe ich dir und opfere nicht nur Zeit sondern auch noch Geld. Das ist wohl alles nicht selbstverständlich. Meinen Urlaub wollte ich so nicht verbringen."

Dabei deutete er auf die zahlreichen Tüten mit den Einkäufen und begann sie auszupacken.

„Ich bin dir sehr, sehr dankbar für deine Hilfe und ich werde für alle Kosten und Umstände großzügig aufkommen. Geld genug habe ich, lass mir bitte noch etwas Zeit, bis ich dir alles erzählen kann, ich bin noch nicht soweit", jammerte sie.

Eindringlich schaute er das heulende Bündel Mensch mit den zahlreichen Blessuren an, das da unterwürfig vor im saß, bevor er widersprach.

„Nein, ich kann dir jetzt keine Zeit mehr lassen. Viel zu lange lässt du mich schon im Unklaren. Versetze dich bitte in meine Lage. Ich beherberge eine wildfremde Frau in einem desolaten Zustand, von der ich weder weiß wo sie herkommt und wer sie ist, noch was mit ihr passiert ist und warum. Du hast keinerlei Papiere und bist allein in einem fremden Land. Dass du mir vertrauen kannst, musst du schon längst erkannt haben. Warum tue ich sonst das alles für dich. Während ich deine Wunden versorge wirst du mir alles erzählen. Falls du das nicht willst, kannst du die Kleider nehmen die ich mitgebracht habe und verschwinden. Ich will endlich wissen woran ich bin, oder auf was ich mich eingelassen habe“, redete er lautstark und resolut auf sie ein. Er wunderte sich dabei selbst über seine plötzliche Hartnäckigkeit, aber er hatte keine Geduld mehr. Was glaubte sie denn wer er ist. Einfach ausnützen, ohne einen vernünftigen Grund zu kennen, würde er sich nicht lassen.

Zitternd und heulend ließ sie sich auf der Couch nieder. Beim Anblick ihres zerschundenen und verbrannten Körpers überkam ihn wieder Mitleid. Noch immer zitterte sie, offensichtlich vor Angst. Er blieb aber bei seiner Überzeugung. Die Ungewissheit belastete ihn zu sehr. Er wollte nicht noch eine unruhige Nacht verbringen wegen ihr. Den Grund für ihre Angst wollte er auch wissen.

Falls sie in Gefahr war, steckte auch er mit drin. Wenn er sie schützen sollte, musste er wenigstens wissen vor was und vor wem.

Während Robert Verbandszeug, Medikamente und Salben auspackte und begann ihre Wunden zu versorgen, schilderte sie ihm ihre Geschichte.

Angefangen mit dem Streit in der Fabrik, ihrem plötzlichen Entschluss Urlaub zu machen und dem Auftauchen von ihrem Stiefsohn und seiner Frau. Der Einladung zur Bootsfahrt, bei der er mit seiner Frau tauchen ging. Beim Schwimmen hatte sie ein Motorengeräusch vernommen. Sie glaubte aber, dass es weiter weg ist. Als sie sich kurz danach umschaute bemerkte sie erst, dass die beiden ohne sie abgefahren waren. Verzweifelt hatte sie darauf gewartet, dass sie wieder zurückkehren würden, um sie zu holen. Während sie stundenlang im Meer getrieben war, hatte sich ihre Vermutung verstärkt, dass ihr Stiefsohn Ralf sie loswerden wollte. Nachdem jetzt der fremde Mann um das Haus geschlichen war glaubte sie, dass er jemand beauftragt hatte, sie aus dem Weg zu schaffen, weil der erste Versuch missglückt war.

„Ich war schon immer ein Hindernis für ihn. Seine zwielichtigen, geschäftlichen Handlungen habe ich oft blockieren müssen, weil ich sie mit meinem Gewissen nicht vereinbaren konnte. Wir hatten ständig nur Streit miteinander. Ruhe kehrte sehr selten und nur für kurze Zeit ein. Ich habe schon darüber nachgedacht, mich vollständig aus dem laufenden Geschäftsbetrieb zurückzuziehen.

Aber ihm die Fabrik so kampflos zu überlassen widerstrebte mir. Schließlich stecken meine Arbeit und mein Erbe darin.

Den überraschenden Versöhnungsversuch habe ich ihm zunächst sogar geglaubt. Nie war er so zuvorkommend wie bei seinem plötzlichen Besuch auf der Insel. Zweifel an der Aufrichtigkeit blieben aber. Dass er mich bei der Tauchtour dabei haben wollte, kann nur einen einzigen Grund haben, nämlich mich unterwegs zu beseitigen. Er hasst mich schon seit meiner Heirat mit seinem Vater. Skrupellos genug ist er. In der Zeit im Wasser, und jetzt danach, ist mir das erst richtig klar geworden. Der Mann im Garten war ganz bestimmt hinter mir her. Wahrscheinlich hat Ralf mitbekommen, dass ich nicht ertrunken bin, wie er erwartet hat."

Robert hatte zunächst kommentarlos zugehört und alle Details in sich aufgenommen. Nun schien es ihm angebracht seine Meinung zu äußern.

„Entschuldige, dass ich dich unterbreche. Aber einiges klingt nicht ganz schlüssig.

Zunächst der Mann am Haus. Das war sicher der Nachbar, der sich immer um das Anwesen kümmert und alles in Ordnung hält, wenn gerade niemand hier wohnt. Er lebt in einiger Entfernung von hier und schaut immer mal vorbei. Das kann ich sofort mit einem Anruf bei ihm klären.

Woher könnte jemand wissen, dass du hier bist? Deine Rettung und unsere Ankunft hier im Haus hat niemand beobachten können, bei dem Regen und dem Gewitter schon gar nicht.

Dass du alleine schwimmen gegangen warst, als sie von ihrem Tauchgang zurückkamen, kann deinem Stiefsohn gerade in die Hände gespielt haben und er hat die günstige Gelegenheit genutzt. Das wäre dann eine unterlassene Hilfeleistung. Er musste damit rechnen, dass man dich rettet, sobald er deinen Verlust meldet. Die Küstenwache hätte dich eigentlich finden müssen. Wieso keine Schiffe auf der Suche nach dir waren, ist mir ein Rätsel."

Robert wurde nachdenklich. Plötzlich sprang er auf, holte aus dem Nebenraum eine Karte von der Insel und breitete sie vor Tina aus.

„Wo seid ihr mit dem Boot hergekommen? Kannst du mir das auf der Karte zeigen?"

Sie beugte sich darüber, suchte einen Moment und zeigte auf den Hafen von Santiago del Teide, in dem Robert sich umgeschaut hatte.

„Bist du dir ganz sicher. Kann es nicht auch ein anderer Hafen gewesen sein?"

„Selbstverständlich bin ich mir sicher. Das ist der Hafen von Los Gigantes, einem Ortsteil von Santiago del Teide. Ich habe ganz in der Nähe mein Ferienhaus. Das ist nur wenige Kilometer davon entfernt. Von dem Hafen aus sind wir etwa 20 bis 30 Minuten in diese Richtung gefahren und haben geankert, damit sie dort tauchen konnten. Ralf ist zielstrebig direkt dorthin gefahren. Warum fragst du, glaubst du mir etwa nicht?"

„Es ist nur, weil ich in genau dem Hafen einen Mann von der Küstenwache danach gefragt habe, ob die vermisste Frau wieder gefunden wurde.

Der Mann meinte, das wäre viel weiter südlich gewesen. Seine Kollegen von einer anderen Station hätten lange nach dir gesucht. Er hätte nicht mehr gehört, ob sie etwas gefunden haben und meinte, es wäre vielleicht nur ein Fehlalarm gewesen.

Das würde erklären, warum die ganze Zeit kein Suchtrupp zu sehen war. Vielleicht wurden sie absichtlich in die falsche Richtung geschickt."

„Du glaubst mir also, dass ich einen Grund für meine Annahme habe? Wirst du mir helfen, das heraus zu finden? Ich brauche deine Hilfe dazu. Ich habe außer dir niemanden, dem ich vertrauen kann. Ich bezahle dich auch großzügig dafür."

„Wenn du mir ab sofort bei allem die Wahrheit sagst, helfe ich dir so gut ich kann. Bezahlen musst du mich nicht, ich bin nicht käuflich."

„So habe ich das auch nicht gemeint. Ich wollte damit nur sagen, dass ich für alle Kosten die dir dadurch entstehen, aufkommen werde. Erst muss ich aber an meine Papiere und an Geld kommen. Ich hoffe, es ist alles noch in unserem Ferienhaus. So wie ich jetzt aussehe kann ich aber nicht unter Leute gehen. Lasse mich bitte ein paar Tage hier wohnen, bis es mir wieder besser geht und ich mich in der Öffentlichkeit sehen lassen kann."

In der Folge erzählte sie ihm ausführlich alles über ihre Herkunft. Sie hatte endlich eingesehen, dass sie auf seine Hilfe angewiesen war. So erfuhr er ihren vollständigen Namen und ihren sozialen Status. Ihr Vermögen machte es wahrscheinlicher, dass man ihr nach dem Leben trachtete.

Robert dachte eine Weile über ihre gemeinsame Situation nach. Er hatte noch genügend Zeit, keine aktuellen Projekte warteten zu Hause auf ihn. Sein Interesse an ihrer Geschichte war auch geweckt. Das Ferienhaus stand vermutlich noch einige Zeit leer. Seinen Freund würde er telefonisch um eine Verlängerung der Nutzung bitten. Bei den Kosten dafür könnte sich Larissa beteiligen.

„Dann wollen wir sehen, dass wir dich schnell wieder in Form bringen", meinte er, und setzte seine medizinische Betreuung fort.

„Danke für alles Robert. Was für ein Glück, dass du mich gerettet hast und mir hilfst. Ich kann dir gar nicht sagen, wie froh ich darüber bin."

Während sie das zu ihm sagte, umarmte sie ihn innig und heulte jämmerlich. Es war ihr deutlich anzumerken, dass sie beruhigter war. Aber ihr Zustand war noch besorgniserregend. Sie würde einige Zeit Ruhe und Behandlung benötigen, bis sie etwas unternehmen konnte.

Nach dem alle kleinen Verletzungen und ihr Sonnenbrand versorgt waren, machte er für sie beide ein Essen und verwies sie danach wieder ins Bett, wo sie bald einschlief. Vorher hatte sie noch seine eingekauften Kleidungsstücke und Schuhe begutachtet und anprobiert. Es war dabei nicht zu übersehen, dass sie die Nase rümpfte. Es passte ihr zwar von den Größen her alles, entsprach aber wohl nicht ganz ihrem Niveau und Geschmack.

„Es tut mir sehr leid, etwas Besseres habe ich auf die Schnelle nicht gefunden", bemerkte Robert.

Ihr kritischer Blick war ihm nicht entgangen. Zum einen war die Auswahl in der kleinen Stadt nicht besonders groß gewesen, und zum anderen hatte er keine Lust verspürt, sehr viel zu investieren. Es sollte ihm egal sein, er hatte getan was er konnte.

Larissa, wie sie nun hieß, schlief zwar fest, ab und zu wurde ihr Körper aber durchgeschüttelt von kurzen Fieberschüben oder den Schmerzen. Den Juckreiz der verbrannten Körperpartien hatte Robert ihr mit einer Salbe gebannt, damit sie sich nicht wund kratzte und Entzündungen hervorrief.

Mit Notizblock und Landkarte zog er sich in den Garten zurück. Er ging ihre Erzählung Punkt für Punkt durch und beleuchtete dabei die Fakten.

Die Schilderung ihrer Lebensverhältnisse klang schlüssig und interessant. Das Bild, das sie von ihrem Stiefsohn übermittelt hatte, konnte er leicht nachvollziehen. Waren es nicht besonders die Wohlhabenden und Einflussreichen, die die größte Gier nach mehr Reichtum und Macht entwickeln, obwohl sie es gar nicht nötig haben? Genügend Beispiele kamen ihm dabei in den Sinn. Sportler, Künstler, Wirtschaftsbosse und sogar Politiker gab es ja genügend, die mit ihren Methoden der schnellen Kapitalvermehrung in die Schlagzeilen der Medien gerieten. Glücklicherweise wurden wenigstens einige davon durch den aufmerksamen Investigativ-Journalismus entdeckt und entlarvt. Die Dunkelziffer war aber sicher um ein vielfaches höher. Die Banken und Anlageberater sind ständig auf der Suche nach neuen Möglichkeiten dafür.

Sehr oft sind ihre Methoden illegal oder zumindest am Rande der Legalität. Unmoralisch allemal, aber wo gibt es schon Moral, wenn es um Geld geht? Panama Papers, Cum Ex oder Cum Cum Anlagen werden, ebenso wie die vielen Briefkastenfirmen in Steuerparadiesen, zu wenig unterbunden. Dem Steuerzahler drängt sich der Verdacht auf, dass das Interesse an der Beseitigung der Schlupflöcher bei den Regierenden gering ist. Vermutlich sogar, weil sie selbst mitbetroffen wären. Auch die ‚Spielmöglichkeiten' der großen Firmen in der heutigen globalisierten Wirtschaft bieten sehr viele Möglichkeiten. Steuern werden, wenn überhaupt, in den Ländern mit den niedrigsten Steuersätzen bezahlt. Die Gewinne in diese Länder verschoben. Dem Staat entgehen dadurch hohe Einnahmen. Moral ist für diese Geschäftsleute ein Fremdwort. Ihr Profit ist das Einzige was zählt. Der normale Bürger bezahlt letztendlich die Zeche. Ralf Heim passte entsprechend Larissas Schilderung seiner Persönlichkeit ganz genau in dieses Menschenbild.

Wenn er sie tatsächlich beseitigen wollte, so hatte er es recht clever vorbereitet und bestimmt eine Alternative parat. Wäre sie nicht selbst von Bord gegangen, hätte er wohl nachgeholfen.

Robert ging ihre Schilderungen systematisch durch und machte sich Notizen dazu.

Der plötzliche persönliche Kontakt von Ralf mit Larissa, statt der sonst üblichen Kommunikation über seine Sekretärin oder per SMS.

Das lange ungewohnt versöhnliche Telefonat.

Die plötzliche Bereitschaft zu einem Besuch auf der Insel, um sich mit ihr auszusprechen.

Eine ungewöhnliche Freundlichkeit mit seinem plötzlich erwachten Familiensinn.

Dann noch die Einladung zu einer Bootsfahrt, obwohl sie keine Gemeinsamkeiten hatten.

Es war einleuchtend, dass im Nachhinein bei Larissa der begründete Verdacht auf einen Vorsatz zu ihrer Beseitigung aufkam.

Die Gespräche mit übertriebener Höflichkeit wären für sie vielleicht zu durchschauen gewesen, hätte sie nicht auf mehr Harmonie innerhalb der Familie gehofft. Ralf hatte sie zudem ausgerechnet in einer melancholischen Stimmung vorgefunden, in der sie dankbar war für eine Unterhaltung. Selbst wenn sie es nicht zugeben wollte, litt sie wahrscheinlich manchmal unter dem Alleinsein.

Was konnte Ralf Heim durch Beseitigung seiner Stiefmutter und Geschäftspartnerin gewinnen?

Zunächst hätte er allein die Macht in der Fabrik. Niemand könnte seine Planungen durchkreuzen und seine Maßnahmen verhindern.

Nach ihrer eigenen Schilderung waren Larissas Firmenanteile und ihr Vermögen millionenschwer. Robert hatte zwar keinen Beweis dafür, neigte aber dazu ihr zu glauben. Sie hatte keinen Grund ihn diesbezüglich zu belügen. Es wurden sehr viele Menschen für weniger umgebracht, dachte er jetzt.

Der Notizblock hatte sich mittlerweile mit den Fakten auf der Pro-Seite gefüllt. Jetzt waren noch die letzten Zweifel zu beseitigen.

Das Larissa sich entschieden hatte, während des Tauchganges der beiden, schwimmen zu gehen, konnte Ralf nicht vorhersehen. Vielleicht hatte er es billigend in Kauf genommen, weil sie ihm dadurch andere Maßnahmen ersparte. Hätte man sie gerettet, wäre es als Unfall oder Versehen zu erklären gewesen. Ansonsten hätte er sie tot oder lebendig über Bord werfen können. Einsam genug war der ausgewählte Ankerplatz dafür.

Bleibt die Frage, ob er diese Stelle absichtlich ausgesucht hatte, weil hier keine Touristenboote fuhren. Die Stelle war vom Land aus auch nicht einzusehen. Ihm diese Absicht zu beweisen, dürfte schwierig sein. Warum in der Nähe nicht nach ihr gesucht wurde, war wohl darauf zurückzuführen, dass Ralf absichtlich eine völlig andere Ankerstelle angegeben hatte. Das war aus der Unterhaltung im Hafen mit dem Mann von der Küstenwache zu entnehmen. Aber das war noch etwas zu vage und wahrscheinlich ebenfalls nur schwer zu beweisen.

Je mehr Robert sich jetzt mit Larissas Schicksal beschäftigte, umso mehr neigte er dazu, an ihren Verdacht zu glauben. Die Indizien sprachen dafür.

Zwischendurch dachte er öfter darüber nach, in welche Geschichte er hineingeraten war. Inwieweit drohte ihm selbst eine Gefahr, wenn er sich weiter einmischte. Andererseits war er so weit involviert, dass er kaum zurück konnte. Er hatte sie gerettet und bei sich versteckt. Dadurch war er Mitwisser geworden. Sie tat ihm auch leid. Die Abwechslung in seinem Urlaub konnte ihm sicher nicht schaden.

Die Aufgabe reizte ihn sogar. Sein Risiko war gering und die Neugierde trieb ihn. Er beschloss, zusammen mit Larissa die Indizien zu sammeln. Zunächst musste sie in unauffälligerer Verfassung sein, das würde mindestens zwei bis drei Tage dauern. Im jetzigen Zustand, krebsrot verbrannt und mit ihren zahlreichen Verletzungen, würde sie auffallen und Aufsehen erregen. Zudem musste sie sich sicherheitshalber verstecken, bis sie Klarheit über den eventuellen Anschlag hatten. Sollte ihr Stiefsohn mitbekommen haben, dass sie überlebt hatte, war ein erneuter Versuch von ihm, sie aus dem Wege zu schaffen, nicht auszuschließen.

Versunken in seinen Gedanken, hatte er nicht bemerkt dass Larissa hinter ihm stand. Erstaunt schaute er sie an. In dem neuen Outfit das er ihr gekauft hatte, und etwas zurechtgemacht, sah sie so fremd aus. Zum ersten Mal nahm er sie als Frau war. Wären nicht ihre geschwollenen Lippen und das rote Gesicht, würde sie sicher ganz ansehnlich oder sogar hübsch aussehen. Ihre Figur ließ auch nichts zu wünschen übrig. Die preiswerte einfache Kleidung stand ihr ausgezeichnet. Mit seiner Wahl war er zufrieden. Sicher gab es auch elegantere Kleidungsstücke. Die sollte sie selbst beschaffen.

„Chic siehst du aus. Wie geht es dir?", fragte er.

„Es geht mir besser. Danke für die Einkäufe. Du hast sogar meine Größen gekannt, es passt alles. Ausgeruht bin ich jetzt, aber der Sonnenbrand schmerzt und juckt noch furchtbar. Aussehen tue ich wahrscheinlich wie gerade frisch gegrillt?"

„Das wird bald vergehen. Wenigstens hast du deinen Humor bereits wieder gefunden."

„Ich bin so ungeduldig. Schnellstens möchte ich Gewissheit haben. Meine Papiere brauche ich auch, damit ich an mein Geld komme. Ich kann nicht ewig bei dir und auf deine Kosten leben."

„Lasse dir noch zwei bis drei Tage Zeit. Wenn deine Wunden verheilt sind werden wir sehen, was wir unternehmen können, um Klarheit über deine Vermutung zu bekommen."

„Heißt das, dass du mir dabei hilfst?"

„Davon gehe ich aus, ich stecke ja mittendrin. Ob wir allerdings stichhaltige Beweise finden, weiß ich nicht. Versuchen können wir es.

Zuerst müssen wir feststellen, nach welchen Kriterien Ralf die Stelle gewählt hat, an der ihr geankert habt. Vielleicht können wir das über den Bootsverleih oder die Tauchbasis herausfinden.

Als nächstes wäre wichtig zu wissen, warum die Küstenwache an einer falschen Stelle nach dir gesucht hat. Ob er absichtlich falsche Angaben gemacht hat. Falls er sie in die entgegengesetzte Richtung geschickt haben sollte, wird das, ohne die Polizei einzuschalten, nur schwer zu beweisen sein. Die Behörden würden aber wahrscheinlich deinen Stiefsohn informieren, dass du aufgetaucht bist. Dann würde auch schnell die Presse hinter dir her sein. Du bist ja, wie ich jetzt vernommen habe, eine bekannte und sehr reiche Firmenchefin und nicht irgendeine Unbekannte. Das bedeutet, dass es ein öffentliches Interesse an deiner Person gibt.

Spektakuläre Schlagzeilen sind für alle Reporter wertvoll. Dahinter sind sie wie die Geier her und scheuen keine Wege und keinen Aufwand. Es würde mich nicht wundern, wenn sie jetzt schon, seit du vermisst wirst, nach dir und den Ursachen für dein Verschwinden forschen. Bist du trotz alle dem an lückenloser Klärung interessiert? Willst du deinen Stiefsohn ohne Rücksicht auf den ganzen Wirbel und auch die eventuellen negativen Folgen für dich und euer Unternehmen anzeigen?"

„Hauptsächlich will ich erst einmal Gewissheit haben. Aber möglichst, so lange es geht, ohne die Polizei einzuschalten. Wir könnten einen Detektiv beauftragen. Vielleicht gibt es auf der Insel einen, der über gute Kontakte verfügt und schneller an Informationen kommt als wir selbst. Geld spielt dabei keine Rolle, ich muss nur erst drankommen. Ich muss ja wissen, ob ich zukünftig noch in Ruhe leben kann. In ständiger Angst um mein Leben möchte ich nicht bleiben. Vielleicht ist auch alles nur ein Zusammenspiel unglücklicher Zufälle und ich tue Ralf Unrecht. Solange das nicht lückenlos geklärt ist, darf niemand wissen, dass ich noch am Leben bin und wo ich mich aufhalte. Zu meinem Glück ist dein Domizil das ideale Versteck."

Eingehend besprachen sie den ganzen Ablauf des Schicksalstages. Robert wollte jedes Detail, bis hin zu allen Gesprächen mit Ralf und Susanne wissen. Zu den bekannten Fakten kamen keine Erkenntnisse, die den Verdacht verdichteten. Ralf hatte oft längere Urlaube auf der Insel verbracht.

Von mehreren Segeltörns kannte er sowohl die Steilküste, als auch die Strömungsverhältnisse im Meer gut. Mit der Jacht und der Navigation war er genauso vertraut, wie mit den Formalitäten für die Charterung. Die Beschaffung der Tauchausrüstung ging auch schnell vonstatten. Larissa hatte sich gewundert, wie schnell er am Abend vor der Fahrt und am nächsten Morgen alles organisiert hatte.

„Ich habe solche Angst", gestand sie Robert, als sie beschlossen hatten, das Thema für diesen Tag zu beenden und sich schlafen zu legen.

Da sie sich zutraulich an ihn lehnte, nahm er sie fest in den Arm, um sie zu trösten. Sie zitterte am ganzen Leib wie Espenlaub, genoss aber sichtlich seine zärtliche Umarmung. Robert spürte ebenfalls eine angenehme Wärme und Zuneigung.

KAPITEL 8

Am nächsten Morgen versorgte Robert zunächst seine Patientin. Sie sah sich noch nicht in der Lage das Haus zu verlassen. Larissa ließ es sich nicht nehmen, anschließend auch Roberts Verletzungen auf dem Rücken zu begutachten und zu pflegen. Er hatte diese bisher vernachlässigt, da er sie nicht erreichen konnte und war ihr dankbar dafür. Es waren glücklicherweise harmlose Abschürfungen die gut verheilten. Sorgsam reinigte sie die Ränder und cremte die Wunden mit einer Heilsalbe ein.

Da beide an der schnellstmöglichen Aufklärung von Larissas Unglück interessiert waren, beschloss Robert, nach dem Frühstück alleine los zu ziehen. Erneut suchte er den Zeitungskiosk auf, in dem er schon einmal gestöbert hatte. Der Inhaber erkannte ihn gleich wieder und kam auf ihn zu. Er führte ihn zu den Auslagen und nahm eine spanische Regionalzeitung und ein deutsches Boulevardblatt heraus. Die spanische Tageszeitung hatte nur eine Textmeldung, die er nicht lesen konnte. Larissa sprach etwas spanisch, sie würde es interpretieren können. Die deutsche Zeitung war ausführlicher. Aufschlussreiche Fakten hatte sie keine berichtet. Dafür aber einige Spekulationen, bis hin zu der Vermutung, dass es auch ein Suizid gewesen sein könnte. Dass man die Frau noch auffinden würde, wäre nach Aussage der Polizei unwahrscheinlich. Er erstand beide Zeitungen und gab dem Händler noch ein großzügiges Trinkgeld.

Der nächste Weg führte ihn in den Hafen, wo er neugierig die Jachten anschaute. Die Celina, das Schiff das Ralf Heim gechartert hatte, lag neben vielen anderen vertäut an der Mole. Er sah sie sich sehr genau an und weckte dadurch das Interesse des geschäftstüchtigen Vermieters.

„Haben sie Interesse eine Jacht zu chartern? Diese ist gerade wieder frei geworden. Es ist eine der besten die ich habe. Das wäre eine gute Wahl."

Robert heuchelte ernsthafte Absichten und ließ sich gerne auch das Innere des sehr komfortablen Schiffes zeigen. Ein anderer Kunde lenkte dabei den Vermieter ab, so dass er ungestört ein wenig darin stöbern konnte. Den Navigationstisch mit den Seekarten nahm er besonders genau unter die Lupe. Er wusste selbst nicht, was er erwartet hatte. Es gab auch keine Indizien die ihm weiterhalfen. Um keinen Verdacht zu erregen, ließ er sich noch kleinere Boote zeigen. Danach vertröstete er den Verleiher auf einen späteren Zeitpunkt. Er hatte nicht die Absicht ein Boot zu mieten, wollte sich aber den Kontakt erhalten für eventuelle weitere Recherchen. Einen Bootsführerschein besaß er auch nur für Binnengewässer. Erstaunt war er über die horrende Chartergebühr. Die Anzahl der Leute die sie sich leisten können, ist bestimmt begrenzt. Aber es musste doch eine Menge davon geben. Anders war die große Anzahl, der zur Vermietung stehenden Jachten, nicht zu erklären. Ein Großteil davon war sicher in Privatbesitz und wurde in den Zeiten ohne eigene Beanspruchung vermietet.

Als nächstes suchte er die Tauchbasis auf, bei der Ralf und Susanne ihre Ausrüstung geliehen hatten. Besonders interessiert zeigte er sich an den schönsten Tauchgründen in der Region.

„Ich habe gehört, hier oben soll ein altes Schiffswrack auf Grund liegen?"

Dabei zeigte er auf der Karte ungefähr auf den Bereich, an dem Larissa angelandet war.

Der Tauchlehrer schüttelte erstaunt den Kopf.

„Wer hat ihnen das denn erzählt? Hier gibt es nirgends ein Schiffswrack, das können sie mir glauben. Ich kenne die gesamte Küste. Wenn da irgendetwas dergleichen wäre, wüsste ich das. Dieses Gebiet ist völlig uninteressant. Außerdem gibt es dort starke unberechenbare Strömungen, die sehr gefährlich sein können. Dahin würde ich niemanden schicken. Selbst routinierte Taucher meiden diesen Abschnitt."

Ausführlich wurde Robert noch über bessere Tauchgebiete informiert, bevor er sich für die freundliche Beratung bedankte und versprach, in den nächsten Tagen wiederzukommen.

Er hatte ein weiteres Indiz gefunden, dass Ralf in böser Absicht gehandelt hatte.

Gerne wollte er noch wissen, ob die Suche nach Larissa, gezielt durch falsche Angaben, an einer anderen Stelle der Küste erfolgt war. Aber ohne die Küstenwache oder die Polizei, würde er an diese Information kaum herankommen. Sollte es als Beweis unbedingt erforderlich sein, war es, mit deren Unterstützung, auch später nachprüfbar.

Falls Larissa eine Anzeige gegen Ralf erstatten würde, müssten die Behörden sowieso einbezogen werden. Susanne, seine Frau, war sicher in seine Pläne eingeweiht und hatte sich der Mittäterschaft schuldig gemacht.

Es war zwar mittlerweile an der Zeit den Rückweg anzutreten, aber Robert entschied sich dennoch, zum Ferienhaus von Larissa zu fahren. Die Adresse hatte sie ihm genannt und den Weg beschrieben. Es entpuppte sich als eine feudale Villa am Rande eines Hügels. Der Blick aufs Meer müsste von hier aus berauschend sein. Um keine unnötige Aufmerksamkeit zu erregen, zog er sich die Wanderschuhe an, die er im Kofferraum hatte. Er hängte seinen Rucksack um und streifte wie ein Tourist durch die Straße. Die Gegend war sehr nobel und ruhig. Villen in verschiedenen Größen reihten sich locker aneinander. Die meisten davon dürften Ferienhäuser vermögender Leute sein.

Eine hohe Mauer schirmte das riesige Anwesen gegen die Einblicke von außen ab. Nur an dem vergitterten Eingangstor und am Rand des Hanges zum Meer hin, hatte er einen begrenzten Einblick in das parkähnliche Grundstück. Das Gebäude und das Tor waren mit Bewegungsmeldern und Kameras bestückt. Es war davon auszugehen, dass alles mit Alarmanlagen gesichert war. Ohne einen Schlüssel einzudringen war auszuschließen. Also musste Larissa auf die Hilfe ihres Hauspersonals hoffen, um hineinzukommen. Im Moment schien das Haus leer zu stehen. Zu sehen war niemand.

Da er genug gesehen hatte, machte er sich auf den Heimweg. Unterwegs beschaffte er für Larissa einen Schal, einen Strohhut und eine Sonnenbrille. Damit würde man sie nicht so leicht erkennen können, falls sie das Haus verlassen würde.

„Wo warst du so lange? Lasse mich bitte nicht so viele Stunden alleine. Ich habe solche Angst", empfing ihn Larissa sichtlich beunruhigt.

„Ich musste einiges recherchieren, damit wir mit unseren Nachforschungen weiterkommen", tröstete er sie und nahm sie zur Entspannung in die Arme, bis sie sich wieder beruhigt hatte.

Bei einem Imbiss, den sie liebevoll vorbereitet hatte, und einem Glas Wein, erstattete er Bericht über seine Aktivitäten.

„Dann ist meine Vermutung also richtig. Ralf wollte mich umbringen. Das will ich beweisen und ihn hinter Gitter bringen. Auch Susanne wird nicht davonkommen, sie muss beteiligt gewesen sein. Vielleicht war sie ja sogar die Triebfeder. Ihre Gier nach noch mehr Wohlstand, ist genau wie bei Ralf, schon immer unersättlich.

Morgen muss ich endlich versuchen an meine Sachen zu kommen. Ich brauche meine Papiere, und etwas anderes zum Anziehen hätte ich auch gerne. Ich hoffe, sie haben alles im Haus gelassen. Ludmilla, unsere Haushälterin, ist ganz bestimmt auf meiner Seite und wird mir dabei helfen. Nur ihr Mann, unser Hausmeister und Gärtner, darf nichts mitbekommen und mich nicht sehen. Er trinkt zu viel und hat dann eine zu lockere Zunge.

Kaffeegeruch und das Klappern von Geschirr weckten Robert bereits am frühen Morgen. Larissa hatte im Garten den Frühstückstisch gedeckt, Speck und Eier gebraten und Kaffee gekocht.

„Robert ich muss endlich wieder einmal raus. Mir fällt sonst die Decke auf den Kopf. Würdest du mich später zu meinem Haus bringen? Ich möchte versuchen an mein Geld, meine Papiere und ein paar Kleider zu kommen.“

Robert musterte sie eingehend. Vor ihm stand eine sehr attraktive Frau. So hatte er sie bisher nicht zur Kenntnis genommen. Ihr Sonnenbrand war noch deutlich zu sehen. Man könnte es aber für die Nachlässigkeit einer Touristin halten, die ihr Sonnenbad schutzlos zu sehr ausgedehnt hatte. Ihre weiße Bluse hatte sie locker über der Taille zusammengebunden. In der sportlichen Hose sah sie aus, als würde sie zum Shoppen oder an den Strand gehen. Die nach oben geknoteten Haare machten sie etwas reifer. Kein Zweifel, diese Frau wirkte anziehend und war sich ihrer Reize auch bewusst. Falls sie nicht erkannt werden wollte, war sie aber viel zu auffällig. Mit Hut und Sonnenbrille getarnt, wäre sie auch nicht unauffälliger.

„Du siehst bezaubernd aus. Wenn ich dich nicht kennen würde, wäre mir deine Bekanntschaft ein Anliegen. Falls du unauffällig in die Nähe deines Hauses kommen willst, müssen wir aber etwas an deinem Outfit arbeiten. Du bist eine Augenweide und wirst alle Blicke auf dich lenken. Es könnte sein, dass die Presse ums Haus schleicht.“

„Wenn du meinst, ich verlasse mich ganz auf dein Urteil. Ich glaube und hoffe, dass Ralf und Susanne abgereist sind. Vielleicht könntest du mal anrufen, um das herauszufinden."

Gemeinsam überlegten sie, wie sie es anstellen könnten ins Haus zu gelangen. Zuerst rief Robert in der Villa an, um sicher zu gehen, dass Ralf nicht mehr da war. Sich als Geschäftsfreund ausgebend, verwickelte er die Haushälterin in ein Gespräch, in deren Verlauf sie ihm sagte, dass zurzeit niemand aus der Familie das Haus nutzen würde. Ralf und seine Frau seien vor zwei Tagen nach Deutschland zurückgeflogen. Larissa erwähnte sie nicht und er vermied es, sie danach zu fragen.

Ausgerüstet mit Fernglas und Kamera, sowie etwas Verpflegung für einige Stunden, fuhren sie in die Nähe des Anwesens und suchten sich einen Ausgangspunkt zur Beobachtung. Larissa hatte sich zuvor so unauffällig wie möglich angezogen. Sicherheitshalber legte sie sich auf den Rücksitz und lugte nur durchs Fenster wenn niemand in der Nähe war. Ein Wagen, den Larissa als das Fahrzeug des Gärtners identifizierte, parkte in der Einfahrt. Nach einiger Zeit wurden in der oberen Etage einige Fenster geöffnet, offensichtlich war Ludmilla gerade mit der Reinigung der Zimmer beschäftigt. Der Gärtner war manchmal rund ums Haus mit verschiedenen Gerätschaften zu sehen. Er versorgte die Blumen und mähte den Rasen.

„Sollten wir einfach klingeln und du gibst dich zu erkennen?", meinte Robert.

„Ausgeschlossen, das ist mir viel zu riskant", widersprach ihm Larissa sofort.

„Vielleicht hat Ralf die beiden beauftragt ihn zu verständigen, falls sie etwas von mir sehen oder hören sollten. Warten wir lieber, vielleicht ergibt sich eine andere Lösung."

Mehr als zwei Stunden blieben sie geduldig auf ihrem Beobachtungsposten. Eine Lösung war nicht in Sicht. Robert entschloss sich zu einem kurzen Rundgang um das Gelände und tarnte sich wieder als Wanderer. An einer der wenigen Stellen, die etwas Einblick gewährten, blieb er stehen und spähte zu dem Gebäudekomplex. Es dauerte nicht sehr lange bis er die Aufmerksamkeit des Gärtners auf sich gezogen hatte. Zornig versuchte ihn dieser zu vertreiben. Da er in Spanisch auf ihn einredete war es leicht, sich dumm zu stellen und so zu tun, als würde er nichts verstehen. Aufgrund seiner ausweichenden Antworten wechselte der Gärtner in die deutsche Sprache und wurde versöhnlicher, als Robert höflich nach einer Möglichkeit fragte, eine Ferienwohnung zu mieten.

„Hier gibt es nichts zu vermieten. In diesem Stadtteil gibt es nur Häuser von Superreichen, die uns Einheimischen mit überteuerten Angeboten die schönsten Grundstücke wegkaufen."

Robert witterte sofort, dass er offensichtlich das richtige Thema gefunden hatte für ein Gespräch. Bereitwillig stieg er darauf ein und ließ sich über die ungleiche Verteilung von Geld und Vermögen aus, worauf er Zustimmung des Mannes erhielt.

Über die üppige Lebensweise seiner Herrschaft, die sogar mit einem eigenen Flugzeug auf die Insel kamen, während er sich für wenig Geld abrackern musste, erhielt er aufschlussreiche Informationen. Da die Alkoholfahne des Gärtners bemerkbar war, lockerte ein Schnaps aus Roberts Flachmann die Zunge des Gärtners noch weiter. Die versnobte Lebensweise und der großzügige Umgang mit Geld waren ihm ein Dorn im Auge. Der Neid war aus seinen Äußerungen herauszulesen. Dass aber auch der Reichtum nicht vor Schicksalsschlägen schützt, war eine darauf folgende Feststellung, die er anhand der jüngsten Ereignisse untermalte.

„Die Herrin des Hauses wird gerade vermisst. Sie ist angeblich bei einer Bootsfahrt mit ihrem Stiefsohn und dessen Frau über Bord gegangen. Ob dabei nicht jemand nachgeholfen hat, um an ihr Geld zu kommen? Vielleicht hat sie auch selbst Schluss gemacht, wie ihr Stiefsohn behauptet. Sehr glücklich war sie jedenfalls nicht, als sie vor ein paar Tagen alleine hier ankam."

Roberts Miene zeigte Erstaunen und Neugierde, aber der Mann hatte noch nicht genug getrunken, um den Überblick völlig zu verlieren. Erschrocken beendete er das Gespräch und zog sich zurück. Ihm war wohl bewusst geworden, dass er einem Fremden gegenüber zu viel preisgegeben hatte.

Larissa erwartete Robert ungeduldig im Wagen.

„Wo bleibst du denn so lange, ich komme bald um vor Untätigkeit und Langeweile. Konntest du wenigstens etwas herausfinden?"

„Euer Anwesen ist gesichert wie eine Festung. Das weißt du ja bestimmt. Ohne Schlüssel oder die Hilfe deiner Angestellten kommen wir keinesfalls hinein, wir würden einen Alarm auszulösen.“

Er schilderte Larissa gerade die Unterhaltung mit dem Gärtner, als sie ihn hektisch unterbrach.

„Schau, da ist Ludmilla, unsere Haushälterin“, dabei zeigte sie erregt auf die Toreinfahrt.

Eine Frau mittleren Alters schloss gerade das Haus zu und ging zügig in Richtung Stadtmitte. Robert startete den Wagen und fuhr langsam zur nächsten Straßenecke, um sie nicht aus den Augen zu verlieren, während er fragte:

„Du meinst doch, dass sie dir gegenüber loyal und zuvorkommend ist. Willst du sie ansprechen, damit sie dich einlässt?“

Zweifel spiegelte sich in Larissas Gesicht wider, während sie nachdachte und nach nur wenigen Sekunden zustimmend nickte.

„Wie soll ich das aber anstellen, ich traue mich nicht aus dem Auto. Was ist, wenn hier irgendwo Reporter lauern oder mich jemand erkennt?“

Langsam fuhren sie in größerem Abstand hinter Ludmilla her, bis sich Robert entschloss aktiv zu werden. Die Straße führte an einem unbebauten Gelände vorbei und nirgends waren Menschen in der Nähe. Schnell fuhr er an ihr vorbei und parkte den Wagen hinter der nächsten Straßenecke. Zu Fuß ging er der Frau entgegen.

„Hallo Ludmilla, ich bin ein guter Freund von Larissa Heim und müsste sie dringend sprechen.“

Missmutig gestikulierend versuchte sie an ihm vorbei zu gehen und ihren Weg fortzusetzen.

„Hauen sie ab. Lassen sie mich in Ruhe. Ich will und darf nicht mit Reportern sprechen."

Robert gab sich nicht geschlagen und stellte sich ihr mit ausgebreiteten Armen mitten in den Weg.

„Warten sie doch bitte, es ist sehr wichtig. Ich bin kein Reporter. Glauben sie mir. Sie können mir vertrauen. Kommen sie mit an meinen Wagen und ich werde es ihnen beweisen."

Die Frau blieb skeptisch und wirkte jetzt sogar ängstlich. Sie war allein mit einem fremden Mann, abseits der nächsten Anwesen. Schon wollte sie ansetzen um Hilfe zu schreien. Robert blieb nichts anderes übrig, als noch weiter vorzupreschen mit dem was Larissa ihm von ihr erzählt hatte.

„Warten sie Ludmilla. Hören sie mir kurz zu. Mir ist bekannt, dass sie zwei Kinder im Alter von sieben und zehn Jahren haben. Ein Junge und ein Mädchen. Und ich weiß, dass Larissa sie finanziell unterstützt. Woher sollte ich das wissen, wenn nicht von Frau Heim selbst?"

Erstaunt musterte sie ihn jetzt, ihre Zweifel schienen zu wanken. Langsam ging sie weiter zur nächsten Ecke, wo Robert geparkt hatte. Aber dort angekommen stutzte sie wieder und wollte ihm nicht in die unbelebte Seitenstraße folgen.

Larissa hatte sich im Auto klein gemacht, um nicht entdeckt zu werden. Im Rückspiegel sah sie jetzt ihre zögernde Haushälterin. Schnell öffnete sie das Seitenfenster und lehnte sich hinaus.

„Ludmilla ich bin's, Larissa Heim. Es ist alles in bester Ordnung. Bitte steigen sie schnell ein, damit uns niemand sieht."

Ein Schaudern durchfuhr die Frau. Sie glaubte wohl ein Gespenst zu sehen. Alle Farbe war aus ihrem Gesicht gewichen. Sekundenlang zögerte sie, ging aber dann schnell zum Wagen und setzte sich zu Larissa in den Fond.

„Mein Gott, sie haben mich zu Tode erschreckt. Sie leben. Alle denken sie sind ertrunken."

Daraufhin fielen sich die beiden Frauen um den Hals und heulten. Larissa schilderte ihr in groben Zügen wie sie von Ralf und Susanne alleine auf dem Meer zurückgelassen wurde und erst nach stundenlangem schwimmen in letzter Sekunde von Robert gerettet wurde. Dass sie durch seine Hilfe überlebt hatte und jetzt bei ihm beherbergt und gepflegt wurde. Sie verschwieg nicht ihre Angst und ihre Zweifel. Kopfschüttelnd nahm es Ludmilla auf. Sie versicherte ihr Stillschweigen zu wahren und zu helfen wo sie konnte. Gerne wäre sie noch ihre vielen Fragen dazu losgeworden, aber sicherheitshalber verschoben sie es auf später. Am Abend, sobald ihr Mann zu seinem täglichen Stammtisch aufgebrochen war, würde sie Larissa und Robert unauffällig ins Haus lassen.

Nachdem Ludmilla sie wieder verlassen hatte und sich schleunigst auf ihren Heimweg machte, beschaffte Robert an einer Tankstelle Verpflegung und Getränke. Auf einem Parkplatz machten sie es sich gemütlich und warteten auf den Abend.

Zur vereinbarten Zeit öffnete Ludmilla das Tor. Nachdem sie sich vergewissert hatten, dass weit und breit niemand zu sehen war, fuhren sie hinein. Den Wagen parkten sie im Innenhof hinter einem Gebäude, wo er von außen nicht zu sehen war. Wie Einbrecher kamen sie sich vor, als sie schnell ins Haus schlüpften, um nicht gesehen zu werden.

Im Innern bekam Robert einen ersten Eindruck, wie vermögend Larissa sein musste. Einrichtung und Ausstattung glichen einem Palast. Wertvolle Gemälde, Teppiche und Einrichtungsgegenstände rechtfertigten die professionelle Alarmanlage.

Im Zimmer von Larissa zogen sie alle Vorhänge zu, bevor sie nach ihren Papieren suchte.

„Es ist alles unverändert. Genauso wie ich es zurückgelassen habe", stellte Larissa nach einer kurzen Bestandsaufnahme fest.

Auf Roberts Vorschlag eingehend, packte sie nur ihre Papiere, ihre Geldbörse und einige wenige Kleidungsstücke zusammen. Falls Ralf doch noch zurückkommen würde, sollte er nicht bemerken, dass sie inzwischen hier gewesen war.

Einmal im Haus, nutzten sie die Gelegenheit sich von Ludmilla bewirten zu lassen. Diese freute sich überschwänglich, dass die Hausherrin, ihre Gönnerin, noch am Leben war. Sie interessierte sich für alle Details des Unglücks und der Rettung.

Das sehr versöhnliche Verhältnis zwischen Ralf und Larissa bei der Begrüßung am ersten Tag hatte sie verwundert. Aus früheren Besuchen wusste sie von der Kälte, die sonst zwischen beiden herrschte.

Die gemeinsame Bootstour mit Ralf und Susanne hielt sie auch für recht ungewöhnlich, machte sich aber keine weiteren Gedanken darüber.

Warum man Larissa bei der Suche, die von Ralf im Hafen angeblich sofort eingeleitet wurde, nicht gefunden hatte, schien ihr zunächst unerklärlich. Plötzlich wurde sie stutzig.

„Jetzt weiß ich auch endlich, worüber Ralf und Susanne nach ihrer Rückkehr laut gestritten haben. Ich habe ihr Gespräch unbeabsichtigt mit angehört, konnte mir aber noch keinen Reim darauf machen. Susanne fragte Ralf danach, warum er so sicher sei, dass man dich nicht findet. Er meinte darauf, dass sie dich gar nicht finden könnten. Sie würden an einer falschen Stelle suchen. Wo du schwimmen gegangen wärst, könntest du auch nicht bis ans Land schwimmen. Das wäre viel zu weit. Dort wären außerdem nur steile Klippen und es würde keinen Zugang zum Ufer geben. Es klang so, als würde er sich darüber freuen."

„Wie Recht er damit hatte. Das beweist, wie gut er alles vorausgeplant hatte", bemerkte Robert.

„Er hat der Küstenwache offensichtlich falsche Koordinaten gegeben. Das erklärt die Auskunft, die ich im Hafen bekommen habe."

„Damit ist wohl bewiesen, dass er meinen Tod vorher geplant hatte", meinte Larissa bestürzt.

„Das wird er büßen müssen. Ich frage mich nur, was er gemacht hätte, wenn ich nicht freiwillig baden gegangen wäre. Vielleicht hätte er mich umgebracht und über Bord geworfen."

„Dieses Schwein, ich habe ihn nie besonders gemocht", ließ Ludmilla verlauten.

In ihren Nachforschungen ein erhebliches Stück weiter gekommen, rüsteten Larissa und Robert sich wieder für den Rückweg. Gerne wären sie in dem feudalen Ferienhaus geblieben, aber unter den gegebenen Umständen schien ihnen das zu riskant. Ralf trachtete Larissa nach dem Leben. Es war nicht absehbar, was er unternehmen würde wenn er von ihrem Überleben erfahren würde. Zumal er jetzt damit rechnen musste, dass eine Untersuchung wegen eines versuchten Mordes oder zumindest einer unterlassenen Hilfeleistung auf ihn zukommen würde.

Ihre Schlüssel nahm Larissa vorsorglich mit. Ludmilla würde sie auf dem Laufenden halten. Schwer bepackt mit einigen Kleidungsstücken und Verpflegung, einschließlich Getränken aus dem Vorrat des Hauses, fuhren sie aus dem Anwesen.

Wie zuvor legte sich Larissa wieder auf die Rückbank, um nicht gesehen zu werden. Nach dem was sie jetzt wusste, musste sie vorsichtiger sein als bisher. Angst kroch ihr durch den Körper. Ludmilla verließ ebenfalls gleich das Haus.

Dem dunkel gekleideten Mann, der unauffällig auf der anderen Straßenseite entlangging, schenkte Robert zuerst keine Beachtung. Erst als er gleich nach ihrer Ausfahrt aus dem Hof seine Schritte beschleunigte und zu einem geparkten Fahrzeug eilte, wurde er auf ihn aufmerksam. Wie befürchtet folgte er ihnen in sicherem Abstand.

„Ich glaube, wir werden beschattet. Schau nicht hinaus, er kann dich nicht gesehen haben. Bleibe geduckt hinter den Sitzen", wies er Larissa an.

„Ich könnte zwar versuchen ihn abzuschütteln, aber viel lieber möchte ich herausfinden warum er uns verfolgt und was er im Sinn hat."

„Was willst du tun? Ich zittere vor Angst."

„Bis jetzt weiß ich das auch nicht, aber mir wird schon noch etwas einfallen. Zur Not fahren wir zur Polizei und klären alles auf. Aber das wäre zu früh, unsere Beweise sind nicht ausreichend."

Kreuz und quer fuhren sie durch die Stadt, meist auf unbelebten Seitenstraßen. Der Wagen folgte ihnen in gleichmäßigem Abstand, offensichtlich in dem Glauben, nicht bemerkt worden zu sein.

„Das ist ganz bestimmt kein Profi, der verhält sich viel zu auffällig", bemerkte Robert.

In einer belebten Einkaufsstraße parkte er den Wagen und stieg schnell aus, nachdem er Larissa angewiesen hatte, unauffällig im Auto zu bleiben. Der Mann folgte ihm in einen Supermarkt, stets bestrebt nicht aufzufallen. Nachdem Robert einige Regale abgeschritten hatte, der Mann mit Abstand hinter ihm, spurtete er um eine Reihe herum und postierte sich direkt hinter seinem Beobachter. Im Gebäude unter den zahlreichen Menschen fühlte er sich sicher. Hier konnte ihm nicht viel passieren.

„Was wollen sie von mir, jetzt haben sie die Gelegenheit es zu erfahren. Sagen sie es, sonst schreie ich, dass sie mich bestohlen haben. Dann können wir das bei der Polizei klären."

Roberts Einschätzung und Menschenkenntnis hatte ihn nicht getäuscht. Perplex und verunsichert hatte es seinem Verfolger die Sprache verschlagen. Er nutzte den Überraschungseffekt weiter aus und tat so, als würde er ansetzen laut zu schreien, um das Personal aufmerksam zu machen. Der Mann hob eingeschüchtert die Hand und signalisierte damit seine Gesprächsbereitschaft.

„Ich will ihnen nichts tun. Ich habe den Auftrag, das Haus zu beobachten in dem sie waren. Warum weiß ich nicht. Mein Auftraggeber will wissen, wer da ein- und ausgeht. Bitte lassen sie die Polizei aus dem Spiel. Ich bin nur ein Privatdetektiv. Zuhause warten Frau und Kinder auf mich. Die Bezahlung ist es nicht wert, dafür ein Risiko einzugehen."

Die jämmerliche Gestalt, die der Mann dabei abgab, machte seine Aussage glaubhaft.

„Wer ist ihr Auftraggeber und was hat er ihnen aufgetragen und geboten?", hakte Robert nach.

„Das kann ich ihnen nicht sagen. Er würde mich fertig machen, hat er gedroht. Außerdem weiß ich auch nichts von ihm. Er ruft mich immer abends an und will meinen Bericht."

Robert musterte den Mann, der verstört vor ihm stand. Seine Kleidung war billig und abgewetzt. Ein erfolgreicher Detektiv sah anders aus. Keine Frage, dieser Mann konnte Geld gebrauchen.

„Er muss ja nichts von mir erfahren, und ihr Honorar können sie von ihm auch kassieren, wenn sie zusätzlich für mich arbeiten. Ich biete ihnen das Doppelte von dem, was er ihnen bezahlt."

Um seine Aussage zu unterstreichen, nahm er hundert Euro aus seiner Geldbörse.

„Hier ist zunächst eine Anzahlung, das Gleiche bekommen sie noch einmal, wenn sie mir gesagt haben, wer sie beauftragt hat und was sie wissen."

Sein Eindruck war völlig richtig, gierig nahm der Mann das Geld an sich. In einem Lokal in der Nähe unterhielten sie sich weiter.

Der Detektiv hatte nur telefonisch den Auftrag erhalten, das Haus zu beobachten. Täglich wurde er angerufen und musste Bericht erstatten, was sich im und am Haus ereignet hatte. Besonders interessiert war sein Auftraggeber an einer Frau, von der er nur eine Beschreibung hatte. Sollte sie auftauchen, müsste er sofort den Anwalt anrufen, bei dem sein vereinbartes Honorar hinterlegt war. Seit zwei Tagen beobachtete er schon das Haus. Außer der Polizei, die zweimal kurz an der Tür war und sich mit dem Personal unterhalten hatte, konnte er keinerlei Besonderheiten melden. Von Reportern, die ebenfalls versucht hatten Einlass zu bekommen, hatte er erfahren, dass die Besitzerin des Hauses vermisst wurde. Es dürfte sich wohl um die Frau handeln, nach der er Ausschau halten sollte. Er vermutete daraufhin, dass es sich um eine Beziehungsgeschichte handelt. Die meisten seiner Aufträge betrafen betrogene Ehepartner. Nachdem er versichert hatte, seinem Auftraggeber von diesem Gespräch nichts zu berichten, händigte ihm Robert die versprochene zweite Rate aus und stellte ihm einen lukrativen Auftrag in Aussicht.

Da es schon sehr spät war und das Lokal schließen wollte, vereinbarten sie ein Treffen am nächsten Tag, um die Details zu besprechen.

Larissa erwartete Robert ungeduldig im Wagen. Alle ihre Glieder schmerzten, da sie die ganze Zeit gekrümmt auf dem Rücksitz verharren musste und sich kaum zu bewegen traute.

„Ich habe Todesängste um dich ausgestanden seitdem du weg bist. Lasse mich bitte nicht mehr so lange im Ungewissen. Bin ich froh, dass dir nichts passiert ist."

„Das ist aber nett von dir, dass du dir Sorgen um mich machst. Wenn wir vorankommen wollen musst du mir vertrauen. Ich passe auf mich auf."

Robert berichtete ihr ausführlich wie er den Detektiv überlistet hatte und von den Gesprächen. Auch von seinem Angebot, ihn mit Recherchen für sie zu beauftragen.

Larissa war erstaunt über seinen Mut.

„Du traust dich was. Das hätte doch auch ganz anders ausgehen können. Warum tust du das alles für mich? Wie soll ich das je wieder gutmachen?"

„Lasse es gut sein. So langsam macht mir das Recherchieren sogar ein wenig Spaß. Ich sehe es als Herausforderung. Da habe ich wenigstens eine sinnvolle Beschäftigung und muss meine Zeit nicht mit Lesen, Wanderungen und Baden verbringen. Ohne dich wäre mein Urlaub richtig langweilig."

Larissa war müde und wünschte sich Ruhe. Die Nachwirkungen des Unglücks spürte sie noch und die Ereignisse des Tages hatten sie überanstrengt.

Sie fuhren in das von Robert gemietete Ferienhaus, das ihnen noch weiter als Domizil und Versteck dienen musste.

Zu Hause besprachen sie ihre Vorgehensweise. Larissa betonte noch einmal, alles unternehmen zu wollen, was zur Aufklärung des Anschlags auf ihr Leben beitragen könnte. Auf die entstehenden Kosten sollte keine Rücksicht genommen werden. Nach dem was Robert jetzt über ihr Vermögen wusste, würde es keine Arme treffen.

Der Detektiv sollte herausfinden, was Ralf der Polizei zu Protokoll gegeben hatte. Außerdem brauchten sie einen Nachweis, wo die Suche nach ihr erfolgt war. Als Einheimischer war es für ihn bestimmt leichter, den Einsatzort des Suchtrupps herauszufinden. Da Robert sicher gehen wollte, dass der Mann nicht wieder umgedreht wurde, um dann doch für die andere Seite zu arbeiten, müssten sie sich Prepaid-Handys zulegen, um eine Rückverfolgung ihrer Gespräche auszuschließen. Die weitere Kommunikation sollte über Roberts Anrufe bei ihm erfolgen. Seine Identität und die Beteiligung Larissas sollte er nicht erfahren.

Larissa, die wieder über ihre Kreditkarten und Ausweispapiere verfügte, wollte schnellstens zu einer Bank gebracht werden, um sich mit Geld zu versorgen. Sie war es gewohnt, immer ausreichend damit bestückt zu sein. Einige hundert Euro hatte sie zwar bei ihren Papieren gehabt, aber das würde kaum ausreichen, um den Detektiv zu bezahlen und ihre Auslagen und Ansprüche zu decken.

„Ich muss endlich meine Schulden bei dir und die Kosten für die Einkäufe begleichen, die du für mich ausgelegt hast. Der Detektiv wird sicher auch noch einiges kosten, und Schmiergelder könnte er eventuell auch benötigen."

Robert winkte ab und äußerte seine Bedenken wegen einer Geldabhebung mit der Kreditkarte.

„Bist du denn ganz sicher, dass dein Stiefsohn deine Kontobewegungen von zu Hause aus nicht nachverfolgen kann", fragte er vorsorglich.

„Wenn er mit der gleichen Bank Kontakt haben sollte und dort eure Firmengeschäfte abwickelt, würde ich mich auf deren Verschwiegenheit und das Bankgeheimnis an deiner Stelle lieber nicht verlassen. Alle Geldtransfers über Kreditkarten lassen sich leicht verfolgen."

„Du hast Recht, der Leiter unserer Hausbank ist ein alter Schulfreund von Ralf, dem kann ich nicht vertrauen. Er wird mehr zu ihm stehen als zu mir. Ralf macht fast alle Transaktionen für die Fabrik mit ihm. Eine Indiskretion ist da leicht möglich und würde mich verraten. Das sollte nicht sein. Ich habe noch ein Nummernkonto von meinem Mann hinterlassen bekommen. Das ist in der Schweiz. Bisher habe ich noch nie davon Gebrauch gemacht. Ralf weiß nichts von dieser Bankverbindung. Nur habe ich keine Ahnung, wie ich das Geld hierher bekommen kann. Das Geheimkonto ist mit einer Nummer, die ich kenne, und zusätzlich noch mit mehreren Kennwörtern abgesichert, die nach dem Zufallsprinzip abgefragt werden."

„Dafür gibt es bestimmt auch eine Lösung. Wichtig ist, dass wir keine Spuren hinterlassen. Das können wir morgen in Angriff nehmen. Es wird bestimmt zwei bis drei Tage dauern, bis du hier auf der Insel über das Geld verfügen kannst. Auf einen Tag mehr oder weniger kommt es nicht mehr an, auch wenn mein Budget irgendwann seine Grenzen überschritten hat."

„Was wäre ich ohne dich und deine großzügige und selbstlose Unterstützung", antwortete Larissa. Sie schmiegte sich dankbar an ihn.

„Du hast mir ein zweites Leben geschenkt."

Bald übermannte beide die Müdigkeit. Robert bestand trotzdem darauf, Larissas Wunden noch einmal zu versorgen, bevor sie sich schlafen legten.

Sie waren ihrem Ziel näher gekommen und fanden in dieser Nacht einen angenehmen Schlaf.

KAPITEL 9

Wieder war es der verlockende Geruch von frischem Kaffee und gebratenem Speck, der Robert am Morgen das Aufstehen erleichterte.

Larissa hatte schon den Frühstückstisch gedeckt und kam auf ihn zu gelaufen. Mit verschlafenen Augen nahm er die Frau war, die seinen Urlaub so grundlegend umgekrempelt hatte. Trotz ihrem sportlich legeren Outfit, wirkte sie heute auf ihn wie eine fremde elegante Lady. Die Spuren ihrer Verletzungen und der Sonnenbrand waren fast nicht mehr zu sehen. Den verbleibenden Rest hatte sie mit Makeup vertuscht. Seine Unterstützung und Versorgung trug Früchte. Wie ein zahmes Lämmchen hatte sie sich eincremen und pflastern lassen. Manchmal hatte er den Eindruck, dass sie es sogar genoss, von ihm verwöhnt zu werden. Jetzt war er über ihr Aussehen überrascht. Die Frau gefiel ihm zusehends besser. Wenn er ihr heute zum ersten Mal begegnen würde, hätte er wahrscheinlich nicht den Mut, sie anzusprechen. Sie bemerkte seinen staunenden Blick.

„Hast du schlecht geschlafen? Habe ich etwas verkehrt gemacht, was dich geärgert hat?"

„Nein, ganz im Gegenteil. Bisher habe ich nur noch nicht bemerkt, was für eine attraktive Frau ich unter diesen seltsamen Umständen kennen gelernt habe. Du siehst einfach hinreißend aus. Sicher bist du gewohnt, von zahlreichen Männern umschwärmt und umworben zu werden."

Verlegen schaute sie ihn einen Moment lang an.

„Danke für das Kompliment. Das Umwerben hält sich in Grenzen. Sicher bin ich zu wählerisch und misstrauisch. Nach dem Tod meines Mannes hat sich noch nichts Passendes ergeben. Vielleicht habe ich ja jetzt endlich jemanden gefunden."

Mit diesen Worten hatte sie ihn innig umarmt und ausgiebig geküsst. Etwas verhalten erwiderte Robert ihre Liebkosungen.

Sie fuhren nach dem Frühstück in die Stadt. Larissa hatte darauf bestanden mitzukommen. Getarnt mit Hut und Sonnenbrille fühlte sie sich sicher genug. In einem Telefonladen kauften sie zwei Mobiltelefone, über die nun ausschließlich die Kommunikation laufen sollte. Während Robert zu seiner Verabredung mit dem Detektiv aufbrach, machte Larissa Besorgungen. Später würden sie sich in einem Lokal treffen.

Der Detektiv erwartete Robert freudestrahlend. Die großzügige Bezahlung vom Vortag zeigte Wirkung. Er hoffte auf einen lukrativen Auftrag. Als er die Ermittlungsaufgaben gestellt bekam, war er euphorisch. Er war früher im Polizeidienst. Durch seine Kontakte dürfte es für ihn leicht sein, sie zügig zu erledigen. Schnell waren sie einig. Sein letzter Auftrag war erfolgreich abgeschlossen, das Honorar dafür hatte er schon kassiert. Einen Zusammenhang mit den neuen Aufgaben sah er glücklicherweise nicht. Sobald er erste Ergebnisse vorweisen könnte, würde er Robert telefonisch kontaktieren. Einen Vorschuss verlangte er nicht.

Nach dem Gespräch holte Robert Larissa ab. Um alle Ungewissheiten auszuschließen, fuhren sie zu der Adresse des Detektivs. An dem kleinen Haus war ein einfaches Firmenschild angebracht. Sie parkten in einer Seitenstraße und Robert ging zurück. Ramos Sanches Cabra, Privatdetektiv, stand da in einfachen Lettern. Im Garten spielten ausgelassen drei Kinder. Alles sah so bodenständig aus wie Robert es sich vorgestellt hatte. Er war sich jetzt sicher, dass er dem Mann vertrauen konnte.

Zuhause setzte sich Larissa telefonisch mit ihrer Bank in der Schweiz in Verbindung. Sie hatte Glück und konnte den zuständigen Mitarbeiter erreichen. Es bedurfte mehrerer Telefonate über drei verschiedene Mobiltelefone, und einer ganzen Menge Sicherheitsfragen und Codenummern bis endlich geregelt war, wie sie auf Teneriffa an ihr Geld kommen konnte. Ab dem folgenden Tag würde die gewünschte Summe bei der Caixa Bank in Los Realejos bereitliegen. Da es ihr ein wichtiges Anliegen war, fuhren sie am nächsten Morgen in den einige Kilometer entfernten Ort. Es dauerte dort einige Zeit bis sich der Mitarbeiter über die vereinbarten Geheimnummern und Personalien abgesichert hatte und Larissa einen fünfstelligen Betrag ausgezahlt bekam.

„Jetzt fühle ich mich bedeutend wohler" meinte sie, als sie zurück im Wagen war.

„Darf ich dich zu einer Bootsfahrt einladen? Ich möchte sehr gerne meine Schicksalsroute abfahren. Das Wetter lädt außerdem zum Schwimmen ein."

Robert nahm die Einladung gerne an.

„Ich habe gerade nichts Wichtigeres vor. Wo du hergekommen bist interessiert mich jetzt auch, nachdem du meinen Traum von der Meerjungfrau zerstört hast", antwortete er scherzhaft.

Im Hafen von Los Gigantes mieteten sie eine Jacht mit Skipper und begaben sich auf See. Zuerst suchten sie die Küste ab nach dem markanten Punkt, den Larissa vom Wasser aus anvisiert hatte, bevor die Strömung ihr eine andere Richtung gab. Es dauerte eine Weile, bis sie ihn gefunden hatten. Von hier aus fuhren sie auf das freie Meer hinaus, um den ungefähren Platz zu finden, an dem sie die Jacht zum Schwimmen verlassen hatte. Es war beängstigend weit draußen und erstaunlich, dass sie diese Strecke geschwommen war.

„Ich bin sehr beeindruckt über deine Ausdauer, damit könntest du bei der Olympiade teilnehmen", scherzte Robert. Er merkte aber, dass Larissa zu Späßen nicht aufgelegt war. Während der ganzen Fahrt machte sie einen sehr bedrückten Eindruck. Sie dachte wohl darüber nach, wie nahe sie vor wenigen Tagen dem Tod war. Mitfühlend legte er einen Arm um sie, um sie zu trösten. Dankbar schmiegte sie sich an ihn und weinte. Als sie sich wieder einigermaßen gefasst hatte, beschloss sie, an dieser Stelle schwimmen zu gehen. Es war sehr warm, aber hauptsächlich wollte sie noch einmal den Ausblick aus dem Wasser nachvollziehen. Für Robert war es ein großes Wunder, dass sie von hier aus das Ufer erreicht hatte.

„Wenn es um das nackte Überleben geht, ist der Mensch zu vielem in der Lage, von dem er vorher nichts wusste, und was er für unmöglich hielt."

Zurück auf dem Boot, notierte sich Robert die Koordinaten, die ihm der Skipper errechnete, falls sie als Beweis gegen Ralf notwendig sein sollten. Auch mit Fotos belegte er den Ausblick auf die gigantischen Felsmassive in der Ferne.

Das nächste Ziel war die kleine Bucht, an der Larissa an Land gespült und von Robert gerettet worden war. Entlang der Steilküste war zunächst keine Möglichkeit zu erkennen, um an Land zu gehen. Erst ein beachtliches Stück weiter südlich, entdeckten sie die idyllische kleine Bucht, in der das Schicksal sie zusammengebracht hatte. Ein winziger heller Sandstrand leuchtete einladend in der Sonne. Beim Näherkommen war ein kleiner Pfad erkennbar, der steil in den Felsen führte. Vom Boot aus war bei dem geringen Seegang kaum zu sehen, dass sich vor der Bucht zahlreiche Klippen verbargen. Ganz anders als bei der tobenden See vor einigen Tagen, als die hohen Wellen Larissa fast darauf erschlagen hätten. Der Skipper hielt das Boot in sicherem Abstand. Robert machte auch hier einige Aufnahmen für seine Dokumentation über Larissas Odyssee.

„Den Weg zu dieser idyllischen Bucht möchte ich zu gerne gehen. Meinst du, wir könnten in den kommenden Tagen gemeinsam eine Wanderung hierher machen, oder verlange ich zu viel von dir?", fragte Larissa interessiert.

„Ich muss dich warnen, das Gelände ist steil. Es ist ein anstrengender langer Fußmarsch. Wenn du es dir zutraust, können wir es versuchen.“

„Bitte, es ist mir wichtig den Weg bewusst zu erleben. Beim letzten Mal hast du mich geschleppt, da habe ich nicht viel davon mitbekommen.“

Gemütlich machten sie sich auf den Rückweg. Das Boot hatten sie bis zum Abend gemietet. Sie ließen sich deshalb an eine Stelle fahren, wo oft Grindwale und Delfine zu beobachten waren. Der Bootsfahrer kannte die Region gut und bald schon erlebten sie das Schauspiel spielender Delfine.

Larissa hatte sich wieder an Robert angelehnt. Wie ein lange vertrautes Pärchen saßen sie im Heck, während das Boot gemächlich dahinglitt.

„Ohne dich würde wahrscheinlich meine Leiche jetzt hier im Wasser treiben“, meinte Larissa.

„Ich kann dir gar nicht genug danken für alles, was du für mich getan hast. Du bist ein Glücksfall für mich. Deinen Urlaub habe ich dabei wohl ziemlich durcheinander gebracht?“

„Es hält sich in Grenzen. Ohne dich wäre er langweilig geworden. Du hast mich wenigstens abgelenkt von meinen Sorgen und Gedanken.“

„Ich weiß gar nichts von dir. Du weißt aber schon vieles von mir. Erzähl mir etwas über dich. Hast du keine Familie die dich vermisst? Sicher warten zuhause eine Frau und vielleicht sogar Kinder auf dich und ich halte dich hier fest.“

„Kinder habe ich glücklicherweise noch keine. Die wären nur Opfer einer Scheidung geworden.

Meine Frau hat mich vor Monaten verlassen und lebt mit meinem ehemaligen Geschäftspartner und Freund zusammen. Ich konnte ihr nicht genug bieten, obwohl ich alles versucht habe. Im Grunde genommen bin ich sogar froh darüber, dass es so gekommen ist. Ihr ständiger Konsumterror und ihre Sucht nach Anerkennung gingen mir auf den Geist. Immer war sie am Shoppen. Ständig fiel ihr etwas Neues ein, von dem sie überzeugt war, es unbedingt haben zu müssen. Ihr Kleiderschrank war zum Bersten voll. Schuhe hatte sie so viele, dass ihr der Überblick fehlte. Auch im Haus hatte sie permanent neue Ansprüche. Ich bin fast nicht mehr nachgekommen. Ihr Freundeskreis setzte auch Maßstäbe, bei denen sie meinte, mithalten zu müssen. Immer teurere und noch weiter entfernte Urlaubsziele in guten Hotels und auch der Besuch aller möglichen Veranstaltungen mussten sein, um mitreden zu können. Bei meinem ehemaligen Partner hat sie jetzt alle diese Möglichkeiten. Ich wollte und konnte nicht mehr mithalten. Jetzt lebe ich alleine. Ob das von Dauer ist, weiß ich nicht. Manchmal denke ich, es wäre ganz schön, wenn ich mein restliches Leben mit jemandem teilen könnte. Andererseits möchte ich mir unbedingt eine neue Enttäuschung ersparen."

„Da hast du Recht, man vergleicht immer mit dem was man vorher hatte. Bei einer weiteren Partnerschaft ist man kritischer als bei der ersten."

„Wie ist es denn bei dir, du hast bestimmt alle Möglichkeiten und eine Menge Verehrer?"

„Die habe ich schon. Da ist aber keiner dabei der mir zusagt. Entweder sind sie hinter meinem Geld und Einfluss her, oder es sind Machos die ich nicht ausstehen kann. Außerdem bin ich zu sehr eingebunden in meine Arbeit und habe bisher an einer neuen Verbindung wenig Interesse gehabt. Lange habe ich um meinen Mann getrauert, da stand mir auch nicht der Sinn nach einem Partner. Jetzt bin ich aber entschlossen, etwas mehr das Leben zu genießen. Gerade habe ich das Glück gehabt und ein zweites geschenkt bekommen.“

Noch inniger schmiegte sie sich nach diesen Worten an Robert. Beide versanken tief in ihren Gedanken, bis sie wieder im Hafen anlegten.

In einem kleinen Restaurant ließen sie bei einem vorzüglichen Essen, und gutem Wein, den schönen Tag ausklingen. Am Abend saßen sie noch lange im Garten und tauschten Lebenserfahrungen aus. Robert berichtete dabei auch über seine berufliche Tätigkeit. Er war als freier Unternehmensberater hauptsächlich damit beschäftigt, Schwachstellen in Produktionsbetrieben zu finden und zu beseitigen.

„Du glaubst gar nicht, wie betriebsblind so manche Unternehmer im Laufe der Zeit werden. Die brauchen einen Anstoß, um zu sehen was man anders und vor allem besser machen kann.“

„Das ist sehr interessant, so jemand bräuchten wir in unserem Werk ganz dringend. Ständig kämpfe ich mit Ralf um Verbesserungen mancher Abläufe und um die Sicherheitsvorkehrungen. Die Ausbeutung der Beschäftigten missfällt mir auch.

Sie werden zum Teil ziemlich ausgenutzt. Ralf meint, für eine Unternehmerin wäre ich viel zu sozial eingestellt. Außerdem bin ich mir sicher, dass mit unseren Materialeinkäufen einiges im Argen liegt. Unserem Einkaufsleiter traue ich auch nicht. Ich fürchte, er ist korrupt und lässt sich von einigen Lieferanten kaufen. Mir glaubt Ralf nicht, er nimmt mich einfach nicht ernst. Sicher muss der Anstoß von außen kommen. Wenn ich zurück in der Firma bin, mache ich dir ein Vertragsangebot. Mir wäre es ein Anliegen, dich in meiner Nähe zu haben. Noch nie zuvor habe ich zu jemandem so viel Vertrauen gehabt. Allerdings müsstest du dann nach München umziehen. Gerne könntest du bei mir wohnen, ich habe Platz genug. Ich finde, dass wir jetzt gut zusammenleben. Warum können wir das zu Hause nicht weiterführen?"

Fragend schaute sie dabei Robert an. Erstaunt und überrascht antwortete er nach einer Pause.

„Lasse uns erst deine Angelegenheiten hier zu Ende bringen, dann werde ich in Ruhe darüber nachdenken. Diesen Urlaub hier hatte ich geplant, um mich selbst und meine berufliche Orientierung zu finden. Mein Leben nach der Scheidung hat mich gelangweilt und am Sinn zweifeln lassen. Obwohl geschäftlich alles zufriedenstellend läuft, bin ich damit unzufrieden und nicht ausgelastet. Abstand zu meinem bisherigen Umfeld wäre aber nicht schlecht, da würde ich nicht mehr meinem ehemaligen Partner und meiner Ex-Frau begegnen. Gerne würde ich beiden aus dem Weg gehen."

Der nächste Morgen war wolkenlos und bereits sehr warm. Es würde bestimmt ein heißer Tag werden. Larissa blieb bei ihrem Wunsch, den Weg zu der Bucht, in der sie gerettet wurde, kennen zu lernen. Roberts eindringliche Warnung wegen der Schwierigkeit und Länge zerschlug sie.

„Falls es mir zu viel wird, können wir ja wieder umkehren. Dann war es eben nur ein Spaziergang. Mir ist es ein wichtiges Anliegen. Ich habe in der Bucht mein zweites Leben und eine neue Zukunft gefunden. Dass ich Ausdauer habe, weißt du ja.“

Sie drehte sich zu ihm um und küsste ihn innig, was er perplex über sich ergehen ließ.

Gerüstet mit angemessener Kleidung, festem Schuhwerk, etwas Verpflegung und ausreichend Getränken, gingen sie los. Larissa legte ein Tempo vor, dass Robert sie bremsen musste.

„Lasse es etwas langsamer angehen, der Weg ist weit und anstrengend. Zurück musst du auch wieder. Übernimm dich nicht. Wir haben Zeit.“

An einer Windung des Pfades rasteten sie und genossen den schönen Ausblick auf die Vegetation und die unendliche Weite des Meeres.

„Da macht das Leben wieder Spaß. Ich hoffe, dass wir noch viele solche Momente gemeinsam genießen können“, meinte Larissa.

Robert antwortete nicht. Er dachte angestrengt über ihr Verhältnis zueinander nach. Für diese Frau, die so überraschend in sein Leben getreten war, empfand er mehr als nur Sympathie. Er fand sie anziehend, aber es ging ihm etwas zu schnell.

Würde er in ihr Leben passen? Vermögend, und an einen gehobenen Lebensstil gewöhnt, würde ihr Alltag sicher anders verlaufen als sein doch viel bescheideneres Dasein. Er hatte zwar ein gutes Einkommen, aber große Sprünge ließ es nicht zu. Am Vortag hatte ihm Larissa alle Kosten erstattet, die er für sie ausgelegt hatte. Zusätzlich hatte sie ihm noch zehntausend Euro aufzwingen wollen, als Dankbarkeit für ihre Rettung. Er hatte es nicht annehmen wollen, aber sie bestand darauf. Das Geld würde er für weitere Verpflichtungen wie den Detektiv und die Recherchen verwenden. Für seinen Bedarf lehnte er es ab, weil er sich sonst wie ein Gigolo vorkommen würde. In Abhängigkeit von ihr wollte er sich nicht begeben. Bisher waren alle ihre Wünsche mit seinen vereinbar. Ob das so bleiben würde? Der Weg forderte wieder seine ganze Aufmerksamkeit und lenkte ihn ab.

Nach einer Weile wurde Larissa ungeduldig. Die Hitze und die Anstrengung setzten ihr zu.

„So strapaziös habe ich mir diese Wanderung nicht vorgestellt. Ist es noch weit bis zur Bucht?"

„Hier habe ich auf unserem gemeinsamen Weg nach oben, die erste Pause mit dir eingelegt, und noch einmal Ausschau nach eurem Boot gehalten. Noch ein paar Windungen, dann sind wir da. Dort können wir uns erholen und schwimmen gehen, wenn du das magst."

„Wie hast du es geschafft, mich diesen steilen Weg hinaufzuschaffen? Das kann ich mir gar nicht vorstellen. Du musst mich doch getragen haben."

„Getragen habe ich dich nicht, nur gestützt und neben mir hergezogen. Ich hoffe, dass du heute alleine hinaufkommst. Noch einmal muss ich das nicht unbedingt haben."

Dankbar lächelnd schaute sie ihn an.

In der Bucht angekommen, ließen sich beide erschöpft im Sand nieder und legten sich in die Sonne. Ihre verschwitzte Kleidung hingen sie auf einen Felsen zum Trocknen. Larissa streckte sich genüsslich auf der Decke aus, die Robert für sie ausgebreitet hatte. Bereits nach wenigen Minuten war sie eingeschlafen. Robert musterte sie. War es nur das außergewöhnliche Zusammentreffen, das dazu führte, dass er sich stark zu ihr hingezogen fühlte? Es war wohl mehr. Mit dieser Frau könnte er sich sein weiteres Leben durchaus vorstellen.

Räkelnd wachte Larissa bald wieder auf.

„Gehen wir schwimmen? Zeigst du mir, wo du mich aus dem Wasser gefischt hast?"

„Von mir aus gerne, die Abkühlung wird uns sicher gut tun. Du musst aber höllisch aufpassen, die Klippen sind scharfkantig. Verletzen sollten wir uns nicht, wir sind völlig alleine hier. Helfen kann uns niemand."

Hand in Hand marschierten sie ins Wasser. Das Meer war ruhig. Keine Wellen trieben sie auf die Felsen. Sie schlängelten sich an den ersten vorbei und schwammen zu der Klippe, auf der Robert sie abgefangen hatte. Trotz seiner Mahnung kletterte Larissa hinauf. Sie wollte ganz genau beschrieben haben, wo und wie er sie festgehalten hatte.

„Hier kamst du auf einer Welle vorbei. Zuerst glitten nur deine Haare durch meine Finger. Als der Sog dich zurückzog, konnte ich dich fassen. Ich musste mit Gewalt an deinem Arm ziehen und mich gleichzeitig nach hinten fallen lassen. Es war sehr riskant, aber es gab keine Alternative."

„Da hast du dir dann die Verletzungen auf dem Rücken zugezogen, die ich gesehen habe."

„Die Wellen waren so stark, dass sie uns von der Klippe gerissen haben. Zum Glück sind wir zwischen die kleineren Felsen gestürzt und haben uns nicht verletzt. Auf dem Weg zum Ufer wurden wir mehrmals von der Dünung umgeworfen."

Zurück am Strand umarmte Larissa Robert fest und lange. Wieder einmal füllten sich ihre Augen mit Tränen, die dann über ihre Wangen kullerten.

„Ich würde es für unmöglich halten, wenn ich es nicht besser wüsste und selbst erlebt hätte. Was hatte ich für ein großes Glück, dass du hier warst. Mein Leben hatte ich schon längst aufgegeben, ich konnte nicht mehr."

„Das kann ich nachvollziehen, nach deinem stundenlangen Langstreckenschwimmen."

Nachdem sie sich gestärkt hatten, traten sie den Rückweg an. Immer mal wieder schaute Larissa zurück auf die Bucht, in der sie beinahe ihr Leben verloren hätte. Das Bild musste sie im Gedächtnis abspeichern. Robert hatte die Bucht aus allen Blickwinkeln fotografiert. Schweigend stiegen sie den schmalen Pfad hinauf. Die große körperliche Anstrengung verhinderte weitere Unterhaltungen.

Ab und zu blieben sie stehen um sich zu stärken und frische Energie aufzubauen. Je weiter sie nach oben kamen, umso kürzer wurden die Abstände zwischen den Pausen. Immer wieder wunderte sich Larissa darüber, wie es zu schaffen war, sie diesen Weg hinauf zu schleppen. Zumal er durch das Gewitter nass und schlüpfrig war.

Es dämmerte schon langsam, als sie die letzten Steigungen endlich hinter sich gebracht hatten und auf ebenen Wegen zum Ferienhaus gingen. Larissa war zufrieden, sie hatte es geschafft und diesen Leidensweg nachvollzogen. Ihr Respekt und ihre Dankbarkeit für Roberts Hilfe war noch weiter gewachsen. Einen unmenschlichen Einsatz hatte er für sie erbracht.

Sehr bald begaben sie sich am Abend zur Ruhe. Larissa war sichtlich aufgewühlt, der Ablauf ihrer Rettung bewegte sie. Spät in der Nacht verließ sie ihr Bett und legte sich zu Robert auf die Couch. Fest umklammerte sie ihn und ließ ihn bis zum Morgen nicht mehr los.

KAPITEL 10

Unruhig war die Nacht verlaufen. Zu zweit auf der schmalen Couch war es etwas eng. Trotzdem wollte keiner vom anderen weichen.

„Da habe ich ein Ferienhaus mit allem Komfort und hier leben wir so beengt und eingeschränkt. Obwohl ich mich immer mehr daran gewöhne. Das muss wohl an dir liegen", resümierte Larissa. Robert ging auf die neuen Avancen nicht ein.

„Wir müssen wahrscheinlich in einigen Tagen ausziehen. Dann kommen neue Mieter. Notfalls gehen wir in ein Hotel", antwortete er nur.

„Wie hast du dein weiteres Vorgehen geplant? Willst du Anzeige erstatten und deinen Stiefsohn hinter Gitter bringen?"

„Ich weiß es noch nicht. Zuerst müssen wir alle Fakten zusammengetragen haben. Dann werde ich einen befreundeten Anwalt und Notar aufsuchen und seinen Rat einholen. Wichtig ist mir, Ralf erst einmal zur Rede zu stellen. Das Gesicht, wenn ich ihm lebend gegenüberstehe, möchte ich mir nicht entgehen lassen. Er wollte mir das Wertvollste was ich habe nehmen, mein Leben. Dafür würde ich ihm zu gerne das Wertvollste nehmen was er hat, nämlich die Firma. Daran hängt er. Sie ist ihm wichtiger, als alles andere auf der Welt. Ich habe zwar keine große Lust sie alleine weiterzuführen, aber dafür wird sich sicher eine Lösung finden lassen. Vielleicht kann ich ja auch mit dir rechnen, das wäre mir am liebsten."

Fragend schaute sie dabei Robert an. Er vermied aber eine Zustimmung. Ihn beschlich die Sorge, sie würde ihn zu sehr einvernehmen. Schnell wich er aus, indem er ablenkte.

„Wir sollten den Detektiv fragen, ob er schon etwas erreichen konnte. Vielleicht können wir bald unsere Zelte hier abbrechen."

Ramos Sanches Cabra, der mit den Recherchen beauftragte Detektiv, war zu einem Treffen noch am selben Tag bereit. Er hätte gute Nachrichten, bräuchte aber zur Unterstützung noch ein wenig Bestechungsgeld, ließ er stolz vernehmen. Gegen eine entsprechende Bezahlung würde er Kopien von den Protokollen, sowohl von der Polizei, als auch von der Küstenwache bekommen. Larissa, die über den Lautsprecher das Gespräch mitgehört hatte, nickte sofort zustimmend.

Alleine machte sich Robert wieder auf den Weg zum Treffpunkt. Larissa war bisher bei Ramos noch nicht in Erscheinung getreten.

„Wir wollen keine schlafenden Hunde wecken", hatte Robert gemeint. Er befürchtete, dass die Kenntnis der Gründe, Anlass dazu geben könnte, die Kosten in die Höhe zu treiben. Immerhin war mit den Unterlagen ein Verbrechen aufzuklären.

Ramos war pünktlich am Treffpunkt. Schlüssig erklärte er nochmals detaillierter, wie er an die Informationen gekommen war. Natürlich bauschte er seine Leistungen dabei über Gebühr auf, was Robert aber nicht davon abhielt, ihn für die zügige und erfolgreiche Bearbeitung zu loben.

Robert war erstaunt über die geringe Höhe der benötigten Schmiergelder. Die korrupten Beamten waren sich zum Glück nicht im Klaren, welchen Wert diese Papiere für Larissa hatten. Trotzdem wand er sich ein wenig, als Ramos ihm die Beträge nannte. Er wollte es ihm nicht zu leicht machen, zeigte sich dann aber einverstanden und zahlte die gewünschten Summen. Der Detektiv versprach, die Kopien von den Protokollen noch am selben Tag zu besorgen. Er fragte geschäftstüchtig, ob es weitere Aufgaben für ihn geben würde. Robert vertröstete ihn zunächst bis zum Abschluss der bisherigen Recherchen.

Larissa hatte alle ihre Verletzungen und den Sonnenbrand mittlerweile gut überstanden. Einige kleine Narben waren ihr verblieben, aber das hatte auf ihr Aussehen keinen entscheidenden Einfluss. Sie war eine wunderschöne Frau und wusste das. Die seelischen Belastungen zeigten sich nur noch in ihren Alpträumen und melancholischen Phasen, wenn sie alleine war und zu sehr grübelte. Dann kam ihr immer wieder zu Bewusstsein, dass sie keine engen Verwandten und keine Menschen ihres Vertrauens mehr hatte. Umso mehr hängte sie sich an Robert. Als er jetzt von seinem Treffen zurückkehrte, lag sie auf der Terrasse in der Sonne. Sie eilte ihm entgegen und umarmte ihn innig, als hätten sie sich tagelang nicht mehr gesehen. Er konnte nicht umhin, ihre Zärtlichkeit zu erwidern. Immer mehr war er jetzt dem Schicksal dankbar, das ihn mit dieser Frau zusammengeführt hatte.

Ohne ihre Notlage und seine Rettung, wären sie sich nie in ihrem Leben begegnet. Er schloss nicht mehr aus, mit ihr zusammen sein weiteres Leben verbringen zu können. Seine Zelte in der Nähe von Frankfurt abzubrechen und zu ihr zu ziehen, wäre durchaus möglich. Außer seinen vielen beruflichen Kontakten, die er auch aus der Entfernung nutzen könnte, hielt ihn dort wenig. Aktuelle Projekte hatte er zurzeit nicht. Alle sportlichen Aktivitäten konnte er auch an jedem anderen Ort ausüben. Kontaktfreudig, wie er von Natur aus war, würde er überall schnell wieder Anschluss finden. Seine ursprünglichen Bedenken, gegen die zu schnelle Einvernahme und die Dominanz von Larissa, hatte er zurückgedrängt. Die angenehme Perspektive überragte alle Zweifel.

Zunächst galt es erst, Larissas Angelegenheiten zu einem guten Ende zu bringen. Dann würde er weitersehen, wie sich ihr Verhältnis entwickelt.

Bereits am Abend meldete sich Ramos. Er hatte Kopien der gewünschten Protokolle beschafft und die Kontaktpersonen notiert, die in den Suchdienst und die Vermisstenanzeige involviert waren. Die Berichte hatte er gleich von einem Bekannten ins Deutsche übersetzen lassen. Natürlich war das mit weiteren Unkosten verbunden. Robert akzeptierte, und machte sich auf den Weg, um die Papiere bei ihm abzuholen und alle Kosten und das Honorar zu begleichen. Ein Trinkgeld gab er ihm auch. Er wollte sich den Kontakt warm halten, falls es noch Bedarf geben sollte, und versprach sich zu melden.

Sollte Larissa eine Anklage gegen Ralf anstreben, wäre Ramos vielleicht als Zeuge nützlich.

Gespannt studierten Robert und Larissa alle Angaben in den Protokollen. Systematisch hatten sie die bekannten Fakten notiert, um lückenlos den Ablauf nachvollziehen zu können.

Gestartet waren sie mit der gemieteten Jacht bereits um 7.45 Uhr. Das würde sich bei dem Bootsverleih überprüfen lassen. Da das Wetter nachmittags schlechter werden würde, hatte Ralf den frühen Zeitpunkt bestimmt. Larissa und Susanne wären viel lieber etwas später gestartet. Hauptsächlich Susanne wollte eigentlich gerne am ersten Tag auf Teneriffa ein wenig länger schlafen, und in aller Ruhe frühstücken. Unter Protest hatte sie sich dem Drängen von Ralf gebeugt.

Die Fahrt dauerte ungefähr fünfundzwanzig Minuten. Ralf und Susanne machten sich nach dem Ankern gleich zum Tauchen klar und gingen vom Schiff. Ihre Vorbereitungen und Absprachen dazu dauerten ungefähr zehn Minuten. Die Zeit, bis auch Larissa das Boot verlassen hatte, schätzte sie auf mindestens eine Stunde. Sie hatte zunächst noch in der Sonne gesessen und gelesen, bis es ihr zu heiß war und sie eine Abkühlung brauchte. Das wäre demnach zwischen 9.30 und 10 Uhr gewesen. Wie lange sie bereits geschwommen war, als sie das Motorengeräusch gehört hatte, wagte sie nicht zu schätzen. Es war auch nicht unbedingt relevant.

Robert hatte um etwa 17.00 Uhr beschlossen die Bucht zu verlassen, weil ein Gewitter näher kam.

Bis er seine Sachen zusammen gepackt hatte, war es bestimmt 17.30 Uhr als er aufbrach. Kurz darauf kehrte er wieder um, weil er im Meer jemanden schwimmen sah. Die Zeit, die Larissa bis zu den Klippen gebraucht hatte, war wieder mindestens eine halbe Stunde. Demnach hatte sie fast acht Stunden im Wasser verbracht. Jetzt erst, nachdem sie das heil überstanden hatte, wunderte sie sich selbst über ihre Ausdauer.

„Das kann ich kaum glauben. Ich hätte niemals für möglich gehalten, dass ich dazu fähig bin."

„Da sieht man erst einmal, wozu der Mensch in der Lage ist, wenn es um das eigene Überleben geht", meinte Robert.

„Aber jeder hätte das nicht geschafft. Du hast übermenschliche Ausdauer entwickelt, dein Leben war dir noch sehr viel wert."

Ralf hatte die Vermisstenmeldung um 12.15 Uhr aufgegeben. Das heißt, er hatte sich sehr viel Zeit gelassen. Es wäre noch interessant zu wissen, wann er die Jacht zurückgegeben hatte. Das sollte Ramos herausfinden. Die Küstenwache startete um 12.37 Uhr ihre Suche. Sie waren um 13 Uhr in dem Bereich, der ihnen angegeben worden war. Das war über eine Stunde Fahrt entfernt von dem Platz, an dem Larissa von Bord gegangen war, und über vier Stunden später. Allein mit diesen Fakten war beweisbar, dass es keine Absicht gab, Larissa zu finden. Für eine Anzeige wegen unterlassener Hilfeleistung, war das bestimmt für jeden Richter vollkommen ausreichend.

Schlimmer als alle diese Fakten war für Larissa, die von Ralf und Susanne zu Protokoll gegebene Behauptung über ihren Gemütszustand. Beide gaben gleichlautend an, Larissa habe sich in einem depressiven Zustand befunden. Bereits vor ihrer Abreise habe sie in der Firma manchmal wirr und irrational gehandelt. Auch den Mitarbeitern wäre dieser Umstand bekannt gewesen. Nur aus Sorge um ihr seelisches Wohlbefinden wären sie nach Teneriffa nachgereist, um ihr zu helfen. Sie hätten sich große Sorgen um sie gemacht.

Geschockt war Larissa nach dem Lesen dieser Zeilen aufgesprungen. Ungehalten lief sie mit hochrotem Kopf im Zimmer herum.

„Das ist die größte Unverschämtheit. Mich so darzustellen. Ich bin doch nicht verrückt. Gerade die hätte ich gebraucht, um mich zu trösten."

Noch dreister war die abschließende Erklärung, eine Suizid-Absicht sei bei ihrem Zustand nicht auszuschließen gewesen. Wahrscheinlich wäre sie in einem unbeobachteten Moment heimlich über Bord gesprungen.

„Nun reicht es mir aber endgültig. Das lasse ich mir nicht gefallen. Ganz schnell werde ich dafür sorgen, dass die beiden zur Rechenschaft gezogen werden. Aber was immer ich tun werde, zuerst möchte ich sie noch zur Rede stellen. Ich will ihre verdutzten Gesichter sehen, wenn ich ihnen lebend gegenüberstehe und sie mit diesen Beweisstücken konfrontiere. Dabei werde ich auf nichts Rücksicht nehmen, nicht einmal auf die Fabrik."

Total ausgerastet bestand das Risiko, dass sie alles zertrümmerte, was sie gerade greifen konnte. Robert hatte einiges zu tun, um sie zu beruhigen. Er konnte ihren Ärger leicht nachvollziehen und verstehen. Erst spät in der Nacht kam sie wieder zur Ruhe. Einige Gläser Rotwein und sein Trost hatten ihr geholfen. Eng umschlungen kamen sie zum ersten Mal intim zusammen und genossen es.

Am Morgen beschlossen sie, am übernächsten Tag abzureisen und alles weitere in Deutschland in die Wege zu leiten. Bis dahin wollten sie noch ihre neugewonnene Zweisamkeit auskosten. Bei einem langen Spaziergang, mit Unterbrechungen zum Schwimmen und Pausen in den Lokalen am Strand, verbrachten sie einen schönen Tag.

Larissa lud Robert zum Abendessen in das beste Restaurant auf der Insel ein. Sie kannte es schon von ihren Besuchen zusammen mit ihrem Mann. Über die Exklusivität der Ausstattung und die hervorragende Qualität der Speisen und Getränke schwärmte sie schon am Nachmittag. Es existierte noch so wie damals. Auch der Koch und Inhaber war noch derselbe wie vor vielen Jahren.

Schon beim Studium der Speisekarte verschlug es Robert die Sprache. Er hatte in seinem Leben schon so manches gute Restaurant besucht, aber diese Preise lehrten ihn, dass es noch ungeahnte Steigerungsmöglichkeiten gab. Auch fand er keine ihm einigermaßen geläufigen Speisen. Alles war hauptsächlich in französischer Sprache, mit vielen Zutaten, die ihm bisher völlig unbekannt waren.

Larissa erlöste ihn glücklicherweise durch ihre Empfehlungen, die er annahm, ohne zu wissen was auf ihn zukommen würde. Ihre Wahl war ganz in seinem Sinne und er genoss das Essen ebenso wie sie. Dazu ließ sie einen Champagner servieren, dessen Name er noch nie vernommen hatte. Nach den sechs Gängen, die jeder für sich ein besonderer Gaumenschmaus waren, strahlte Larissa zufrieden. Stress und Anspannung durch ihr einschlägiges Erlebnis waren vergessen.

„Ich bin so glücklich, dass ich das zusammen mit dir erleben darf", eröffnete sie ihm, bevor sie ihn zärtlich auf die Wange küsste.

Nach Dessert, Käse, Grappa und Espresso ließ sich Larissa die Rechnung bringen. Robert konnte bei einem raschen Blick zur Seite nur ungenau eine Summe erkennen, die ihn erschreckte. Nur von dem Trinkgeld, das sie dem Ober anschließend reichte, hätte man in vielen Restaurants gut essen können. Trotzdem er sich den gelungenen Abend nicht vermiesen wollte, kam er nicht umhin, sich wieder Gedanken über ihre gemeinsame Zukunft zu machen. Zum wiederholten Mal wurde ihm bewusst, dass sie in zwei verschiedenen Welten lebten. Zwar hatte er in ihrem Ferienhaus schon einen Eindruck bekommen, jetzt wurde es ihm aber noch deutlicher klar. Was sollte und könnte er dieser Frau bieten? Entsprechend verschlossen und in sich gekehrt verließ er mit ihr das Lokal. Larissa blieb seine Stimmung nicht verborgen, als sie schweigend nach Hause fuhren.

Zurück in dem vergleichsweise bescheidenen, von Robert gemieteten Ferienhaus, machte Larissa keinen Hehl daraus wie sie den Abend ausklingen lassen wollte. Zuerst wollte sie jedoch von Robert wissen, warum er so nachdenklich war.

„Geht es dir nicht gut? Ist dir das Essen nicht bekommen? Oder habe ich etwas gesagt was dir nicht gefallen hat? Du bist so verschlossen und in dich gekehrt. Deine Stimmung ist nicht gerade die Beste. Möchtest du mit mir darüber reden?"

„Ich habe nur darüber nachgedacht, wie es mit uns weitergehen kann. Immer mehr merke ich, dass wir auf verschiedenen sozialen Ebenen leben. Da kann ich nicht mit dir mithalten, und bieten kann ich dir auch nicht viel."

„Aber Robert, nimm das Leben nicht so schwer. Ich habe fast alles was ich brauche. Das reicht leicht auch für zwei. Das Einzige was mir fehlt, ist ein Mann wie dich an meiner Seite. Du würdest mich glücklich machen, wenn du mit mir leben würdest. Ohne dich kann ich mir meine Zukunft nicht mehr vorstellen. Anspruchsvoll bin ich auch nicht. Ich war sehr glücklich in den letzten Tagen zusammen mit dir. Gerne leiste ich mir natürlich auch einmal etwas außergewöhnliches, aber das ist kein Muss. Der Restaurantbesuch heute sollte kein Maßstab sein. Ein Essen mit dir zusammen ist mir lieber, als ein Menü im Sternerestaurant ohne dich. Ich komme aus einem einfachen Elternhaus und werde das niemals vergessen. Lasse uns probieren wie wir es aushalten. Was kann schon passieren?

Ich würde mich jedenfalls glücklich schätzen und alles für dich tun. Ich brauche dich. Empfindest du überhaupt nichts für mich?"

„Doch, ich mag dich sehr und freue mich, dass ich dich kennengelernt habe. Aber ich habe Angst, dass das im normalen Alltag keinen Bestand hat. Es geht mir auch alles etwas zu schnell."

Larissa schmiegte sich zärtlich an ihn und schaute ihm in die Augen, bevor sie antwortete.

„Wir sind beide fast fünfzig Jahre alt. Viel Zeit zum Warten bleibt uns nicht mehr. Komme mit mir und lasse es uns versuchen. Du wirst sehen, wie gut wir miteinander auskommen."

„In Ordnung, probieren können wir es. Aber versprechen kann ich dir nichts. Meine Zelte in Frankfurt werde ich noch nicht sofort abbrechen, dann habe ich eine Fluchtmöglichkeit."

Beim letzten Satz hatte er sie ganz verschmitzt angesehen, was sie mit einem Lächeln quittierte. Beide waren sich bewusst, dass es die besonderen Umstände waren, die sie zusammengeführt hatten.

Nach einer Nacht, in der sie kaum voneinander lassen konnten, meinte Larissa am Morgen:

„Lass uns noch drei Tage länger hier bleiben und Urlaub machen. Meine Abrechnung mit Ralf und Susanne kann auch noch warten."

Es gelang ihnen, die Nutzung des Ferienhauses zu verlängern. Wie ein verliebtes Paar machten sie zahlreiche Wanderungen und Strandspaziergänge. Abends ließen sie sich in den Lokalen am Strand verwöhnen oder kochten gemeinsam zu Hause.

Erstaunt waren sie über ihre Gemeinsamkeiten. Es gab keine Spannungen oder Missverständnisse zwischen ihnen. Ihre Meinungen über viele Dinge des Lebens ähnelten sich sehr.

Nach den drei Tagen hatten sie viel von der Insel gesehen und fühlten sich gut erholt. Larissa hatte alle ihre Verletzungen und den Sonnenbrand vollständig auskuriert und Roberts geschundener Rücken gehörte auch der Vergangenheit an.

Nach einem letzten, kurzen Gespräch mit dem Detektiv Ramos, der alle Recherchen erledigt hatte, und falls erforderlich, als Zeuge zur Verfügung stehen würde, und dem Abschied von Ludmilla, der treuen Hauswirtschafterin, packten sie ihre Sachen und traten die Heimreise an.

Mit etwas Wehmut sahen sie aus dem Fenster des Flugzeugs unter sich die Insel dahingleiten, die ihr Schicksal entscheidend beeinflusst hatte. Lange noch würden sie daran zurückdenken.

KAPITEL 11

Robert Lauber begleitete Larissa Heim nach München. Wenn sie sich schon entschlossen hatten zusammenzuleben, warum nicht sofort. Da er bei sich zu Hause noch einige Angelegenheiten zu erledigen hatte, betrachtete er es als Probewohnen und Belastungstest für ihre Beziehung.

Zunächst musste er als Vorhut die Haushälterin auf Larissas Rückkehr vorbereiten. Die ältere Frau würde sonst vielleicht einen Infarkt bekommen, wenn die totgeglaubte Hausherrin plötzlich lebend vor der Tür stehen würde. Sie parkten den Wagen, der am Flughafen bereit gestanden hatte, in der Einfahrt des Anwesens. Robert klingelte und hatte das Glück, dass die Hausdame ihm sofort öffnete. Misstrauisch beäugte sie den fremden Störenfried.

„Hallo Frau Schmitz", sprach er sie mit ihrem Namen an, um gleich ihr Vertrauen zu gewinnen.

„Ich bin ein guter Freund von Larissa Heim und müsste dringend etwas mit ihnen besprechen. Darf ich einen Moment eintreten?"

Zweifelnd schaute sie ihn an und zögerte.

„Sie meinen, sie waren ein Freund von ihr? Sie wissen sicher, dass sie umgekommen ist?"

Tränen füllten ihre Augen.

„Darüber möchte ich mit ihnen sprechen."

Hellhörig geworden, öffnete sie die Tür, führte ihn in einen Wohnraum und bot ihm Platz an. Ihr Misstrauen war noch nicht ganz überwunden, aber ihre Neugier hatte gesiegt.

„Was wollen sie dringend mit mir besprechen? Wer sind sie und woher kannten sie Frau Heim? Hatten sie geschäftlich mit ihr zu tun?"

„Mein Name ist Robert Lauber, ich habe Larissa erst vor kurzem auf Teneriffa kennen gelernt."

„Waren sie dabei als es passiert ist? Mir ist es unerklärlich, dass so etwas sein kann. Sie war eine nette Frau und immer gut zu mir. Warum trifft es immer die Falschen?"

Tränen erstickten ihre letzten Worte.

Robert setzte sich zu ihr und legte einen Arm um ihre Schulter, um sie zu beruhigen. Larissa hatte Recht gehabt. Die Frau hätte wahrscheinlich der Schlag getroffen, wenn sie ihr unvorbereitet entgegen getreten wäre.

„Sie haben sie wohl sehr gemocht und hätten es gerne, wenn sie noch leben würde?"

Boshaft schaute sie ihn an und war nahe daran, ihn wieder vor die Tür zu setzen.

„Was reden sie da? Natürlich wäre es mir lieber wenn sie noch leben würde. Ich habe sie geliebt wie eine eigene Tochter. Über zwanzig Jahre bin ich bereits in ihren Diensten. Als ihr Mann noch lebte, habe ich schon hier gearbeitet. Leider hat sie nie mehr einen neuen Partner gefunden. Immer hat sie nur gearbeitet und wenig unternommen. Freunde und Verwandte hatte sie auch kaum. Sie war sehr einsam, aber lebensfroh. Es macht mich so traurig, dass sie umgekommen ist. Aber dass sie Selbstmord begangen haben könnte, kann ich nicht glauben. Auch wenn ihr Stiefsohn das behauptet."

Robert schwieg einige Minuten und ließ sie ihre Tränen trocknen. Zum ihrem Trost hatte er wieder den Arm um sie gelegt. Sie hatte mittlerweile ihr Misstrauen abgelegt und schaute ihn fragend an. Er musste erst einen Moment überlegen, wie er ihr beibringen konnte, dass Larissa noch lebte.

„Sie hat auch keinen Selbstmord begangen. Bleiben sie bitte ganz gefasst und hören sie zu, was ich ihnen zu sagen habe. Versprechen sie mir, dass sie sich nicht aufregen."

Hier machte Robert eine lange Pause. Sie hatte zustimmend genickt und schaute gebannt auf ihn.

„Larissa lebt und sie ist wieder da. Ich sollte sie schonend darauf vorbereiten. Sie wollte sie nicht zu Tode erschrecken. Draußen, vor dem Haus, sitzt sie im Wagen und wartet auf mein Zeichen."

Die letzten Worte hatte sie bestimmt nicht mehr mitbekommen. Wie von einer Tarantel gestochen flitzte sie aus dem Haus und raste auf das Auto zu, aus dem ihr Larissa schon entgegen kam.

Freudig lagen sich die Frauen in den Armen und konnten sich kaum voneinander trennen.

Angeregt unterhielten sich die beiden, begleitet von ständigem Kopfschütteln der Haushälterin. Sie wollte alle Details bis ins Kleinste wissen, und warum sich Larissa nicht längst gemeldet hatte. Ihre Stimme überschlug sich fast bei ihren vielen Fragen. Mit Anteilnahme sog sie alles in sich auf.

Robert merkte bald, dass seine Anwesenheit nicht mehr nötig war. Er schleppte das Gepäck ins Haus und schaute sich ein wenig um.

Bereits bei der Ankunft an dem Anwesen, in einem noblen Vorort von München, hatte er sich gedacht, dass es dem Ferienhaus auf Teneriffa wohl in nichts nachstand. Auf einem großen Grundstück, umgeben von einer hohen Mauer, stand ein sehr modernes Gebäude. Die großen Glasfronten waren außen mit einem Sonnenschutz versehen. In der oberen Etage waren Terrassen, deren Brüstungen mit Rauchglas verkleidet waren. Seitlich vom Haupthaus standen zwei niedrigere Anbauten. Der Linke war unschwer als eine riesige Garage erkennbar. Im rechten befanden sich ein Hallenbad mit angrenzender Sauna und einem Dampfbad. Gleich daneben war ein Fitnessraum. Unzählige Zimmer und mehrere Bäder befanden sich im Obergeschoss. Ebenso vorhanden waren ein Billardsalon und eine Bibliothek. In dem um das Gebäude professionell angelegten Garten, sah er flüchtig einen Swimmingpool und mehrere Plätze mit Liegestühlen und Tischen, die zum Verweilen einluden. Drei davon unter Pavillons. Ein noch besseres Domizil konnte er sich kaum vorstellen. In und um das Haus fehlte nichts, was man für ein angenehmes Leben benötigen würde. Ein Wellnesshotel hatte nicht mehr zu bieten. Alles wirkte mondän und war in gepflegtem Zustand. Personal für die Unterhaltung war offensichtlich ausreichend vorhanden. Larissa lebte in einem Luxus, der ihm fremd war. Gerne würde er alles eingehender erkunden, aber zuerst musste er zu den Frauen zurück, die ihn zur Kaffeepause riefen.

Als er eintrat, war Larissa gerade dabei über ihn
zu berichten und ihn in den höchsten Tönen zu
loben. Sie machte keinerlei Anstalten sich durch
seine Anwesenheit stören zu lassen.

„Robert ist mein Lebensretter. Er hat mich unter
Einsatz seines eigenen Lebens aus dem Wasser
gefischt. Ohne seinen selbstlosen Einsatz gebe es
mich nicht mehr. Hohe Wellen hätten mich auf den
Klippen zerschlagen, oder ich wäre ertrunken. Ich
war am Ende und hatte bereits mit meinem Leben
abgeschlossen. Anschließend hat er mich unter
widrigen Umständen, während einem schweren
Gewitter, einen steilen Berg hinaufgeschleppt. In
seinem Ferienhaus wurde ich von ihm liebevoll
versorgt, obwohl er mich nicht kannte und nichts
von mir wusste, noch nicht einmal meinen Namen.
Alle meine Verletzungen und meinen sehr starken
Sonnenbrand hat er behandelt und geheilt. Weil
ich Angst hatte, dass man mich umbringen wollte,
hat er mich versteckt und mir anschließend bei der
Suche nach der Absicht von Ralf geholfen. Er ist
mittlerweile zu meinem Vertrauten und besten
Freund geworden. Ich habe ihn gebeten bei mir zu
leben und immer an meiner Seite zu bleiben. Er
kann bei mir in der Fabrik mitarbeiten, seine
Kenntnisse wären nützlich für unsere Firma. Bitte
hilf mir dabei und mache es ihm so gemütlich wie
möglich. Ich brauche ihn und möchte nicht mehr
ohne ihn leben… ich liebe ihn.“

Offensichtlich brauchten alle eine Pause, um die
Aussagen zu verdauen, bevor Larissa fortfuhr.

„Ralf hatte es auf mein Leben abgesehen. Alles spricht eindeutig dafür. Entsprechende Beweise, um ihn zu überführen, haben wir gesammelt. Ich bitte dich, niemandem von meinem Überleben und meiner Rückkehr zu erzählen. Ich muss mich noch verstecken bis ich Ralf das Handwerk gelegt habe. Es ist nicht auszuschließen, dass er mir immer noch nach dem Leben trachtet, falls er erfährt, dass ich nicht ertrunken bin. Vielleicht sogar jetzt erst recht, denn ich kann ihn hinter Gitter bringen, und seinen Lebenstraum zerstören. Bisher weiß noch niemand, dass ich zurück bin. Auch von unseren Beweisen ist niemandem etwas bekannt."

Martha, die nicht nur ihre Haushälterin war, sondern auch die Familie schon lange kannte und mit Larissa eng vertraut war, nickte zustimmend.

„Was immer ich für dich tun kann, du kannst dich voll und ganz auf mich verlassen. Ich habe Ralf noch nie besonders gemocht und ihm auch nicht vertraut. Seine Frau Susanne mag ich auch nicht. Wie sich beide benommen haben, als sie mir die Nachricht von deinem angeblichen Selbstmord überbracht haben, erst recht nicht mehr. Sie waren so großspurig und herablassend, als wäre ich nur ein Fußabstreifer ohne Gefühle. Meine Trauer hat sie gewundert. Sie haben sich richtig wohltätig gefühlt, als sie mir anboten, ich dürfte so lange hier wohnen bleiben, bis das Anwesen verkauft wäre. Danach müsste ich sehr wahrscheinlich ausziehen. Ein Maklerbüro würden sie in absehbarer Zeit mit dem Verkauf beauftragen.

In der Fabrik haben sie dich abgemeldet und dort, wie auch in der Presse, dein Verschwinden als einen Selbstmord dargestellt. Überall haben sie behauptet, du hättest bereits seit langer Zeit große psychische Probleme gehabt. Das wäre allgemein bekannt. Dass ich das nicht glauben kann, und nichts bemerkt habe, wollten sie nicht wahrhaben. Sie versuchten, mich davon zu überzeugen."

Plötzlich sprang sie auf und verschwand ohne Worte in der Küche. Mit einem Stapel Zeitungen kam sie nach kurzer Zeit wieder zurück.

„Ich habe alle Zeitungen zusammengetragen die ich gefunden habe. Die meisten haben sehr ausführlich von deinem Verschwinden berichtet. Einige haben ein Interview mit Ralf gemacht und wörtlich wiedergegeben. Auch dabei behauptete er, dass du seit einiger Zeit psychische Probleme gehabt hättest. Er und auch Susanne hätten alles getan, um dir zu helfen. Angeblich warst du in einer desolaten Verfassung, und sie hätten große Angst gehabt, dass dir etwas zustoßen könnte. Sie wären nur deswegen nach Teneriffa gereist. Auf dem Boot wolltest du dich in der Kajüte ausruhen, weil es dir draußen angeblich zu heiß war. Erst im Hafen hätten sie bemerkt, dass du nicht da bist. In einem unbeobachteten Moment müsstest du leise über Bord gegangen sein. Ein Selbstmord wäre sehr wahrscheinlich, die Absicht hättest du vorher schon einige Male geäußert. Beide würden diesen schweren Verlust bedauern. Ralf hätte dich immer schon geliebt wie seine eigene Mutter."

Larissa war völlig außer sich. Schon während sie zugehört hatte ballte sie die Fäuste, dass die Knöchel weiß wurden. Jetzt sprang sie zornig auf. Ihr Kopf war knallrot und drohte zu bersten, als sie aufgeregt im Zimmer auf und ab lief.

„Das ist eine Unverschämtheit. Dieses miese Schwein. Schon auf Teneriffa haben sie sich bei der Polizei ähnlich geäußert. Wenn ich bisher noch zögerlich war, jetzt reicht es mir endgültig. Und dann behaupten, er hätte mich geliebt wie seine eigene Mutter. Nie hat er mich akzeptiert. Schon bei der Hochzeit und auch danach war ich Luft für ihn und er hat mich ignoriert. Noch morgen werde ich ihm das Handwerk legen.“

Robert versuchte sie zu besänftigen.

„Rege dich nicht mehr so auf, er hat sich sein Grab doch schon selbst geschaufelt.“

Auch in der Nacht fand Larissa keine Ruhe und warf sich ständig im Bett hin und her. Robert hatte zwar ein eigenes Zimmer bezogen, aber sie hatte darauf bestanden, dass er in ihrem Schlafzimmer übernachtete. Sie wollte nicht alleine sein und brauchte seine körperliche Nähe.

Am nächsten Morgen war ihr die unruhige Nacht deutlich anzusehen. Sie sah aus, als hätte sie eine lange durchzechte Nacht hinter sich. Tiefe Sorgenfalten und dunkle Schatten um die Augen, ließen sie um einige Jahre gealtert wirken. Nach ein paar Runden im Swimmingpool und etwas Schminkarbeit wirkte sie frischer, und nach einem ausgiebigen Frühstück legte sich ihre Rage.

Die weitere Vorgehensweise hatte sie schon mit Robert zusammen geplant. Alle Fakten hatte er bereits zusammengeschrieben. Die Beweise waren sorgfältig geordnet und kopiert. Als erstes wollten sie alles notariell absichern und die Beratung ihres Anwaltes in Anspruch nehmen. Hier ergab sich wieder eine Hürde, die es zu überwinden galt. Der Rechtsanwalt und Notar, der für die Firma tätig war, hatte eine große Kanzlei. Seine Mitarbeiter kannten Larissa persönlich. Auch war es möglich, dort Angestellten der Fabrik zu begegnen. Vor der Auseinandersetzung mit Ralf wollte sie sich dort nicht sehen lassen. Ralf sollte keine Gelegenheit bekommen, sich auf die Begegnung vorzubereiten. Robert musste wieder als Wegbereiter fungieren. Nur mit hartnäckigem Durchsetzungsvermögen gelang es ihm, die widerspenstige Empfangsdame des Notariats, zur Weiterleitung seines Anrufes an den Anwalt zu bewegen.

„Dr. Held hat einen engen Terminplan, ich kann sie nicht durchstellen. Sagen sie mir um was es geht. Er wird sie zurückrufen, sobald es in seinen Zeitplan passt", versuchte sie ihn abzuwimmeln.

„Die Angelegenheit ist zu vertraulich, deshalb kann ich ihnen nur sagen, dass es um kriminelle Machenschaften bei einem ihrer besten Klienten geht. Wenn ich ihn nicht umgehend sprechen kann, wird er diesen Mandanten verlieren."

Der Bluff saß. Nach kurzer Bedenkzeit und Rückversicherung, stellte sie das Gespräch durch. Der Anwalt klang erwartungsgemäß ungehalten.

„Wer sind sie und was kann ich für sie tun? Bitte fassen sie sich kurz, ich bin in Zeitnot."

„Mein Name ist Robert Lauber. Sie kennen mich noch nicht. Ich bin ein Vertrauter von einem ihrer besten Kunden und müsste dringend mit ihnen sprechen. Möglichst außerhalb ihrer Kanzlei, da es ansonsten ein Sicherheitsrisiko gibt."

„Das ist aber sehr vage. Darauf kann ich mich, ohne genauere Angaben, beim besten Willen nicht einlassen. Ich muss schon Näheres wissen."

Robert fühlte sich in die Enge getrieben, musste aber eingestehen, dass er Verständnis dafür hatte. Verzweifelt suchte er nach einer Lösung. Wie könnte er einen Termin bekommen, ohne Larissa dabei auffliegen zu lassen? Sie hatte vorher erzählt, dass Dr. Hermann Held ein Verehrer von ihr war. Als lediger Mann im besten Alter umwarb er sie. Außer bei geschäftlichen Terminen, waren sie sich auch des Öfteren auf Veranstaltungen begegnet. Jedes Mal hatte er ihr dabei eindeutige Avancen gemacht. Zweimal hatte sie Einladungen von ihm angenommen. Zu einer Vertiefung der Beziehung zu ihm war sie bisher nicht bereit gewesen. Um zu einem Gespräch zu kommen, musste er diesen Trumpf jetzt ausspielen.

„Es geht um jemanden, zu dem sie auch eine private Verbindung haben. Darf ich sie um einen kurzen Rückruf auf meinem Mobiltelefon bitten? Es kostet sie nur eine Minute. Ich werde ihnen dann sofort sagen, um wen und um was es sich handelt. Sie werden erkennen, wie wichtig es ist."

Da Larissa immer noch große Angst hatte, und befürchtete, dass eventuell ihr Telefon abgehört wurde, wechselte Robert nach wie vor die Handys und vermied Gespräche über das Festnetz.

Nachdem Dr. Held sich die Nummer notiert hatte, dauerte es nur zwei Minuten bis der Rückruf auf einem anderen Telefon erfolgte. Robert ließ sich zuerst von ihm bestätigen, dass er alleine war und niemand das Gespräch mithören konnte.

„Herzlichen Dank für ihren schnellen Rückruf. Ich komme gleich zur Sache. Es geht um Larissa Heim. Sie haben bestimmt von ihrem tragischen Schicksal gehört. In dieser Angelegenheit möchte ich sie sprechen und um Hilfe bei der Aufklärung der Umstände die zu dem Unglück führten bitten. Es geht auch um die Zukunft der Heim Werke."

„Selbstverständlich habe ich davon gehört. Frau Heim war nicht nur meine Klientin, ich war mit ihr auch freundschaftlich verbunden. Ihr Tod geht mir sehr nahe. Außerdem arbeite ich seit vielen Jahren für Frau Heim und ihre Firma."

„Dann hoffe ich, dass sie an der Aufklärung des Unglücks interessiert sind und einem Gespräch nichts im Wege steht. Am besten wäre es, wenn sie, so schnell wie möglich, zur Privatadresse von Frau Heim kommen würden."

„Bei allem Interesse, sowohl geschäftlich wie auch privat, und meiner Neugierde, sind mir ihre Aussagen noch zu vage. Ihre Geheimniskrämerei gibt mir Rätsel auf. Erzählen sie mir bitte noch etwas mehr, um mich zu überzeugen."

Larissa hatte während des Telefonats über den Lautsprecher mitgehört. Jetzt schien es ihr an der Zeit einzuschreiten. Hektisch nahm sie Robert das Smartphone aus der Hand.

„Hallo Hermann, hier ist Larissa Heim."
Ein Aufschrei folgte am anderen Ende der Leitung. Ihre Stimme hatte er sofort zweifelsfrei erkannt.

„Larissa, du lebst, oder höre ich Gespenster?"

„Nein Hermann, ich lebe. Man hat mir nach dem Leben getrachtet, aber ich wurde gerettet. Es darf aber niemand davon erfahren. Warum erzähle ich dir hier. Kannst du bitte zu mir kommen, ich brauche dringend deine Hilfe."

„Larissa, das ist eine angenehme Überraschung. Entschuldige bitte, dass ich mich etwas geziert habe. Ich konnte ja nicht wissen, um was es geht. Du weißt, wie ich zu dir stehe, und dass ich immer für dich da bin. Ich kann in einer halben Stunde bei dir sein, und . . . ich freue mich sehr."

Dr. Hermann Held stand bereits nach zwanzig Minuten vor ihrem Haus. Robert ließ ihn ein. Stürmisch umarmte er Larissa und wollte sie nicht mehr los lassen. Nachdem sie sich endlich von ihm freimachen konnte, berichtete sie in groben Zügen von dem Erlebnis und den Vorwürfen gegen Ralf. Aufmerksam hörte er ihr zu und schüttelte nur verständnislos den Kopf.

„Das ist eine unglaubliche Geschichte. Da hat dir dein Stiefsohn übel mitgespielt. Was willst du tun? Soll ich die Staatsanwaltschaft verständigen und sofort Anklage erheben lassen?"

„Ich weiß es noch nicht genau. Zunächst möchte ich ihn persönlich zur Rede stellen und öffentlich bloßstellen. Mein Lebensretter und enger Freund, Robert Lauber, hat alles genau protokolliert. Wenn du es notariell aufnehmen könntest und mich in die Firma begleiten würdest. Ich habe solchen Hass auf Ralf, ich brauche die ganz große Bühne. Je nachdem wie er sich verhalten wird, werde ich entscheiden wie es weitergehen soll." Vor allem will ich ihn sofort aus der Geschäftsführung der Firma entfernen."

Hermann Held schaute sich zunächst Roberts Aufzeichnungen genau an und machte sich seine eigenen Notizen dazu. Einen Moment lang dachte er darüber angestrengt nach.

„Das ist ja geradezu perfekt vorbereitet. Sind denn alle Zeugen auch bereit, das gegebenenfalls vor Gericht unter Eid zu bezeugen?"

Nachdem Robert bejahte, fuhr er fort.

„Ralf aus der Firma zu bekommen, dürfte bei der Sachlage leicht sein. Seine Anteile lassen sich aber nicht angreifen. Selbst bei einer Anzeige bleibt er Teilhaber. Stimmrecht und die Einflussnahme kannst du ihm entziehen. Du kannst ihn anzeigen wegen unterlassener Hilfeleistung, wobei er auch deinen Tod billigend in Kauf genommen hat. Ob es für mehr reicht weiß ich noch nicht, das müsste ein Gericht entscheiden. Ich muss alles vorher genau prüfen. Aber um ihn zur Rede zu stellen, liegt ja zunächst genügend gegen ihn vor. Ich bin gerne mit dabei und helfe dir."

Larissa und Robert waren zufrieden damit, die Unterlagen in den Händen des Notars gesichert zu wissen. Darauf konnten sie jederzeit bei weiteren Maßnahmen zurückgreifen. Dr. Held versicherte ihnen, alles notariell aufzubereiten, und nach der Unterzeichnung in seinem Tresor zu hinterlegen. Danach wandte er sich, mit einem Seitenblick auf Robert, wieder an Larissa.

„Nachdem du glücklicherweise wieder da bist, habe ich mit dir, als Mitinhaberin der Heim Werke, noch vertrauliche geschäftliche Dinge unter vier Augen zu besprechen."

Larissa hatte den Wink schon verstanden. Sein Seitenblick vorher war ihr nicht entgangen.

„Robert kann und soll ruhig dabeibleiben. Ich lege großen Wert darauf. Als künftiger Berater der Geschäftsleitung hat er mein volles Vertrauen. Auch wenn es noch keinen Vertrag gibt. Er wird als Unternehmensberater für uns tätig werden, und soll das Controlling übernehmen. Schon lange möchte ich einige Produktionsabläufe verbessern, darauf ist er spezialisiert. Eine Vereinbarung kannst du gerne für ihn ausarbeiten. Also schieß los, was gibt es noch wichtiges zu besprechen?"

„Ralf Heim hat den Verkauf eines Teilbereiches der Fabrik an einen Investor in die Wege geleitet. Das hat Dr. Neumann, einer eurer Prokuristen, schon vor einiger Zeit ausgehandelt. Vorverträge gibt es bereits. Nachdem jetzt dein Einverständnis erforderlich ist, werden diese allerdings hinfällig. Es sei denn, du stimmst dem Verkauf ebenfalls zu.

Ich persönlich bin der Überzeugung, dass es den Chinesen hauptsächlich um das Knowhow und die Produktionsanlagen geht. Sehr bald werden sie wahrscheinlich alles nach China verlagern und den Standort hier schließen. Das würde bedeuten, dass hier etwa 200 Arbeitsplätze verloren gehen. Ich habe meine Bedenken bereits geäußert, aber kein offenes Ohr gefunden. Alle erforderlichen Unterlagen für den Verkauf habe ich dabei. Bei deinem Anruf war ich gerade damit beschäftigt, sie abschließend zu bearbeiten. Der Kaufvertrag sollte morgen um 11 Uhr unterzeichnet und von mir beurkundet werden. Du bist glücklicherweise gerade noch rechtzeitig zurückgekommen, um mitzubestimmen, oder dein Veto einzulegen."

Larissas Augen waren immer größer geworden. Die Zornesröte stieg ihr ins Gesicht. Nervös und wutschnaubend war sie aufgesprungen und im Zimmer hin und her gelaufen.

„Das brauche ich mir gar nicht erst anzusehen, daraus wird nichts. Wir hatten bereits früher schon einmal darüber gesprochen. Ralf weiß ganz genau, dass ich das nicht mittragen werde. Es hätte ihm so gepasst, dass meine Zustimmung nicht nötig oder nicht möglich wäre. Das ist ein weiteres Indiz, dass er mich beseitigen wollte. Der Termin ist geeignet, nicht nur den Verkauf platzen zu lassen, sondern Ralf auch aus der Firma zu entfernen."

Sie verabredeten, alle drei gemeinsam zu dem Abschluss-Termin mit den chinesischen Investoren unangemeldet in den Heim Werken zu erscheinen.

Einige maßgeblichen Manager der Firma würden bestimmt auch bei der Vertragsunterzeichnung und Übergabebesprechung dabei sein. Sie würden dabei gleich mitbekommen, welches böse Spiel Ralf mit Larissa gespielt hatte. Selbst seine engsten Vertrauten würden sich dann wahrscheinlich von ihm abwenden. Nach Eintreffen der chinesischen Delegation sollte Larissa erst dazu kommen. So könnte sie Ralf vor großem Publikum bloßstellen. Dr. Held sollte bis dahin die Vereinbarungen für die Entlassung von Ralf Heim vorbereiten. Den Zugriff auf die Firmenkonten müsste er ihm schon vorher bei der Hausbank sperren lassen, oder von Larissas Zustimmung abhängig machen. Es war nicht ganz auszuschließen, dass Ralf noch enge Vertraute hatte, die sonst Transferzahlungen für ihn veranlassen könnten.

Als nächstes planten sie detailliert den Auftritt Larissas. Um auf das Firmengelände zu kommen, mussten sie an der Zugangskontrolle am Fabriktor vorbei. Larissas Erscheinen sollte aber keinesfalls vorab publik werden. Falls man sie sehen würde, ginge das bestimmt wie ein Lauffeuer durch das Werk. Ralf könnte es mitbekommen und gewarnt sein. Also musste sie unauffällig eingeschleust werden. Dr. Hermann Held war zur notariellen Beglaubigung des Kaufvertrages eingeladen, hatte demnach problemlos Zutritt. Robert könnte er als Unterstützung und Assistenten mitnehmen, das war unverfänglich. Nur Larissa müsste sich bis zum geeigneten Zeitpunkt im Wagen verstecken.

Zum Glück fuhr Dr. Held eine Luxuslimousine mit abgedunkelten Scheiben, die keinen Einblick auf die Rückbank ermöglichten. Nach der Einfahrt könnten sie über einen Hintereingang und einen Aufzug ungesehen bis in die Chefetage gelangen. Dort galt es allerdings, einen langen Flur bis zum Konferenzzimmer zu überwinden. Robert hatte bisher schon öfter Improvisationstalent bewiesen. Falls ihnen jemand begegnen würde, müsste er für Ablenkung sorgen. Somit war alles für den ersten Schritt geregelt. Das Weitere würde sich nach dem Aufeinandertreffen von Ralf und Larissa ergeben.

Nach Absprache mit dem Betriebsrat, müsste danach sofort eine Betriebsversammlung mit allen Beschäftigten einberufen werden. Führungskräfte vorab, und danach die gesamte Belegschaft, galt es über die neue Geschäftsführung zu informieren. Larissa hoffte auf eine friedliche Übereinkunft mit Ralf, damit es keine schädlichen Auswirkungen für das Werk geben würde. Auch wenn es ihr dringendstes Anliegen war, Ralf auszuschalten, so wäre es trotzdem gut, wenn unnötiges Aufsehen vermieden werden könnte. Unruhe unter Kunden, Lieferanten und Beschäftigten gab es bestimmt. Das musste sie in Kauf nehmen. Spekulationen über die Hintergründe waren auch unvermeidbar. Ihr Auftauchen würde hohe Wellen schlagen. Sicher war auch eine Pressekonferenz sinnvoll, um dem öffentlichen Interesse gerecht zu werden.

Nach Abschluss der Planungen verabschiedete sich Dr. Held, um die Formalitäten vorzubereiten.

Theoretisch war alles gut geplant. Überraschungen würde es dabei hoffentlich nicht geben. Larissa war beruhigt und fieberte dem Termin entgegen.

Um sich zu entspannen und Robert in seinem neuen, hoffentlich auch dauerhaften Lebensbereich einzuführen, machten sie einen Rundgang durch das Haus und die Gartenanlagen. Robert war sehr beeindruckt. Nicht nur die pompöse Ausstattung, auch die liebevollen kleinen Details, zeugten von Larissas gutem Geschmack. Für ihn hatte sie ein großes Zimmer mit einer Terrasse und eigenem Bad vorgesehen. Fernseher, Musikanlage, eine kleine Kochnische und ein großer Kühlschrank ergänzten den Komfort. Falls ihm ihr Mobiliar nicht zusagen würde, könnten sie im Laufe der Zeit alles nach Roberts Geschmack neu einrichten. Fürs Erste war er mit seiner Unterbringung sehr zufrieden. Besonders der großzügig ausgestattete Fitnessbereich, das Schwimmbad und die Sauna gefielen ihm. Hier müsste er sich wohlfühlen. Das Hauspersonal, das alle Arbeiten im und um das Haus erledigte, war eine zusätzliche angenehme Bereicherung.

KAPITEL 12

Nach einer schlaflosen Nacht aller Beteiligten, trafen sie sich am Morgen in Larissas Anwesen zur gemeinsamen Fahrt in die Fabrik. Alle drei hatten sich noch einmal mit der Planung beschäftigt und hofften auf einen reibungslosen Verlauf.

Dr. Held hatte bis in die Nacht verschiedene Vereinbarungen vorbereitet, die von Ralf Heim unterzeichnet werden sollten. Bei der Hausbank hatte er bereits eine Verfügung hinterlassen, dass für jeglichen Geldtransfer vorläufig nur Larissa zeichnungsberechtigt ist. Natürlich musste er das Auftauchen der bisher vermissten Teilhaberin offenbaren, und mit Fakten die Notwendigkeit der Maßnahme begründen. Auf Bankgeheimnis und Verschwiegenheit musste er sich dabei verlassen. Es ging ja nur um einige wenige Stunden, bis die Vereinbarung der alleinigen Geschäftsführung von Larissa vertraglich gesichert war.

Larissa plante ihre Vorgehensweise, soweit es möglich war. Die Reaktion von Ralf würde den weiteren Verlauf bestimmen. Sorgen bereiteten ihr die alleinige Übernahme der Verantwortung für das Unternehmen. War sie überhaupt in der Lage, nur auf sich gestellt, diese Aufgabe zu bewältigen? Große Hoffnungen setzte sie dabei auf die Hilfe der leitenden Angestellten, die fast alle auf ihrer Seite waren, und denen das Ausscheiden von Ralf größtenteils bestimmt nicht ungelegen kam. Sie hoffte, dass ihre Einschätzung nicht verkehrt war.

Die meisten waren schon seit vielen Jahren in ihren Positionen. Sie hatten entsprechende Routine und erledigten ihren Aufgabenbereich selbstständig, soweit es nicht übergeordnete Entscheidungen gab. Larissas Vorhaben, den persönlichen Einsatz zu reduzieren und sich mehr um ein angenehmes Privatleben zu bemühen, wie sie es auf Teneriffa angedacht hatte, war in weite Ferne gerückt.

Robert machte sich nicht nur Gedanken über die Aufgaben, die in der Fabrik auf ihn zukommen würden, sondern auch noch um sein Verhältnis zu Larissa. Sie wäre ja seine unmittelbare Vorgesetzte. Das war für ihn ungewohnt. Wie sehr würde ihr gemeinsames Leben davon beeinflusst werden? Ließ sich beides miteinander in Einklang bringen, oder würden die betrieblichen Aufgaben alles überlagern? Letztendlich versuchte er sich damit zu trösten, dass er immer noch zurück könnte. Aber das wäre sehr wahrscheinlich das Ende ihrer Beziehung und das wiederum war nicht in seinem Sinne. Zu sehr hing er mittlerweile an Larissa. Sie war ein fester Bestandteil seines Lebens geworden, obwohl sie sich erst kurze Zeit kannten.

Somit gingen alle mit gemischten Gefühlen in den Tag und hofften auf einen guten Ausgang.

Das Passieren der Fabrikpforte war problemlos. Der Pförtner kannte Dr. Held und ließ ihn, ohne Beachtung der zwei weiteren Insassen, passieren. Ungesehen gelangten sie durch den Hintereingang zu einem der Lastenaufzüge. In der Chefetage ging Robert voraus und winkte sie in Etappen weiter.

Bis zum Konferenzzimmer kamen sie ungesehen. Ein Mann verließ zügig den Raum und strebte zur Toilette. Sein Aussehen ließ auf einen Chinesen schließen. Er grüßte sie übertrieben freundlich und ging weiter. Sie waren für ihn Fremde. Larissa wartete geduldig auf dem Flur und fieberte ihrem Auftritt entgegen. Wie bei einem Schauspieler plagte sie das Lampenfieber. Erst auf ein Zeichen von Robert oder Dr. Held wollte sie eintreten.

Die beiden Männer begaben sich in den Raum. Dr. Held begrüßte Ralf Heim und stellte Robert als seinen Assistenten vor, bevor sie Platz nahmen. Nach einer kurzen Einführungsrede verteilte Ralf Informationen an alle und legte die Verträge zur Unterzeichnung bereit.

Dr. Held unterbrach ihn sofort und bat um eine kurze Unterredung, die Ralf missmutig gewährte. In einer ruhigen Ecke des Raumes informierte er ihn im Flüsterton.

„Es ist eine wichtige Veränderung eingetreten. Für die Verträge benötigen wir die Unterschriften von beiden Geschäftsführern der Heim Werke."

Ralf Heim schaute ihn ungläubig an.

„Larissa Heim ist entgegen ihrer Aussage noch am Leben und somit ist ihre Zustimmung in dieser Angelegenheit unbedingt erforderlich."

Es war, als ging ein eisiger Luftzug durch den Raum. Alles Blut war aus Ralfs Gesicht entwichen. Perplex stand er im Raum und rührte sich nicht. Die chinesische Delegation und alle anwesenden Firmenmitarbeiter schauten fragend in die Runde.

Sie konnten sich auf die plötzliche Unterbrechung keinen Reim machen. Sie spürten aber, dass etwas Außergewöhnliches alle ihre Pläne durchkreuzte. Aufgeregt tuschelten sie miteinander. Robert hatte währenddessen Larissa das Zeichen gegeben, zu erscheinen. Wie eine Diva vor einer Theaterszene stolzierte sie erhobenen Hauptes zur Tür herein. Sie hatte den gewünschten großen Auftritt. Die chinesischen Gäste starrten sie wie gebannt an und die anwesenden leitenden Mitarbeiter erhoben sich mit einem erstaunten Raunen.

„Larissa du lebst", waren zunächst die einzigen Worte, die Ralf Heim noch herausbrachte, bevor er auf seinem Stuhl zusammensackte. Leichenblass rang er um seine Fassung.

„Da staunst du? Dein Plan, mich aus der Welt zu schaffen, ist dir missglückt. Du kannst jetzt die Versammlung auflösen. Meine Zustimmung für einen Verkauf wirst du niemals bekommen. Wir haben oft genug darüber gesprochen und du kennst meine Einstellung dazu."

Minutenlang schaute Ralf seine Stiefmutter an, bevor er entschlossen aufstand und auf Larissa zuging, mit der Absicht, sie zu umarmen. Er wollte anscheinend versuchen, die Situation zu retten.

„Bin ich froh, dass du noch lebst. Wir haben dich verzweifelt gesucht und gerätselt, wie das passieren konnte. Wir waren untröstlich, dass man dich nicht finden konnte. Alles Menschenmögliche haben Susanne und ich versucht."

Larissa stieß ihn grob von sich weg.

„Du gemeiner Lügner, du hast doch alles dafür getan, dass ich ertrinke. Schicke deine Gäste weg, dann werden wir dir die Beweise vorlegen."

An die Besucher richtete sie die Aufforderung den Raum umgehend zu verlassen.

„Fliegen sie nach Hause, aus diesem Geschäft wird nichts werden. Es tut mir leid, dass sie einem Gauner auf den Leim gegangen sind, der seine Kompetenzen überschritten hat und vielleicht bald hinter Gittern landet."

Ralf Heim protestierte nur sehr verhalten.

Die chinesische Delegation verließ mit lautem Palaver kopfschüttelnd den Raum.

Dr. Neumann, ein Prokurist der Heim Werke und Vertrauter von Ralf, meldete sich zu Wort.

„Frau Heim, haben sie das gründlich überlegt? Seit sechs Monaten verhandeln wir schon über den Verkauf und jetzt wollen sie ihn platzen lassen. Mehrmals bin ich extra nach Peking geflogen. Alle Lieferverträge habe ich zusammengetragen und die Kostenkalkulationen und Umsatzerwartungen mühevoll erarbeitet. Es wäre für uns ein lukratives Geschäft. Soll das alles umsonst gewesen sein? Das kann doch nicht ihr Ernst sein? Schauen sie sich doch wenigstens die Unterlagen an."

„Das ist interessant zu hören, Herr Neumann. Das bedeutet, Ralf wollte mich schon lange vor meinem Verschwinden hintergehen, oder hat er ihnen verschwiegen, dass ich strikt dagegen bin?"

„Er hat immer behauptet, ich solle mir darüber keine Gedanken machen, er würde das regeln."

Alle schauten ihn erstaunt an. Er war sich sicher nicht über die Tragweite seiner Aussage im Klaren. Sie konnte als Vorsatz angesehen werden, Larissa aus dem Weg zu schaffen.

Larissa baute sich demonstrativ vor Ralf auf und legte einen Stapel Papiere bereit.

„Dann wollen wir mal die Fakten beleuchten. Hör gut zu und überlege dir ganz genau, was du dazu zu sagen hast. Susanne kommt später dran. Sie muss von deiner Absicht gewusst haben und hat sich mitschuldig gemacht.

1. Den Ankerplatz zum Tauchen hast du bewusst gewählt, weil an der Stelle kein Bootsbetrieb zu erwarten war. Deine Behauptung, dort gebe es ein vor sehr langer Zeit gesunkenes Schiffswrack zu besichtigen, ist frei erfunden. Das bestätigen die ortsansässigen Tauchschulen.

2. Dass ihr nicht bemerkt haben wollt, dass ich nicht an Bord bin, ist unglaubwürdig.

3. Mein Fehlen habt ihr erst sehr lange nach eurer Rückkehr in den Hafen gemeldet. Zurück an den Ankerplatz seid ihr auch nicht gefahren. Ihr hattet somit nicht die Absicht, dass ich gerettet werde.

4. Die Küstenwache habt ihr absichtlich an eine falsche Stelle, weit weg von unserem Ankerplatz, geschickt. Das kann ich durch Zeugenaussagen und Protokolle untermauern. Ludmilla, unsere Haushälterin auf Teneriffa, kann bezeugen, dass du dich gegenüber Susanne sogar damit gebrüstet hast, dass man mich gar nicht finden kann, weil an der falschen Stelle nach mir gesucht wurde.

5. Bei der Polizei habt ihr gleichlautend angegeben, ich hätte vorher bereits seit einiger Zeit psychische Probleme gehabt, und ein Selbstmord sei deshalb nicht auszuschließen oder sogar wahrscheinlich. Nach der Aussage von Herrn Dr. Neumann, dass du das Problem mit meinem Widerspruch lösen wirst, muss ich mich jetzt fragen, was ihr getan hättet, wenn ich nicht schwimmen gegangen wäre. Hättest du mich einfach über Bord geworfen oder vorher umgebracht? Von der Stelle aus hatte ich eigentlich keine Chance an Land zu kommen. Das wusstest du. Oder hättest du noch einen zweiten Versuch unternommen wenn der Detektiv Ramos, den du beauftragt hast um mich aufzuspüren, dir berichtet hätte, dass ich noch am Leben bin? Du siehst, meine Beweise sind erdrückend. Sie reichen bestimmt aus, um dich hinter Gitter zu bringen. Willst du etwas zu deiner Entlastung sagen, oder reichen dir meine Erklärungen aus?"

In sich gekehrt hatte Ralf die Ausführungen von Larissa angehört. Nun hob er die Hand und setzte zu einer Entschuldigung an.

„Larissa, bitte glaube mir, das tut mir so leid. Wir hatten nicht die Absicht dich umzubringen. Susanne fühlte sich nach dem Tauchgang nicht wohl. Sie wollte zurück. Erst nach dem Start haben wir bemerkt, dass du nicht an Bord bist. Ich weiß nicht, warum ich zuerst weitergefahren bin. Im Hafen haben wir dann diskutiert was wir tun könnten. Wir befürchteten, dass es schon zu spät ist um umzukehren, und selbst nach dir zu suchen.

Die Überlegungen haben sich lange hingezogen. Wir haben uns gestritten und entschlossen, die Polizei und die Küstenwache zu verständigen. Dann sind wir gleich zur Polizeiwache und haben dein Verschwinden gemeldet. Die haben uns lange befragt und sich Zeit für das Protokoll genommen. Bis endlich auch die Küstenwache alarmiert war und die Suche aufgenommen hat, hat auch lange gedauert. Bei der Angabe der Koordinaten ist mir wahrscheinlich ein Fehler unterlaufen. Wir waren verzweifelt und haben gehofft, dass man dich noch rechtzeitig findet. Stündlich haben wir bei Polizei und Küstenwache nachgefragt."

„Ralf du lügst doch. Gib auf, ich glaube dir kein einziges Wort. Meine Beweise sind erdrückend", unterbrach ihn Larissa abrupt.

„Du unterzeichnest jetzt sofort die Unterlagen, die Dr. Held vorbereitet hat, packst deine Sachen und verschwindest. Sonst hole ich die Polizei und zeige dich an wegen Mordversuch."

Ralf Heim war zusammengesunken. Wie ein Häuflein Elend kauerte er auf seinem Stuhl.

Dr. Held setzte sich neben ihn und breitete seine vorbereiteten Dokumente aus.

„Hier unterzeichnen sie, dass sie mit sofortiger Wirkung ihre Geschäftsführung beenden und aus dem Unternehmen ausscheiden. Jeglicher Einfluss auf die laufenden Geschäftstätigkeiten ist ihnen untersagt. Ihr Zugriff auf die Firmenkonten ist bereits gesperrt. Alle erforderlichen Informationen über die Produktionen übergeben sie an Larissa.

Für sachdienliche Rückfragen stehen sie in den nächsten Wochen uneingeschränkt zur Verfügung. Die ihnen zur privaten Nutzung überlassenen zwei Firmenwagen geben sie umgehend zurück. Nur wenn sie absolut kooperativ sind, wird Frau Heim auf eine Anzeige verzichten."

Ralf Heim war inzwischen aufgesprungen und brüllte zornig, während er in bedrohlicher Haltung auf Larissa zueilte. Robert stürzte sich dazwischen und hielt ihn zurück.

„Das ist mein berufliches Todesurteil, willst du mich vernichten mit dieser Erpressung?", tobte er.

„Die Hälfte dieser Firma gehört mir, ich habe ein Recht auf meinen Anteil und Mitsprache."

Larissa hatte sich in eine Ecke zurückgezogen. Ganz ruhig antwortete sie.

„Deine Geschäftsanteile kannst du haben. Willst du sie durch die Gitterstäbe des Gefängnisses oder sollen sie überwiesen werden, du hast die Wahl. Falls du dich für letzteres entscheidest, wird dir dein Anteil in monatlichen Raten ausbezahlt. Du kannst dich damit zur Ruhe setzen und eine lange Zeit gut davon leben. Dr. Held wird dir in den nächsten Tagen alles zusammenstellen und den Wert der Firma ermitteln. Solltest du irgendetwas unternehmen was der Firma oder mir schaden kann, wirst du dafür zur Rechenschaft gezogen und die Anzeige wird erstattet."

Mürrisch unterschrieb Ralf Heim die Verträge. Ohne sich zu verabschieden wollte er den Raum verlassen, wurde jedoch von Larissa gebremst.

„Deine Schlüssel und die Zugangskarte bitte. Das Betreten des Betriebsgeländes ist dir nur mit meiner Erlaubnis gestattet. Das heißt, du hast ab sofort striktes Hausverbot. Ich möchte nicht, dass du noch irgendwelchen Schaden anrichtest."

Noch einmal baute sich Ralf Heim vor Larissa auf und schaute ihr in die Augen. Der blanke Hass, der aus seinem Blick erkennbar war, deutete ihr an, dass es sehr wahrscheinlich nicht ihre letzte Konfrontation mit ihm gewesen war. Kampflos würde er sich sicher nicht geschlagen geben, wenn er auch im Moment keine andere Wahl hatte und die Vereinbarungen unterzeichnen musste.

Mit Schwung landeten seine Firmenschlüssel und die Zugangskarte für das Fabrikgelände auf dem Tisch. Wie ein geölter Blitz sauste er hinaus und knallte die Tür hinter sich zu.

Der Sicherheitsdienst wurde umgehend über sein Hausverbot verständigt und beauftragt ihn aus dem Gelände zu geleiten.

KAPITEL 13

Nach dem überstürzten, theatralischen Abgang von Ralf Heim, begrüßten die Führungskräfte, die an der Konferenz teilgenommen hatten, Larissa auf das Herzlichste. Bisher waren sie nicht zu Wort gekommen. Sie bekundeten ihre Freude, sie wieder in der Firma zu haben. Dr. Neumann tat sich dabei besonders hervor. Als er zu einer Rechtfertigung, wegen der vor ihr verheimlichten Verhandlungen mit den chinesischen Investoren, ansetzen wollte, wurde er mit einer eindeutigen Handbewegung gebremst. Sie hatte erhebliche Zweifel an seiner Aufrichtigkeit. Mit Bestürzung hatten alle die schweren Anschuldigungen, die gegen Ralf Heim hervorgebracht wurden, verfolgt. Sie bekundeten unisono, dass sie loyal hinter der nun alleinigen Geschäftsführerin und allen ihren Entscheidungen stehen würden. Ihre volle Unterstützung sicherten sie zu. Über alle hinter der verschlossenen Tür vorgebrachten Details, und hauptsächlich über die wahre Ursache für das Ausscheiden von Ralf Heim würden sie Stillschweigen waren.

Als Larissa kurz darauf, gefolgt von Robert und Dr. Held, den Raum verließ, um zu ihrem Büro zu gehen, wurde sie bereits vor der Tür mit Beifall empfangen. Alle Mitarbeiterinnen und Mitarbeiter der angrenzenden Büroräume hatten mittlerweile ihre überraschende Rückkehr mitbekommen. Die Vertrautesten von ihnen begrüßte sie persönlich, den übrigen winkte sie nur kurz.

„Wir sehen uns bei der Betriebsversammlung, die für morgen anberaumt wird. Dabei erfahren sie alle Neuigkeiten und Änderungen. Bis dahin bitte ich um ihre Geduld.“

Hastig stürmte sie in ihr Büro. Dr. Held wurde verabschiedet, er hatte noch einige betriebliche Angelegenheiten vorzubereiten. Sobald sich die Tür hinter ihm geschlossen hatte, fiel Larissa in die Arme von Robert. Sie zitterte am ganzen Leib und heulte. Die Anspannung fiel von ihr ab. Sie hatte den gewünschten großen Auftritt in ihrem Sinne hinter sich gebracht und Ralf hinausgeworfen.

„Bin ich froh, dass ich das hinter mir habe. Aber ich habe Angst, dass Ralf einen Rachefeldzug plant. Bleibst du bitte immer an meiner Seite.“

Einige Minuten hing sie noch schlaff in Roberts Armen, bevor sie sich aufraffte und an ihren Schreibtisch begab. Aus der Kantine bestellte sie einen Imbiss. Kaffee und Kaltgetränke hatte ihre Sekretärin schon bereitgestellt. Sie hatte Tränen der Freude, über das unverhoffte Auftauchen ihrer Chefin, in den Augen. Nach einem kleinen Imbiss bekam Robert gleich einen ersten Eindruck, welche Verantwortung auf Larissa lastete. Eine dicke Mappe mit Papieren wartete auf ihre Unterschrift und Freigabe. Stapelweise schleppte sie danach Unterlagen laufender Vorgänge aus dem Büro von Ralf herbei. Zu ihrem Glück lief die Produktion in geregelten Bahnen. Was kurzfristig zu erledigen war, würde sie nach Verdeutlichung der neuen Situation, an einige Mitarbeiter delegieren können.

Zu diesem Zwecke ließ sie von ihrer Sekretärin eine E-Mail über Intranet verbreiten. Für neun Uhr am Folgetag berief sie eine Konferenz der Manager und Abteilungsleiter ein. Um zehn Uhr sollte dann eine Besprechung mit dem Betriebsrat folgen. Eine Betriebsversammlung mit allen Beschäftigten des Werkes wurde für vierzehn Uhr anberaumt. Da ihr überraschendes Auftauchen weite Kreise ziehen dürfte, bestellte sie einen Reporter, der für den Lokalteil der regionalen Zeitung schrieb, für den übernächsten Tag zu einem Interview. Sollten noch mehr Publikationen an ihrer Geschichte Interesse finden, würde sie erst deren Reaktion abwarten.

Robert hatte nach einigen unterstützenden Kommentaren bemerkt, dass er Larissa jetzt allein lassen sollte. Der Betriebsleiter des Unternehmens nahm sich seiner an. Er führte ihn durch die Fabrik und erklärte die einzelnen Produktionsabläufe. Wo seine Vorstellung notwendig war, wies er ihn als Assistent der Geschäftsleitung aus. Ausstattung und Größenordnung des Werkes beeindruckten Robert. Gleichzeitig beängstigte ihn die Belastung von Larissa, auf deren Schulter nun die gesamte Verantwortung für das Unternehmen lastete.

Beim gemeinsamen Abendessen ließen Larissa und Robert den Tag noch einmal Revue passieren. Er war nach ihrer Vorstellung abgelaufen, aber es blieben einige Bedenken. Ralf akzeptierte zwar alle Forderungen und unterschrieb die entsprechenden Verträge, würde er sich aber ohne jede Gegenwehr damit abfinden? Larissa hegte erhebliche Zweifel.

Skrupellos hatte er vorher schon immer versucht, alle seine Vorstellungen durchzusetzen. Er hatte jetzt bewiesen, dass er auch vor einem Mord nicht zurückschreckte. Nun stand er mit dem Rücken zur Wand. Sein Traum, der alleinige Entscheider des Unternehmens zu werden, war zerstört. Seine berufliche Zukunft ungewiss. Das machte ihn noch unberechenbarer und gefährlicher. Wo immer er könnte, würde er zurückschlagen und Larissa, oder auch der Firma, Schaden zufügen. Sie würde sich vor ihm in Acht nehmen, oder ihn aber hinter Gitter bringen müssen. Diesen Sorgen konnte sie auch am Abend und in der Nacht nicht entfliehen.

Die Köchin und Haushälterin hatte ihnen ein vorzügliches Abendessen bereitet. Qualität und Geschmack standen einem Sternerestaurant in Nichts nach. Aus dem gut sortierten Weinkeller hatte Larissa einen exquisiten Tropfen ausgewählt. Wieder war es an Robert, an der neuen Beziehung zu zweifeln. Der Überfluss überwältigte ihn und er fragte sich immer wieder, ob er das wollte. Er lebte bisher, wie er meinte, im gehobenen Mittelstand. Ein bisschen Luxus war er schon gewohnt, aber dieses Leben im totalen Überfluss schien ihm nicht erstrebenswert. Was blieb an Lebenszielen offen? Außer sich aus der Arbeit total zurückzuziehen und nur nach Vergnügungen zu suchen und das Geld unter die Leute zu bringen? Selbst wenn er das vielleicht tun könnte, Larissa würde er nie aus diesem Trott herausbringen. Er merkte bereits jetzt, wie sie völlig in der Verantwortung aufging.

In dieser Nacht schien sie ihm nicht so gelöst wie in den letzten Tagen auf Teneriffa. Sorgen und Anspannung ließen sich nicht so einfach ablegen. Dementsprechend unruhig war ihr Schlaf.

Um sechs Uhr am nächsten Morgen läutete der Wecker auf Larissas Nachttisch. Robert, der kein Frühaufsteher war, hätte gerne noch ein wenig geschlafen. Seine selbstständige Tätigkeit hatte ihm immer ermöglicht, etwas später aufzustehen. Er beugte sich dem neuen Zwang. Beim Frühstück waren die betrieblichen Anforderungen des neuen Tages das einzige Gesprächsthema.

„Du kannst dir einen Wagen aussuchen, damit du unabhängig bist. Wahrscheinlich wird es heute bei mir sehr spät", räumte ihm Larissa gleich ein. Am Vortag hatte er vom Fahrdienst des Werkes Gebrauch gemacht, da er lange vor Larissa seine Arbeit beendet hatte. Werner, der Chauffeur der Geschäftsleitung, hatte gefragt, ob es ihm etwas ausmacht einen kleinen Umweg zu machen. Der Prokurist Dr. Neumann hätte ihn darum gebeten, dass er seinen achtjährigen Sohn vom Sport abholt. Robert willigte ein, war zugleich aber überrascht, dass der Fahrdienst auch für die privaten Zwecke eingespannt wurde. Gerald, ein aufgeschlossener und selbstbewusster Junge, war sehr redselig. Ein Musterbeispiel eines verwöhnten Einzelkindes, dem sicher alles im Leben von frühester Kindheit an in den Schoß gelegt wurde. Großspurig erzählte er von der Arbeit seines Vaters, dem großen Boss der Fabrik, und dessen Leistungen und Erfolgen.

Sehr bald wurde klar, dass Gerald seinen Vater für den alleinigen Chef der Fabrik hielt. Robert, dessen Aufgabe Controlling und Schwachstellenanalyse sein sollte, hörte aufmerksam zu und unterbrach nur selten mit kurzen Fragen. Ungefragt erzählte Gerald von den bald beginnenden Ferien, die er zusammen mit seinen Eltern auf der neuen Jacht seines Vaters in Südfrankreich verbringen würde. Die Jacht sei ein Geschenk eines Kunden, für den sein Vater Großes geleistet habe. Aus Dankbarkeit hätte er ihm die Jacht geschenkt. Im letzten Jahr habe der gleiche Kunde schon die ganze Familie nach Venedig eingeladen, und dort alle Kosten übernommen. Dem altklugen Jungen war nicht bewusst, dass er den Aufgabenbereich von Robert damit um eine Aufgabe erweiterte. Offensichtlich war Dr. Neumann korrupt, anders konnte sich Robert darauf keinen Reim machen. Dass er ein vertrautes Verhältnis zu Ralf Heim pflegte, wurde im Verlauf der Ausführungen von Gerald auch deutlich. Er hielt Ralf Heim aber nur für einen Freund und Mitarbeiter seines Vaters, nicht für seinen Vorgesetzten. Gerne hätte Robert noch den Namen des großzügigen Kunden erfahren, aber die Frage erlaubte er sich nicht. Das würde leicht zu erkunden sein. Das Anwesen, an dem der Junge abgeliefert wurde, spiegelte auch einen gehobenen Lebensstil wider. Die Tätigkeiten im Management der Heim Werke mussten demnach übermäßig gut dotiert sein. Der Umweg wegen Gerald war für Robert und seine Arbeit sehr aufschlussreich.

Während ihm dieses Gespräch noch einmal durch den Kopf ging, begutachtete er den privaten Fuhrpark Larissas. Der konnte sich sehen lassen. Ein Porsche Turbo Cabrio wurde flankiert von einer Jaguar Limousine auf der einen, und einem Range Rover Discovery auf der anderen Seite. Sie selbst fuhr am liebsten einen Mini Cooper, der bereits vor der Tür bereitstand. Obwohl Robert die großen SUV im Stadtverkehr für deplatziert hielt, reizte ihn der Range Rover am meisten. Auf dem Firmengelände gab es genügend große Parkplätze. Er hatte nicht vor in die Innenstadt zu fahren, das ewige Suchen nach einer Lücke für den großen Wagen würde ihm erspart bleiben.

Mit Spannung erwartete er jetzt, seinen neuen Aufgabenbereich zu erkunden. Bedenken, ob er allen Anforderungen gewachsen sein würde, hatte er keine. Er verstand sein Handwerk bestens und hatte genug Erfahrung und Einfühlungsvermögen.

Zunächst machte er sich mit den zahlreichen Sicherheitsvorkehrungen des Werkes vertraut und ließ sich den zwingend erforderlichen Ausweis ausstellen. Weiter kam er nicht, da Larissa ihn bei den Gesprächen mit ihren Führungskräften und danach mit dem Betriebsrat dabei haben wollte. Geschickt verstand sie es, ihren Unfall, wie sie es nannte, als ein Missverständnis darzustellen, ohne dabei jemand zu beschuldigen.

„Ich bin unbemerkt von Ralf und seiner Frau von Bord gegangen, um zu schwimmen. Bei der Rückfahrt haben sie nicht bemerkt, dass ich fehle.

Die Suche nach mir, die sie im Hafen eingeleitet haben, blieb nicht zuletzt wegen eines starken Unwetters, leider erfolglos. Das Zusammentreffen unglücklicher Umstände hat dazu geführt, dass ich erst nach stundenlangem Schwimmen gerettet werden konnte. Mit erheblichen Verletzungen musste ich erst einige Tage genesen, bevor ich wieder hierher zurückkehren konnte."

Von Roberts Zutun zu ihrer Rettung erwähnte sie nichts, was ihm für seine berufliche Tätigkeit nur Recht war. Ansonsten würden einige dahinter sicher nur Protektion vermuten.

Ralfs plötzliches Ausscheiden aus der Firma erklärte sie als lange überfällig. Unterschiedliche Auffassungen über die Geschäftsführung, hätten zu dieser einvernehmlichen Trennung geführt. Es wäre schon länger geplant gewesen und stünde in keinem Zusammenhang mit ihrem Verschwinden. Ihrer souverän dargestellten Auslegung traute sich niemand zu widersprechen. Die Gesichter ließen aber auf Zweifel schließen. Es würde nicht lange dauern, bis der wahre Grund bekannt wurde.

Nach einer kurzen gemeinsamen Mittagspause, stand schon die anberaumte Betriebsversammlung an. Wie auch die vorangegangenen Konferenzen, meisterte Larissa sie professionell. Robert stellte fest, dass diese Frau zur Unternehmerin geboren schien. Umso mehr würde er in ihrem Leben sehr wahrscheinlich nur eine untergeordnete Stellung einnehmen können. Mit gemischten Gefühlen ging er auf die Suche nach einer geeigneten Betätigung.

Zunächst musste er die Produktionsabläufe und die ganze Palette der hergestellten Maschinen und Teile eingehend kennen lernen. Dazu schaute er den Mitarbeitern bei der Arbeit über die Schultern. Während er bei einigen sehr schnell Unterstützung erfuhr und sogar von ihnen auf die Schwachstellen aufmerksam gemacht wurde, stieß er bei anderen auf voreingenommene Ablehnung. Das kannte er bereits und er ließ sich nicht beirren. Schon nach den wenigen Stunden stellte er fest, dass ein weites Betätigungsfeld zur Bearbeitung vor ihm lag. Mit vielen Notizen bestückt, kehrte er am Abend der Firma den Rücken, Larissa hatte noch zu tun.

Die nächsten zwei Tage verbrachte Larissa mit der Aufarbeitung laufender Vorgänge. Trotz aller Vorbehalte gegen Ralf, musste sie ihm zugestehen, dass er alle Unterlagen übersichtlich geordnet und gut strukturiert hinterlassen hatte. Mehrmals hatte er noch versucht zu ihr vorzudringen. Sie lehnte die Annahme seiner Anrufe aber immer ab.

In der Nacht des zweiten Tages wurde sie durch einen Anruf auf ihrem Smartphone aufgeschreckt. Der Sicherheitsdienst des Werkes meldete ihr den randalierenden Ralf, der versuchte in die Büros einzudringen. Sie ließ sich mit ihm verbinden und versuchte ihn zu beschwichtigen.

„Du weißt, dass du absolutes Hausverbot hast. Unterlasse gefälligst alle Versuche einzudringen und verschwinde vom Gelände. Ich werde unsere Sicherheitsleute anweisen, dass man dich notfalls von der Polizei abholen lässt."

Seine Antwort kam sehr verzerrt bei ihr an. Er musste unter erheblichem Alkoholeinfluss stehen.

„Ich bestehe darauf in mein Büro zu gehen, das ist mein gutes Recht. Du wirst mich nicht daran hindern, sonst bringe ich dich um. Dieses Mal wirst du mir nicht entkommen."

Er lallte dabei so unverständlich, dass man es kaum ernst nehmen konnte.

Larissa ging nicht weiter darauf ein. Sie ordnete an, die Polizei zu verständigen und ihn entfernen zu lassen. Was zurück blieb war ihre große Angst vor einem Rachefeldzug. Mit Robert besprach sie die Angelegenheit.

„Der wird sich noch beruhigen, das war sicher nur ein Ausrutscher im Alkoholrausch. Er muss einsehen, dass es keinen Sinn macht. Sollte es doch wieder vorkommen, musst du ihn anzeigen. Dann ist er mindestens einige Monate, vielleicht aber auch Jahre, außer Gefecht", tröstete er sie.

KAPITEL 14

Das Zusammenleben von Larissa und Robert war weitgehend geprägt von der Arbeit im Werk. Nur an wenigen Abenden und am Wochenende blieb ihnen etwas Zeit für gemeinsame Aktivitäten. Einen Teil verbrachten sie mit gesellschaftlichen Verpflichtungen. Larissa hatte an einem Samstag Freunde und Bekannte zur Wiedersehensparty eingeladen. Robert stellte sie dabei als ihren neuen Lebensgefährten vor. Er musste sich vielen Fragen stellen. Bei Gesprächen über allgemeine Themen stellte er erneut fest, dass er in eine andere Welt geraten war. Alles drehte sich nur um gehobene Ansprüche an Kultur, Leben, Freizeitaktivitäten und Reisen. Hohes Einkommen war kein Thema in diesen Kreisen. Geld und Vermögen hatten bereits die Vorfahren über viele Generationen erworben und angehäuft. Durch eine standesgemäße Heirat war es weiter vermehrt worden. Jetzt ging es ihnen nur um ihr Prestige und Einfluss. Mit dem Luxus den sie sich leisten konnten, versuchten sie sich gegenseitig zu übertrumpfen. Ihr Interesse an den Mitmenschen beschränkte sich auf ein Minimum. Die Probleme und Nöten in aller Welt wurden locker abgetan, die waren zu weit entfernt für sie. Viel wichtiger war ihnen, dass der Preis für Kaviar, Delikatessen und Champagner nicht zu sehr stieg, und dass immer genügend Personal für ihr Haus und die Gartenanlagen zu bekommen war. Die Aktienkurse interessierten sie natürlich auch sehr.

Die Borniertheit und der Egoismus einiger störten ihn und er musste sich schwer zurückhalten, um niemand mit seinem Widerspruch zu verärgern. Immer schon war er sehr sozial eingestellt und er achtete alle Menschen, ungeachtet ihrer Herkunft. Ein Leben in der Gesellschaft dieser Leute schien ihm nicht sonderlich erstrebenswert.

Fünf Wochen vergingen mit Probewohnen und Einarbeitung. Im Werk war Normalität eingekehrt. Alle anfängliche Skepsis gegenüber der alleinigen Geschäftsführerin war nun verflogen. Souverän managte Larissa den Betrieb. Für Robert fand sich, wie Larissa ihm vorab prophezeit hatte, ein weites Betätigungsfeld für Rationalisierungen und für Verbesserungen der Produktionsabläufe. Er wollte es langsam angehen und arbeitete erst alle Details aus, bevor er seine Vorschläge Larissa und den Führungskräften der Firma präsentieren wollte.

Das Privatleben des Paares verlief im Rahmen der knapp bemessenen Zeit harmonisch, solange sie allein waren. Bei den vielen Verpflichtungen die Larissa hatte, fühlte sich Robert allerdings oft etwas deplatziert. Er hasste das vornehme Getue und die vielen Schmeicheleien, die meistens jeder Ehrlichkeit entbehrten. Es war nicht der Umgang den er sich wünschte. Um die Vor- und Nachteile seines neuen Lebens abzuwägen, gönnte er sich eine Auszeit um darüber nachzudenken, und seine Angelegenheiten an seinem bisherigen Wohnort zu regeln. Außerdem musste er sich mit Kleidung und einigen seiner persönlichen Dinge bestücken.

Für Abendveranstaltungen hatte ihm Martha, wie er die Haushälterin jetzt nennen durfte, mit dem Bestand des verstorbenen Mannes von Larissa ausgeholfen. Kurzfristig hatte sie einige von seinen zahlreichen Anzügen ändern lassen. Fürs Erste war er damit zunächst versorgt. Jetzt brauchte er aber seine gewohnte Ausstattung. Auch sein Mountainbike und seine Sportsachen wollte er gerne holen. Seit der Rückkehr aus Teneriffa war er nicht mehr in seinem eigenen Zuhause gewesen. Um sein Haus und seinen kleinen Garten, in der Nähe von Frankfurt, hatten sich während seiner Abwesenheit befreundete Nachbarn gekümmert.

Es war für Robert schon ein seltsames Gefühl wieder in sein altes Domizil zurückzukommen. An die vielen Annehmlichkeiten und den Luxus bei Larissa, hatte er sich schon ein wenig gewöhnt. Früher gewohnt, sich immer selbst zu versorgen, war dort, wie in einem Hotel, alles für ihn geregelt worden. Es gab kein Kochen, Aufräumen, Putzen und Waschen mehr zu erledigen. Er konnte sich nur um seine Arbeit und seine Freizeit kümmern. Larissa und auch Martha, die Haushälterin, taten alles, um es ihm angenehm zu machen. Manchmal war es ihm sogar etwas zu viel, aber undankbar wollte er auch nicht sein. Als er jetzt sein Heim betrat, merkte er welchen Abstand er dazu hatte. Die Bescheidenheit, der er sich selbst sehr gerne rühmte, hatte Grenzen gesetzt bekommen. Der Anstrich, das Mobiliar und auch alle Accessoires wirkten zu bieder und gefielen ihm nicht mehr.

Sein eigener Geschmack war ihm auf einmal fremd. Falls er hierher zurückkehren sollte, müsste einiges geändert und modernisiert werden. Jetzt beschränkte er sich auf zwingende Bedürfnisse. Die Entscheidung, wo und wie er leben wollte, schob er vor sich her. Er war sich nicht sicher, ob er wirklich dauerhaft bei Larissa bleiben wollte. Auch wenn sie es nicht wahrhaben wollte, er fühlte sich noch in der Probezeit. Den Mut, ihr das schonend mitzuteilen, hatte er bisher nicht aufgebracht. Er befürchtete, dass er sie damit enttäuschen und wahrscheinlich kränken würde. Konflikten ging er schon immer gerne aus dem Weg.

Sehr schnell hatte er alles geregelt. Das, was er mitnehmen wollte, war im Nu zusammengepackt. Für die Post beantragte er eine Nachsendung. Bei Larissa meldete er einen Zweitwohnsitz an.

Als letztes widmete er sich der Korrespondenz, die er bei seiner Ankunft nur kurz durchgeblättert und zur Seite geschoben hatte. Was so lange liegen geblieben war, konnte bestimmt noch etwas länger warten. Die zwei Briefe von seiner Exfrau waren ihm ebensowenig entgangen, wie ihre zahlreichen Anrufe auf dem Anrufbeantworter. Eine Nachricht hatte sie nicht hinterlassen. Sicher ging es nur um Formalitäten aus der gemeinsamen Vergangenheit, die noch zu erledigen waren. Eine Flasche Wein bereitstellend, machte er es sich im Wohnzimmer bequem. Lustlos widmete er sich dem Stapel Post. Das meiste davon war Werbung, die er zügig überflogen und in seinem Papierkorb abgelegt hatte.

Die Rechnungen von seinen Versicherungen und dem Energieversorger waren nur eine Formsache. Der Bankeinzug erfolgte automatisch. Es ergab sich daraus kein Handlungsbedarf. Einladungen hatte er während seiner Abwesenheit auch einige bekommen. Die würde er telefonisch beantworten. Zum Schluss nahm er sich den schon Wochen alten ersten Brief von seiner Exfrau vor, in Erwartung einer sachlichen Formulierung ihrer Wünsche. Stattdessen überraschten ihn die recht ungewohnte Anrede und danach auch der Rest.

Mein liebster Robert!

Wie geht es dir?
Ich hoffe, du bist noch immer gesund und munter.
Sehr lange haben wir uns nicht mehr getroffen.
Gerne würde ich dich endlich einmal wiedersehen.
Oft muss ich an unsere gemeinsame Zeit denken.
Gib mir bitte baldmöglichst Bescheid,
wann und wo wir uns einmal wieder treffen
und über die alten Zeiten plaudern können.
Einrichten kann ich es nach deinen Wünschen.
Ich vermisse dich und habe Sehnsucht nach dir.

Deine Johanna

Das war neu. Bisher hieß es nur ‚Hallo Robert‘, auf einmal ‚Mein liebster‘. Was verursachte den Sinneswandel? Dann schrieb sie von Sehnsucht. Sie hatte ihn verlassen und nicht umgekehrt. Sie war angeblich glücklich in ihrer neuen Beziehung.

Besonders leicht war ihm die Trennung von ihr nicht gefallen. Zumal er damit auch seinen Freund und Partner verloren hatte. Die Gründe dafür taten ihm noch mehr weh. Nur weil er ihr nicht genug zu bieten hatte und ihrem ständigen Drängen nicht schnell genug nachkommen konnte. Sollte er sich tatsächlich auf ein Treffen mit ihr einlassen? Was versprach sie sich davon? Einen Sinn konnte er darin nicht erkennen und Lust dazu hatte er auch nicht. Warum alte Zeiten wieder aufwühlen, die waren unwiederbringlich vorbei.

Ihre Nachricht musste er erst noch verdauen. Zögernd öffnete er ihren zweiten Brief. Welche Überraschung wartete noch auf ihn? Er überflog schnell die wenigen Zeilen.

Mein ‚allerliebster‘ Robert,

nachdem du meinen Brief nicht beantwortet hattest,
war ich schon mehrmals bei dir zu Hause.
Ich konnte dich aber leider niemals antreffen.
Auch telefonisch warst du nicht zu erreichen,
eine aktuelle Mobilnummer habe ich leider nicht.
Deine Nachbarin hat mir jetzt mitgeteilt,
dass du in Urlaub geflogen bist,
aber eigentlich schon wieder zurück sein wolltest.
Jetzt mache ich mir große Sorgen um dich.
Bitte, bitte, melde dich, sobald du diese Zeilen liest.
Es ist mir sehr wichtig dich wiederzusehen
und zu sprechen.

Deine Johanna

Lange schaute er sich die beiden Briefe an und las sie mehrmals durch. Seitdem sie aus seinem Leben verschwunden war, hatte er sich völlig neu organisiert und nur nach eigenen Vorstellungen gelebt. Es war eine große Umstellung gewesen, aber er hatte es überwunden. Jetzt hatte er den Gewissenskonflikt, ob er mit Larissa dauerhaft zusammenleben könnte. Nun kam noch Johanna hinzu. Sie anzurufen war wohl unumgänglich, das war er ihr schuldig. Aber treffen wollte er sie nicht. Er hoffte eine passende Ausrede zu finden, um einer Begegnung mit ihr aus dem Wege zu gehen. Seinen Anruf verschob er auf den nächsten Tag. Stattdessen telefonierte er mit Larissa. Sie bat ihn, schnellstens zurück nach Hause zu kommen und jammerte ihm vor, wie sehr sie ihn vermisste. Wieder fragte er sich, ob das auf Dauer sein neues zuhause bleiben würde. Ihm war ihre Dominanz etwas zu beherrschend. Im Gegensatz zu ihm war Larissa sich schon vollkommen sicher, dass sie zusammen gehörten. Er mochte sie sehr, aber war das Liebe? Vielleicht war es doch nur die Folge der Nah-Tod-Erfahrung die sie verband und es würde sich abschwächen. Er brauchte noch Bedenkzeit. Mit dem Drängen von beiden Frauen im Nacken, verbrachte er eine unruhige Nacht. So sehr sich seine Gedanken auch damit beschäftigten, eine endgültige Entscheidung konnte er dennoch nicht treffen. Klar war ihm, dass er mit Johanna keinen neuen Versuch machen würde. Es gab nichts mehr was sie verband und zusammenhalten könnte.

Das Telefongespräch mit ihr am nächsten Tag verlief völlig anders, als er sich erhofft hatte. Sie gab ihm gar nicht die Möglichkeit für Ausflüchte. Unterbrochen von ständigem Schluchzen erzählte sie, dass sie in einer schweren Notlage stecken würde und dass er der einzige sei, der ihr heraus helfen könnte. Wie bei vielen Männern, erweichten auch ihn ihre Tränen und ihre Bitten. Ohne etwas Genaueres über ihre Notlage erfahren zu haben, ließ er sich zu einem Treffen bei ihrem früheren Lieblingsitaliener, ganz in der Nähe seines Hauses, überreden. Es war ihr Vorschlag, wahrscheinlich verband sie damit ihre angenehmen Erinnerungen an frühere gemeinsame Besuche.

Die Frau die ihn im Lokal erwartete, hatte mit der Johanna, die er als junges Mädchen kennen und lieben lernte und die ihn verlassen hatte, nicht mehr das Geringste zu tun. Dunkle Ringe unter den Augen und tief eingefallene Wangen, standen in krassem Gegensatz zum Rest der Erscheinung. Mit Make up und Rouge hatte sie nicht gespart. Ihre Frisur entsprach dem Modegeschmack junger Teenager, war jedoch für eine Frau ihres Alters unpassend. Sowohl ihre Kleidung, als auch vor allem ihre eleganten Schuhe, ließen den exquisiten Geschmack erkennen, machten sie aber zu auffällig in dieser Umgebung. Der Schmuck, mit dem sie sich behängt und beringt hatte, wirkte übertrieben. Gerade so, als müsste sie aller Welt zeigen was sie besaß. Als Robert eintrat, eilte sie ihm stürmisch entgegen und umarmte in lange und innig.

Robert ließ sich die Umarmung zwar gefallen, zeigte aber seinerseits Zurückhaltung. Johannas Augen hatten sich mit Tränen gefüllt als sie ihre Plätze einnahmen und die Unterhaltung begann.

„Ich bin so froh dich zu sehen. Wo warst du so lange? Konntest du wochenlang Urlaub machen?", eröffnete Johanna das Gespräch, um dann, ohne auf seine Antwort zu warten, fortzufahren.

„Du musst mir helfen, ich weiß nicht weiter. Das Leben mit Harald ist unerträglich geworden. Am Anfang war alles schön. Er war so fürsorglich. Ständig hat er mich umsorgt und mit Geschenken überhäuft. Wir haben viele interessante Orte und Veranstaltungen besucht und eine Menge herrliche Reisen unternommen. Es war immer harmonisch, es gab keinen Streit und keine Missverständnisse zwischen uns. Seit etwa drei Monaten ist er ein anderer Mensch geworden. Sein Interesse an mir ist erloschen. Ich bin nur noch seine Haushälterin und Lückenbüßerin, falls er gerade nichts Besseres vorhat. Wenn ich für irgendetwas keine Lust habe, terrorisiert er mich. Meistens kommt er erst spät nachts nach Hause und riecht nach Alkohol und Parfüm. Sicher steckt eine andere Frau dahinter. Wenn ich mit ihm darüber reden will, weist er mich von sich. Ich soll verschwinden, wenn es mir nicht passt, sagt er mir dann. Rumgeschupst und geschlagen hat er mich auch schon mehrmals. Als ich einmal keinen Sex mit ihm wollte, hat er mich an den Haaren gezogen, aus dem Haus geworfen und erst nach einer Stunde wieder hineingelassen.

Ich halte das Leben mit ihm nicht mehr aus und habe schon daran gedacht, mich umzubringen. Jetzt ist mir erst bewusst, was ich an dir hatte. Dass ich dich verlassen habe, musste ich bitter bereuen und ich bin dafür hart bestraft worden."

Robert hatte schweigend zugehört und nur den Kopf geschüttelt. Er kannte seinen ehemaligen Kompagnon schon sehr lange und wusste, dass er einen sehr lockeren Lebenswandel hatte. Was sie ihm jetzt erzählte, konnte er sich gut vorstellen. Aber was hatte er damit zu tun? Sie hatte es sich selbst ausgesucht. Zwar hatte er Mitleid mit ihr, wie sie zusammengesunken und weinend vor ihm saß, aber er war doch nicht die Anlaufstation für gescheiterte Beziehungen. Sie sah mitgenommen aus. Während ihrer Erzählung hatten ihre Hände gezittert und nervös war sie auf ihrem Stuhl hin und her gerutscht. Ein halber Liter Rotwein, den sie bestellt hatte, war bereits geleert.

„Das ist alles andere als schön und es tut mir außerordentlich leid, dass du so ein Pech mit ihm hast. Aber wie kann ich dir helfen? Was erwartest du von mir? Ich habe doch keinen Einfluss auf ihn, falls er überhaupt mit mir reden sollte."

Glücklicherweise wurde das bestellte Essen aufgetragen, das zwang zu einer Redepause und gab ihm Bedenkzeit. Er war hungrig und machte sich über sein Steak her. Johanna machte keine Anstalten ihr Besteck aufzunehmen, goss sich aber ständig Rotwein nach. Er müsste sie eigentlich bremsen, sie vertrug nicht besonders viel Alkohol.

Die Wirkung spürte sie deutlich. Ihre Stimme war unrund und manchmal schwer verständlich. Mit Mühe konnte Robert sie zum Essen bewegen.

„Hilfst du mir bitte, Robert? Kann ich zu dir zurückkommen? Ich verspreche dir, alles für dich zu tun. Ich weiß nicht wo ich sonst hin soll.“

Sie schluchzte herzzerreißend. Andere Gäste wurden schon aufmerksam.

Robert kam endlich mal wieder zu Wort.

„Du hast mir keine Gelegenheit gegeben, deine Fragen zu beantworten. Ich war auf Teneriffa um einige Tage auszuspannen. Durch abenteuerliche Umstände habe ich dort eine andere Frau kennen gelernt und bin etwas länger geblieben als geplant. Jetzt lebe ich in München mit ihr zusammen und arbeite auch dort. Unabhängig davon haben wir beide uns soweit auseinandergelebt, dass ich mit dir nicht mehr neu anfangen kann. Mein Leben musste ich neu strukturieren als du mich alleine gelassen hast. Verstehe bitte, dass ich nicht wieder in unseren Trott zurückfallen will und kann.“

Johanna war jetzt total zusammengesunken und erregte rundherum Aufsehen. Robert zahlte und half ihr vom Stuhl hoch. Sie war betrunken und konnte nicht mehr alleine stehen und gehen. An der Luft würde es vielleicht wieder besser werden. Eine weitere Unterhaltung mit ihr schien sinnlos.

„Ich bringe dich erst mal nach Hause, gib mir deine Autoschlüssel“, schlug er ihr vor.

„Zu Harald zurück gehe ich nicht. Eher bringe ich mich um, das meine ich ernst“, lallte sie.

Das hat mir noch gefehlt, dachte sich Robert. Was soll ich jetzt mit ihr anfangen. Kurz dachte er daran, mit Harald zu telefonieren. Sollte der sich um sie kümmern, er wollte sie unbedingt haben. Sollte er sehen, wie er mit ihr zurechtkam. Bereits auf dem kurzen Weg zum Auto mussten sie den Straßenrand aufsuchen, weil der Wein rebellierte und nicht in ihrem Magen blieb. Die frische Luft hatte die Wirkung verstärkt. Sie konnte sich nicht auf den Beinen halten. Kurzerhand ließ er ihren Wagen stehen und schleppte sie zu seinem Haus. Sie erreichten noch rechtzeitig die Toilette, wo er sie einen Moment alleine ließ. Schwankend kam sie nach einiger Zeit wieder heraus. Als sie auf ihn zugehen wollte, brach sie zusammen. Er konnte sie gerade noch auffangen, bevor sie auf den Boden aufschlug. Ihr Gesicht war kreidebleich. Er fühlte ihren Puls, der bedenklich flach und niedrig war. So konnte er sie nicht weit bringen. Zwangsläufig quartierte er sie in seinem Gästezimmer ein, stellte vorsichtshalber eine Schüssel neben das Bett und legte Handtücher bereit. Sollte sie erst einmal ihren Rausch ausschlafen, morgen würde er sie dann nach Hause bringen.

Nach dem überraschenden Verlauf des Wiedersehens brauchte er einen Schlaftrunk. Mit einem Kognak begab er sich zur Ruhe, die er aber lange nicht finden konnte. Bei allem Mitleid, das er mit ihr hatte, sah er keine andere Lösung, als sich aus ihrem Leben herauszuhalten. Selbst wenn sie über Selbstmord nachdachte, das würde sich legen.

Lange lag er noch wach. Auch ein weiterer Kognak half ihm nicht in den Schlaf. Am Morgen fühlte er sich wie gerädert. Gerne hätte er noch einige Stunden im Bett verbracht. Das Treffen mit Johanna hatte ihn doch mehr mitgenommen, als er erwartet hatte. Schlaftrunken wollte er sich recken und strecken, als er etwas neben sich spürte, das sich eng an ihn quetschte. Johanna hatte sich neben ihn gelegt und umarmte ihn. Er empfand nichts mehr für sie. Selbst ihre Nähe änderte daran nichts und er löste sich von ihr.

„Ich mache uns jetzt ein Frühstück, dann bringe ich dich nach Hause", eröffnete er ihr und begab sich in die Küche, ohne eine Antwort abzuwarten.

Ungeschminkt und übernächtigt kam sie kurze Zeit darauf aus dem Schlafzimmer und umarmte ihn wieder. Er schaute sie an und fragte sich, was er an dieser Frau noch finden sollte. Es war vorbei und zwar unwiderruflich. Wie viel mehr empfand er für Larissa. Wahrscheinlich hatte das Treffen mit Johanna dazu geführt, ihm seine Entscheidung mit Larissa zu leben, leichter zu machen. Heute noch würde er nach München zurückfahren und sich an sein neues Leben an ihrer Seite gewöhnen.

„Robert, warum kann ich nicht bei dir bleiben? Haben wir nicht sehr schöne Zeiten zusammen verbracht. Wir haben uns doch geliebt. Bedeute ich dir jetzt gar nichts mehr? Lasse mich bitte nicht zurück wie einen Gebrauchsgegenstand, den man einfach hinterher wegwerfen kann. Ich könnte es nicht ertragen. So kann ich nicht weiterleben."

Warum müssen Frauen immer heulen, wenn ihnen sonst nichts mehr einfällt, dachte Robert, als Johanna schluchzte und den Kopf in den Händen vergrub. Ich habe doch alles gesagt was zu sagen ist. Damit muss sie sich abfinden.

„Johanna, es tut mir leid. Unsere Beziehung ist vorbei. Ich habe eine neue Lebensgefährtin, mit der ich zusammenlebe. Wir lieben uns und das ist unüberwindbar. Gehe zurück zu Harald, er wird sich bestimmt wieder fangen und dich umwerben wie früher. Das einzige was ich dir anbieten kann ist mein Hausschlüssel. Solltest du es nicht mehr bei ihm aushalten können, kannst du dich hierher zurückziehen. Zumindest, solange ich das Haus noch nicht verkauft oder vermietet habe.“

Wutentbrannt nahm sie den Schlüssel an sich und stürmte grußlos aus dem Haus und auch aus dem Leben von Robert.

KAPITEL 15

Mit seinem bis unters Dach vollgeladenen Auto machte sich Robert auf den Weg nach München. Einen Teil seiner Garderobe hatte er eingepackt. Vieles hatte er entsorgt, es passte nicht mehr in sein neues Leben. Aber seine Sportausstattungen, einschließlich seines Bikes, hatte er geladen. Davon konnte er sich nicht trennen. Sein Sport war ein wichtiger Teil seines Lebens, ohne den er nicht sein wollte. Von seiner Wohnungseinrichtung konnte er sich, bis auf einige Erinnerungsstücke, mühelos trennen. Auch sein Haus und seinen Garten würde er nicht vermissen. Der Bau und die Einrichtung hatten zwar viel Herzblut gekostet, das gehörte aber nun der Vergangenheit an. In seinem neuen Heim bei Larissa, wurde ihm mehr geboten als er sich jemals zu träumen gewagt hätte und das er aus eigener Kraft niemals erreicht hätte. Ein wenig kam er sich wie ein Nutznießer vor, der sich in ein bereits gemachtes Bett legte. Aber damit glaubte er zukünftig leben zu können.

Mehrmals dachte er unterwegs noch über sein Verhalten gegenüber Johanna nach. Er kam aber zu dem Resümee, dass er richtig gehandelt hatte. Sein Platz war zweifelsfrei an Larissas Seite.

Sie empfing ihn wie einen verlorenen Sohn.

„Du hast mir sehr gefehlt, ich konnte es kaum aushalten. Die Arbeit hat mich tagsüber abgelenkt, aber die Abende und die Nächte waren furchtbar. Lasse mich bitte nicht mehr so lange allein.“

Den ganzen Abend und die ganze Nacht ließ sie ihn nicht mehr los. Natürlich musste er berichten wie es ihm ergangen ist. Die Briefe und das Treffen mit seiner Exfrau Johanna unterschlug er dabei nicht. Dankbar über seine Entscheidung, fühlte sie sich noch mehr zu ihm hingezogen.

In den folgenden Tagen machte sich Robert über seine neuen Aufgaben her. Eine Übersicht aller Vorschläge legte er dem Führungspersonal vor und erhielt allgemeine Zustimmung. Sie waren betroffen, wie viele kleinere Dinge sie selbst nicht zur Kenntnis genommen hatten und ließen ihm freie Hand bei der Umsetzung. Voller Energie und Zuversicht ging er alle Veränderungen an. Neben kleinen Umstrukturierungen, die durch einfache Maßnahmen zu erledigen waren, ließ er neben der Betriebskantine einen Raum für die Mitarbeiter einrichten, die ihre Pause nicht in der Kantine mit dem Essen der Firmenküche machen wollten oder konnten. Bei einem Rundgang hatte es ihn gestört, dass einige Beschäftigte bei widrigen Umständen zwischen den Maschinen ihr mitgebrachtes Essen einnahmen. Bei Lärm und im schmutzigen Umfeld machten sie Pause. Der neue Raum wurde sofort angenommen und brachte ihm viel Sympathie ein.

Einen wirtschaftlichen Erfolg brachte der Firma seine Umorganisation eines Produktionsablaufes. Bei Schichtbeginn gab es oft lange Wartezeiten auf die zu verarbeitenden Materialen und Teile. Viele davon wurden spät in der Nacht angeliefert und erst am Morgen für die Produktion bereitgestellt.

Jede kleine Verzögerung bedeutete den Stillstand teurer Maschinen und Untätigkeit der Bediener. Er legte fest, welche Stückzahlen und Materialien zu einer bestimmten Zeit bereitstehen mussten und vereinbarte mit den Betroffenen daran angepasste neue Arbeitszeiten. Die Lageristen bekamen einen Vorlauf von einigen Stunden vor den Kollegen. Dadurch konnte zu Arbeitsbeginn sofort an den Maschinen mit der Produktion gestartet werden. Die täglich erreichten Stückzahlen erhöhten sich sprunghaft, ohne die Menschen dabei stärker zu belasten. Einige der Abteilungsleiter, die in der Einstellung von Robert ursprünglich Protektion vermuteten, mussten ihre Meinung ändern. Er war zu einer Bereicherung des Betriebes geworden, was vor allem Larissa erfreute.

Sein größtes und unangenehmstes Projekt war die Bekämpfung von Korruption beim Einkauf und der Auftragsvergabe. Wie Larissa zu Beginn ihrer Bekanntschaft geäußert hatte, befürchtete sie Unregelmäßigkeiten bei der Materialbeschaffung. Er hatte nicht vergessen, was Gerald, der Sohn von Dr. Neumann, bei ihrer gemeinsamen Autofahrt ausgeplaudert hatte. Das war sein Ansatzpunkt zur Aufklärung. Die Lieferantenrechnungen und Bestellungen nahmen mehrere Aktenschränke ein, die er in mühevoller Kleinarbeit durchforstete. Oft rauchte ihm der Kopf. Er sah nur noch die Zahlen vor den Augen verschwimmen. Aber er kämpfte sich weiter durch. Bei der Kontrolle der Debitoren stieß er auf einige große wiederkehrende Posten.

Diese nahm er sich zur genaueren Kontrolle vor. Schnell fand er den Bezug zu Dr. Neumann. Dieser hatte alle Lieferscheine und Rechnungen geprüft und die Zahlungen freigegeben. Robert verglich in Stichproben die Einzelpreise und holte sich dazu Vergleichsangebote ein. Die Abweichungen waren teilweise durch abweichende Teile bedingt, andere waren wiederum geringfügige Schwankungen in vertretbaren Größenordnungen. Bei einem der größten Zulieferbetriebe schienen die Preise auf den ersten Blick auch im vertretbaren Rahmen. Bei näherer Betrachtung fiel ihm jedoch auf, dass die bestellten Stückzahlen deutlich höher waren, als der Verbrauch. Seine Recherche ergab, dass bei diesen Produkten nur sehr geringer Ausschuss entstand. Wo konnte diese Differenz geblieben sein? Mühevoll ließ er einige dieser Teile im Lager nachzählen, was eine erhebliche Fehlzahl ergab. Eine Eingangskontrolle war keine vorgenommen worden. Die Lieferscheine und Rechnungen waren in den Einkauf weitergeleitet worden, wo sie von Dr. Neumann abgezeichnet wurden. Die Beträge für die zu viel bezahlten Teile summierten sich. Auf den Jahresbedarf hochgerechnet waren sie sechsstellig. Nochmals ging er die Zahlen durch und suchte eventuell übersehene Fakten, er fand jedoch trotz aller Gründlichkeit keine. Gerne hätte er zur Sicherheit eine zweite Person zur Kontrolle mit einbezogen. Er war aber Einzelkämpfer und war nicht sicher, wem er in dieser Angelegenheit vertrauen konnte. Er informierte zunächst Larissa.

Sofort wollte sie Dr. Neumann zur Rede stellen. Robert bremste sie aber. Er wollte ihm keinen Spielraum für eine Vertuschung lassen. Stattdessen bestellte er bei der betreffenden Firma eine große Menge Ware. Bei der Absprache der Lieferungen merkte er mündlich an, dass die Modalitäten von Herrn Dr. Neumann zu berücksichtigen seien und die Differenz wie immer zu behandeln sei. Es gab keine Rückfrage, was seine Vermutung bestätigte. Die Prüfung ergab eine erhebliche Mindermenge. Nach Terminabsprache besuchte er zusammen mit Larissa den Geschäftsführer des Lieferanten. Beim kurzen Einleitungsgespräch, bei dem beide Seiten die hervorragende Zusammenarbeit lobten und die Abhängigkeit voneinander herausstellten, legte Robert Lauber seine Unterlagen bereit und ging zum Frontalangriff über.

„Wir haben leider bei den Lieferungen und Rechnungen ihrer Waren erhebliche Differenzen festgestellt. Das ist nur durch Betrug zu erklären. Wir vermuten, dass beachtliche Differenzbeträge auf fremde Konten geflossen sind. Jetzt wüssten wir gerne, wer von ihnen geschmiert wurde und in welcher Höhe. Bevor sie das bestreiten, überlegen sie bitte was ihnen wichtig ist. Wenn sie weiter mit uns zusammenarbeiten wollen, klären sie uns über den Ablauf auf. Unsere Beweise sind stichhaltig. Der oder die Verantwortlichen in unserer Firma lassen sich leicht eingrenzen.“

Der Direktor war schlagartig blass geworden. Minutenlang hatte es ihm die Sprache verschlagen.

Robert und Larissa ließen ihn aber zappeln und schauten ihn nur erwartungsvoll an, bis er redete. Es war ihm anzusehen, wie schwer es ihm fiel. Er stand bei den vorliegenden Beweisen buchstäblich mit dem Rücken an der Wand.

„Ich will offen mit ihnen sprechen. Mir selbst ist das schon immer ein Dorn im Auge gewesen. Sie wissen bestimmt, wie hart umkämpft dieser Markt ist. Unsere Konkurrenten schlafen nicht. Wir sind auf ihre Aufträge nicht nur angewiesen, sondern existenziell davon abhängig. Unsere Produktion ist zu einem Großteil auf den Bedarf ihres Hauses abgestimmt. Vor einiger Zeit informierte mich ein Vertriebsmitarbeiter, dass die Zusammenarbeit mit ihrer Firma nur aufrecht zu erhalten wäre, wenn bestimmte Zahlungen an die verantwortlichen Personen fließen würden. Uns blieb nichts anderes übrig, als uns zu fügen. Hätten wir das abgelehnt, würden sie bei der Konkurrenz einkaufen. Uns wurde ein Verfahren vorgeschlagen, für den die betreffenden Personen bürgten, dass es nicht zu durchschauen wäre. Alle Vorgänge hätten nur sie alleine im Griff und es wäre vollkommen sicher. Durch sehr geschickt eingefädelte Möglichkeiten, wurden die Bonuszahlungen, wie es die Herren nannten, auf Konten in der Schweiz überwiesen. Neben diesen direkten finanziellen Forderungen hatten sie davor schon Ansprüche auf sogenannte Dankesgeschenke erhoben. Wir mussten dann ihre vorgegebenen Sonderwünsche erfüllen. Das hat uns viel von unserem geringen Ertrag genommen.

Wir hatten also keine andere Wahl, wenn wir ihre Firma nicht als unseren besten Kunden verlieren wollten. Wir sind von den zwei Herren regelrecht erpresst worden. Ich kann nur hoffen, dass sie die Zusammenarbeit auf neuer Basis aufrechterhalten. Ich werde ihnen im Gegenzug alle Vorgänge und Beträge lückenlos offenlegen."

Larissa und Robert berieten sich darüber und erbaten sich kurze Bedenkzeit. Sie kamen zu dem Schluss, dass es den beiden Firmen nichts nützen würde, die Angelegenheit anzuzeigen und somit an die Öffentlichkeit zu bringen. Die Heim Werke brauchten den Lieferanten. Die Verantwortlichen sollten zur Rückzahlung der illegal erworbenen Beträge gezwungen und aus der Firma entfernt werden. Mit Spannung erwarteten sie Aufklärung wer der zweite Mann war, der dahinter steckte. Es war keine große Überraschung, dass es Ralf Heim selbst war, der neben Dr. Neumann die Hände aufgehalten hatte. Die unterschlagenen Beträge, die im Verhältnis 60 % zu 40 % zwischen Ralf und Dr. Neumann aufgeteilt wurden, summierten sich, wie Robert bereits im Voraus berechnet hatte, zu sechsstelliger Höhe. Der Anteil von Ralf Heim wurde von dem ihm noch zustehenden Anspruch aus seinen Firmenanteilen abgezogen. Dr. Held, der Notar, verfasste einen entsprechenden Vertrag. Dr. Neumann versuchte, alle Schuld auf Ralf Heim abzuwälzen, und seinen Anteil als Schweigegeld auszulegen. Das änderte aber nichts daran, dass er sofort aus den Heim Werken entlassen wurde.

Auch er musste alles zurückzahlen. Die ebenfalls ungerechtfertigten ‚Dankesgeschenke‘ wurden an die Firma zurückgeleitet. Darunter war auch die neue Jacht, die Gerald erwähnt hatte. Auf Roberts Anregung wurde der Erlös aus ihrem Verkauf an karitative Organisationen gespendet.

Seit dem fehlgeschlagenen Versuch von Ralf Heim, Larissa aus der Welt zu schaffen, waren mittlerweile einige Wochen vergangen. Sie hatte das Erlebnis gut überstanden und, außer einigen Alpträumen, keine Folgeschäden davongetragen. Mit Robert lebte sie in harmonischer eheähnlicher Beziehung. Gemeinsame Freizeitunternehmungen schweißten sie zusammen. Wanderungen in den Alpen und verschiedene Wochenendtrips gaben ihnen die Kraft für ihre Arbeit. Manchmal fuhren sie am Wochenende zum Gardasee. Auch dort besaß Larissa ein Ferienhaus. Es war bescheidener als die feudalen Anwesen, die Robert bisher aus ihrem Bestand kannte. Personal gab es dort auch nicht, so dass sie sich selbst versorgen mussten. Robert war erstaunt über Larissas Qualitäten als Hausfrau, die bisher nie gefordert waren. Sogar kochen konnte sie ausgezeichnet und sie ergänzten sich bestens. Beide genossen die Abende auf der Terrasse mit einem phantastischen Blick auf den See. Im Hafen von Riva lag ein Motorboot, mit dem sie bei schönem Wetter viel Zeit auf dem Wasser verbrachten. Stundenlang erzählten sie dabei über ihre Erlebnisse und ihre Vergangenheit. Aktuelle betriebliche Themen waren dabei tabu.

An einem dieser Tage sprach Larissa das erste Mal über ihre früheren Beziehungen, bevor sie sich kennenlernten. Robert hatte sie nie dazu gedrängt. Er wartete bis sie von sich aus bereit war, über ihr vorangegangenes Leben zu sprechen.

Bevor sie ihren Ehemann kennen lernte, hatte sie schon eine längere Beziehung. Zum Heiraten sahen beide keine Veranlassung, was sich später als Vorteil erweisen sollte. Viele Jahre hatten sie zusammengelebt, als ihre Zuneigung erkaltete. Das gegenseitige Interesse wurde immer geringer und die Gesprächsthemen immer oberflächlicher.

Larissa machte viel Sport und zusammen mit ihren Freundinnen besuchte sie Veranstaltungen. Ihr Lebensgefährte ging einen eigenen Weg, der nicht nachvollziehbar war. Immer öfter kam er spät heim. Sie vermutete eine andere Frau als Grund, bis er seinen finanziellen Verpflichtungen nicht mehr nachkam. Er hatte sich mit Darlehen hoch verschuldet. Nach anfänglichen Ausreden gestand er ihr bei einer Auseinandersetzung den Grund dafür. Die Schulden waren die Folge seiner Spielsucht. Vorher hatte er manchmal beachtliche Gewinne erzielt oder nur überschaubare kleinere Beträge verloren. Nach einem größeren Verlust geriet er in einen Strudel. Mit immer höheren Einsätzen versuchte er die Verluste auszugleichen, was natürlich nie gelang. Anfangs wollte Larissa ihm noch helfen. Als er mehrmals rückfällig und seine Lage immer schlechter wurde, stellte sie ihn vor die Wahl und setzte ihm ein Ultimatum.

„Solltest du in den nächsten sechs Monaten, in denen ich dir finanziell aus der Patsche helfe, nicht dazu in der Lage sein, das Spielen zu unterlassen und deine Schulden vollständig zurückzuzahlen, werde ich mich von dir trennen.“

Zunächst versuchte er es diszipliniert, aber das währte nur wenige Wochen. Dann blieb sie alleine auf der Miete und den laufenden Kosten sitzen. Entweder kam er gar nicht nach Hause, oder erst spät und betrunken. Alles Zureden half nicht mehr und sie trennte sich von ihm. Zurück blieben ihr alle Verpflichtungen, weil er sofort untertauchte. Um dem Gerede im Bekanntenkreis und bei den Nachbarn zu entgehen, zog sie in ihren Heimatort. Dort hatte sie noch alte Freunde aus der Schulzeit. Beruflich orientierte sie sich auch neu. Sie nahm eine Stelle als Sekretärin bei den Heim Werken an. Sie kannte die Firma von früher. Verwandte und Bekannte von ihr waren dort beschäftigt gewesen. In kurzer Zeit hatte sie sich bestens eingearbeitet. Ihre Zuverlässigkeit wurde belohnt, man machte sie zur Büroleiterin. Bei ihrer Arbeit hatte sie auch ständig mit Lukas Heim zu tun, der zu diesem Zeitpunkt bereits geschieden war. Die adrette und sehr loyale Mitarbeiterin gefiel ihm und er machte keinen Hehl daraus. Als aus Altersgründen, die Stelle der Personalchefin frei wurde, fiel die Wahl auf sie. Fortan hatte sie noch öfter mit ihm zu tun. Bei der Besetzung von höheren Positionen schätzte er ihre weibliche Intuition und Menschenkenntnis. Nach kurzer Zeit ließ er ihr bereits freie Hand.

Immer näher kamen sie sich, bis er sie auch auf Geschäftsreisen mitnahm, weil er ihre Meinung schätzte. Aus vertrauensvoller Zusammenarbeit wurde eine enge Beziehung. Private Einladungen blieben nicht aus und sie wuchsen zusammen. Des Alleinseins satt, machte er ihr einen Antrag und sie heirateten. Ralf, seinen Sohn aus erster Ehe, kannte Larissa bereits. Kurz nach der Hochzeit entpuppte er sich leider als eifersüchtig. Wo immer er konnte versuchte er, sie bei seinem Vater in Misskredit zu bringen. So manche Intrige ließ er sich einfallen. Erst als er Susanne kennenlernte und durch ihre Schwangerschaft die Unterstützung von Lukas und Larissa brauchte, besserte sich das Verhältnis. Auch die Geburt eines Stammhalters brachte ein wenig Beruhigung in den Zwist. Ralf zog mit Frau und Sohn glücklicherweise bald in ein eigenes Domizil. Gerne und oft kamen sie noch zu Besuch.

Nachdem Lukas Heim bei einem Autounfall plötzlich ums Leben kam, spielte Ralf sich in der Familie und in der Fabrik als der große Boss auf. Die alten Spannungen und seine Aversion gegen Larissa brachen wieder auf. Die Eröffnung des Testaments, bei der Larissa das Anwesen und die Hälfte der Firma zugesprochen wurden, führte dazu, dass er völlig ausrastete. Mit blankem Hass nannte er sie eine Erbschleicherin und versuchte mit allen Mitteln, ihr den Firmenanteil streitig zu machen. Es war aber im Testament so verfügt und er musste sich damit abfinden. Unter Spannung arbeiteten sie mehr schlecht als recht zusammen.

Beschäftigung gab es für beide mehr als genug. Sie versuchten sich dabei weitgehend aus dem Wege zu gehen. Bei allen größeren Investitionen und Entscheidungen, bei denen laut der vertraglichen Vereinbarung, beide zustimmen mussten, gerieten sie des Öfteren aneinander. Für Larissa war völlig unverständlich, dass er sich, trotz seiner horrenden Bezüge, noch durch Schmiergelder der Lieferanten bereichert hatte. Sie war froh, dass er nun endlich aus ihrem Sichtbereich verschwunden war.

„Jetzt kennst du auch meine Vergangenheit. Mit Männern hatte ich bisher leider kein dauerhaftes Glück. Die erste Beziehung ging daneben und meine glückliche Ehe zerstörte das Schicksal. Aber mit dir ist jetzt alles anders. Ich hoffe, dass wir beide gemeinsam und zufrieden alt werden", schloss Larissa ihre Erzählungen ab.

Eines Tages wurde Larissa durch einen Anruf wieder an ihren Schicksalstag erinnert. Susanne Heim, die Frau von Ralf, bat um eine Unterredung.

„Larissa, ich würde es verstehen, wenn du nicht mit mir reden willst. Aber ich muss endlich mein Gewissen erleichtern und bin dir eine Erklärung schuldig. Es ist mir erst jetzt möglich, weil Ralf mich verlassen hat. Bitte gib mir die Gelegenheit."

Larissa zauderte zunächst. Die Erinnerung an ihren Todeskampf wollte sie eigentlich nie wieder auffrischen. Sie dachte aber, dass Susanne eine Chance bekommen sollte, sich zu rechtfertigen. Sie verabredete sich mit ihr in einem Café in der Stadt.

Kühl und reserviert begegneten sie sich. Larissa hielt Susanne für mitverantwortlich. Zunächst fragte sie dennoch nach dem Wohlbefinden der Kinder. Ihre Nichte und ihren Neffen hatte sie sehr ins Herz geschlossen und bedauerte, sie nicht mehr sehen zu können. Die beiden konnten nichts für die Missetat ihrer Eltern.

„Es geht ihnen gut. Sie haben schon öfter nach dir gefragt und wundern sich darüber, dass wir uns so entfremdet haben. Noch schlimmer ist aber für sie, dass ihr Vater uns verlassen hat. Vor drei Wochen hat er plötzlich seine Koffer gepackt und ist verschwunden. Ich nehme an, er ist zu seiner Geliebten gezogen. Er hatte schon seit einiger Zeit ein Verhältnis. Seit deinem Unglück haben wir uns nur gestritten, er ist ein anderer Mensch geworden.

Ich versichere dir, wie leid mir diese Geschichte tut und wie sie mich belastet. So manche schlaflose Nacht habe ich dadurch verbracht. Deshalb ist es mir wichtig, mit dir darüber zu reden. Vielleicht kannst du mir nie verzeihen, aber mich wenigstens ein bisschen besser verstehen."

Kurz hielt sie inne. Man merkte ihr an, wie schwer es für sie war, sich zu offenbaren. Larissa machte keine Anstalten es ihr leichter zu machen, und schaute sie nur erwartungsvoll an.

„Als wir auf das Boot zurückgekommen sind habe ich sofort bemerkt, dass du nicht an Bord bist. Wir haben dann gesehen, wie du ein Stück davon entfernt geschwommen bist. Ralf habe ich darauf aufmerksam gemacht. Obwohl er es selbst gesehen haben muss. Trotzdem hat er den Motor gestartet. Er fährt dir wohl entgegen, dachte ich mir zuerst. Aber er schlug die entgegengesetzte Richtung ein. Nachdem er nach einem kurzen Stück nicht wieder umgedreht ist, glaubte ich, er erlaubt sich einen Scherz mit dir. Als wir eine beachtliche Strecke zurückgelegt hatten, habe ich ihn aufgefordert, er möge jetzt endlich umdrehen, wir wären schon weit genug entfernt. Er hat es aber ignoriert und ist weiter gefahren. Dann hat er sogar noch mehr Gas gegeben. Jetzt ahnte ich, was er vorhaben könnte. Euer sehr angespanntes Verhältnis war mir ja nicht entgangen. Dass er dir aber gleich nach dem Leben trachtet, hätte ich niemals für möglich gehalten. Mehrmals habe ich versucht, ihn zur Umkehr zu bewegen und habe ihn immer wieder angeschrien.

Es ging so weit, dass er mich weggestoßen hat. Hart bin ich auf dem Boden aufgeschlagen und war einen Moment ganz benommen. Dass ich im zweiten Monat schwanger war, wusstest du sicher nicht. Deshalb habe ich mich, aus Angst um das Kind, heulend zurückgezogen. Im Hafen habe ich ihn erneut aufgefordert, zurück zu fahren. Er hat sich geweigert und gedroht, mich zu verlassen. Er habe sowieso eine neue Verbindung und wäre nur wegen des Kindes noch bei mir. Mit drei Kindern könnte ich dann sehen wo ich bleibe, meinte er. Was sollte ich tun in meiner Situation. Wenigstens konnte ich ihn dazu bringen, endlich zur Polizei zu gehen und eine Vermisstenmeldung aufzugeben. Das Ganze hat viel Zeit gekostet. Ich habe Angst gehabt, dass es schon viel zu spät ist. Zurück im Ferienhaus, habe ich die Hoffnung geäußert, dass man dich hoffentlich bald findet. Daraufhin hat er mir gestanden, dass er der Polizei und auch der Küstenwache die falschen Koordinaten gegeben hat, und dass man dich gar nicht finden könnte. Mir ist daraufhin klar geworden, dass er bereits in der Absicht nach Teneriffa wollte, dich aus dem Weg zu schaffen. Nach eurem letzten Streit war er so voller Hass auf dich und hat dir das Schlimmste gewünscht. Die plötzliche Wende, als er ganz eilig zu dir auf die Insel wollte, und die übertriebene Freundlichkeit dir gegenüber, hätten mich stutzig machen müssen. Der Ausgangspunkt, den er zum Tauchen ausgesucht hatte, war auch seltsam. Dort war es vollkommen uninteressant und gefährlich.

Von einem Schiffswrack, das dort angeblich auf dem Meeresgrund liegt, war überhaupt nichts zu sehen. Stattdessen hatten wir mit den Strömungen zu kämpfen. Dagegen anzuschwimmen war sehr schwierig. Ich habe befürchtet es nicht zu schaffen. Wir haben lange gebraucht um zurück zum Boot zu kommen. Was er gemacht hätte, wenn du nicht von dir aus das Boot verlassen hättest, konnte oder wollte er mir nicht sagen. Bei der Polizei hat er behauptet, du hättest wahrscheinlich Selbstmord begangen. Zuhause hättest du seit einiger Zeit schon psychische Probleme gehabt. Von mir hat er behauptet, dass ich das bestätigen kann. In meiner Notlage habe ich nicht widersprochen, was als Zustimmung gewertet wurde. Als wir zurück in München waren, habe ich ihn mit allen Fragen nochmals konfrontiert und ihm klar gemacht, dass er dich umgebracht hat. Gewissensbisse hatte er deshalb aber keine. Er war froh, dich los zu sein. Es war der reinste Horror. Er hat mich nur bedroht und herumgeschupst. Die Kinder hat er ebenfalls schikaniert. Einmal ist er, ohne einen Anlass zu haben, so wütend auf sie losgegangen, dass ich mich dazwischen stellen musste. Er hat mir einen harten Stoß in den Unterleib versetzt, der eine Fehlgeburt ausgelöst hat."

Larissa nahm betroffen ihre Hand.

„Das tut mir sehr leid, davon habe ich nichts gewusst. Ich hatte angenommen, dass du mit ihm unter einer Decke steckst. Unser Verhältnis war ja auch nicht mehr besonders freundschaftlich."

„Nein, ich hätte niemals zugestimmt, dass er dir
etwas antut. Das musst du mir bitte glauben. Ich
habe dich immer schon bewundert. Dein großes
Engagement für die Fabrik hat mich beeindruckt.
Zu Ralf durfte ich das nicht sagen, er war immer
gegen dich eingestellt.“

Betroffen schwiegen beide einige Minuten lang.
Larissa fasste sich als erste wieder. Sie kam nicht
umhin, Mitleid mit Susanne zu fühlen. Besonders
der Verlust des ungeborenen Kindes tat ihr leid.

„Wo ist Ralf hin, nachdem er ausgezogen ist?“,
wollte sie wissen.

„Ich weiß es nicht, hoffentlich weit weg. Ich will
ihn nicht mehr sehen. Die Kinder gewöhnen sich
bestimmt auch daran, dass er nicht mehr da ist.
Seit seinem Rauswurf aus der Firma war er kaum
zu Hause. Manchmal kam er nachts angetrunken
heim. Er wechselte dann seine Kleidung und ließ
mir die Wäsche zurück. Immer war er nur gereizt
und missmutig. Wir hatten uns absolut nichts
mehr zu sagen. Die Kinder haben ihn plötzlich
nicht mehr interessiert. Dich und die Firma hasst
er. Mit dir würde er noch abrechnen, hat er oft
geschrien. Du hättest ihm die Zukunft genommen
und sein Leben zerstört. Pass bitte auf dich auf. In
seinem Zorn traue ich ihm alles zu. Er hätte noch
hierzulande etwas zu erledigen, sagte er einmal,
dann würde er sich absetzen. Hoffentlich lässt er
mich nicht ganz mittellos mit den Kindern zurück.
Zurzeit ist unser Konto gefüllt. Ich weiß aber nicht
wie es weiter geht, wenn seine Bezüge ausbleiben.

Nur von dem Erlös der Boutique kann ich nicht leben und den Kindern eine solide Zukunft bieten. Sie wirft nicht viel Gewinn ab. Ich kann versuchen, sie zu verkaufen. Das große Haus brauchen wir auch nicht unbedingt. Leider habe ich keinerlei Ahnung von unseren Kosten und Verträgen, da muss ich mich erst noch einarbeiten. Ralf hat alles in der Firma abwickeln lassen."

Larissa beruhigte sie und klärte sie auf.

„Über euer Auskommen brauchst du dir keine Sorgen zu machen. Die Geschäftsanteile an der Firma werden in monatlichen Ratenzahlungen auf euer gemeinsames Konto ausbezahlt. Abzüglich dem natürlich, was Ralf unterschlagen hat, indem er Lieferanten dazu genötigt hat, Provisionen für die Materialbestellungen auf ein privates Konto in der Schweiz zu überweisen. Da sind wir jetzt erst dahinter gekommen. Am sichersten wird es sein, wenn du jeden Monat deinen Anteil abzweigst und auf ein Bankkonto überweist, zu dem nur du Zugang hast. Von diesem Geld kannst du ganz bestimmt eine lange Zeit leben. Das wird nicht wenig sein. Sollte es Probleme geben, finden wir eine andere Möglichkeit, dich und natürlich auch die Kinder abzusichern. Das garantiere ich dir."

Susanne schaute sie dankbar an. Das bisher durch Ralf geprägte distanzierte Verhältnis hatte freundschaftlichen Gefühlen Platz gemacht.

Lange unterhielten sie sich noch. Ausführlich berichtete Larissa von ihrer dramatischen Rettung und ihrem guten Verhältnis zu ihrem Lebensretter.

Susanne erzählte von den Kindern und ihrer guten Entwicklung. Für das nächste Wochenende lud sie Larissa und Robert zum Abendessen ein. Sie brannte darauf, ihn kennenzulernen und freute sich mit ihr über die glückliche Verbindung.

Larissa dachte lange über das Gespräch mit Susanne nach. Sie konnte nicht umhin, Verständnis für ihr Verhalten zu empfinden. Verantwortung für ihre Kinder, und die Sorgen um die Zukunft, hatten sie zum Stillhalten gezwungen. Sie freute sich auf das baldige Wiedersehen mit den Kindern und war dankbar für die neue familiäre Bindung.

Was Larissa aber sehr beunruhigte, waren die Drohungen von Ralf. Gerade war sie über alles einigermaßen hinweggekommen und hatte durch die viele Arbeit in der Fabrik, und vor allem die Anwesenheit von Robert, ihre Ängste weitgehend unter Kontrolle. Nun kam wieder die Sorge, dass Ralf sich noch an ihr rächen würde. Sie nahm es sehr ernst und rief sich zu äußerster Vorsicht auf. Dass er es ernst meinte, glaubte sie. Er hatte es hinreichend bewiesen. Ihn anzuzeigen, und sich der Polizei anzuvertrauen, unterließ sie aber noch. Sie hatte ihre Genugtuung beim Zusammentreffen mit ihm in der Firma gehabt. Durch den Rauswurf war er genug gestraft. Das Aufsehen, das eine Anzeige zur Folge haben könnte, scheute sie auch. Vor Pressehaien würde sie sich danach sicher kaum retten können. Ihr traumatisches Erlebnis würde bestimmt ihren Alltag beeinträchtigen und ihre Nächte wären mit Alpträumen durchsetzt.

Mehr noch als zuvor suchte sie die Nähe von Robert und ließ ihm kaum Freiräume.

So vergingen einige angenehme Wochen ohne Zwischenfälle. Einmal waren sie bei Susanne zu Gast und verbrachten schöne Stunden zusammen mit den Kindern. Die Frauen blieben von nun an ständig in Kontakt. Wöchentlich telefonierten sie oder trafen sich in der Mittagszeit in einem Café.

An den Werktagen fuhren Larissa und Robert meistens gemeinsam zur Arbeit und auch zurück. Die Wochenenden und Abende waren ausgefüllt mit vielen Aktivitäten. Kulturelle Veranstaltungen, und Treffen mit Freunden, brachten angenehme Abwechslungen. Nur den Mittwochabend hatte Robert für seine sportlichen Aktivitäten reserviert. Er hatte in einem Tennisverein neue Freunde und Spielpartner gefunden. Das war ihm viel wert und er versäumte keine dieser Begegnungen. Durch den obligatorischen Umtrunk nach dem Training, kam er meistens erst nach Mitternacht nach Hause.

KAPITEL 17

Einer der freien Abende von Robert sollte zum Verhängnis für Larissa werden. Sie war alleine zu Hause. Martha, ihre Haushälterin, war gegangen. Sie hatte eine kleine Wohnung und übernachtete ab und zu lieber dort als in dem Zimmer, das ihr im Haus zur Verfügung stand. Larissa hatte sich in die Badewanne gelegt und genoss ein Sprudelbad. Anschließend bearbeitete sie ihre Nägel und was Frauen sonst alles zu bearbeiten haben. In ihrem Haus fühlte sie sich immer vollkommen sicher. Die Alarmanlage war auf dem neuesten technischen Stand. Ihre Lieblingsmusik schallte durch die Räume und überlagerte die wenigen Geräusche, die überhaupt zu dem Anwesen vordrangen. Das Quietschen von Bremsen vor dem Haus ging dabei völlig unter. Es war ein eher zufälliger Blick aus dem Fenster, der ihr plötzlich das Blut in den Adern stocken ließ.

Ein Porsche stand mit geöffnetem Verdeck vor dem Haus. In dem Wagen saß Ralf. Er hantierte zuerst noch am Handschuhfach und stieg dann schwerfällig aus. Schwankend machte er einige Schritte und schaffte es gerade noch, einen Sturz abzufangen. Er war offensichtlich stark betrunken. Sein Hemd hing unter dem Sakko auf einer Seite halb aus der Hose. Seine Fliege flatterte lose um den Hals als er auf den Hauseingang zu stolperte. Larissa lief bei seinem Anblick ein kalter Schauer über den Rücken. Sie zitterte am ganzen Körper.

Eine panische Angst hemmte ihre Bewegungen. Bei allen Vorsichtsmaßnahmen hatte sie vergessen, dass Ralf immer noch einen Schlüssel zu seinem Elternhaus hatte. Auch mit der Alarmanlage war er bestens vertraut. Hektisch rannte Larissa, nur mit ihrem Bademantel bekleidet, zur Eingangstür. Sie hoffte, diese rechtzeitig von innen verriegeln zu können. Bereits auf der Treppe merkte sie, dass es dazu zu spät war. Ralf schloss bereits die Tür auf. Von der Galerie aus beobachtete sie, wie er eintrat. In der rechten Hand hatte er einen Revolver und fuchtelte damit herum. Sie eilte in ihr Badezimmer zurück und verriegelte die Tür. Damit saß sie aber in der Falle, stellte sie mit Schrecken fest. Von hier gab es nur die eine Tür in den Flur. Das Bad hatte ein vergittertes Fenster und aus dem ersten Stock kam sie sowieso nicht nach draußen. Was könnte sie tun? Um Hilfe rufen war sinnlos. Die nächsten Nachbarn waren zu weit weg um ihre Schreie zu hören. Sie könnte nur versuchen die Polizei zu verständigen. Das nächste Telefon war aber im Schlafzimmer am anderen Ende des Flures. Leise sperrte sie die Tür wieder auf, bereit, sich auf den Eindringling zu stürzen. Ihre Todesangst verlieh ihr jetzt Selbstvertrauen und Kraft. Sterben wollte sie nicht, schon gar nicht völlig kampflos. In einem Selbstverteidigungskurs hatte sie früher einmal gelernt, sich gegen einen Angreifer zu wehren. Am erfolgversprechendsten dürfte es sicher sein, ihm mit zwei Fingern direkt in die Augen zu drücken und dabei gleichzeitig fest in den Schritt zu treten.

Sie hoffte, kaltblütig genug reagieren zu können. Bevor er seine Waffe auf sie richten konnte, musste sie ihn überlisten. Im Eingangsbereich und auf der Treppe war Ralf nicht mehr zu sehen. Aus dem Erdgeschoss drangen leise Geräusche nach oben. Offensichtlich vermutete er sie in der Küche oder im Wohnbereich. Geräuschlos schlich sie über den Flur zum Schlafzimmer. Sie erreichte gerade noch die Tür, als Ralf unten an der Treppe erschien. Sie schlüpfte schnell hinein, verriegelte die Tür von innen und lehnte sich erlöst dagegen. Hoffentlich würde sie es schaffen die Polizei zu verständigen, bevor er die Tür eintreten konnte. Sie überlegte, ob sie zuerst Robert anrufen sollte. Die Tennishalle war aber viel zu weit entfernt, er könnte frühestens in einer halben Stunde hier sein. Es war außerdem unwahrscheinlich, dass er das Klingeln seines Smartphone während des Spielens hören würde. Also wählte sie die Notrufnummer und wartete auf die Verbindung. Sekunden rannen dahin, die ihr wie viele Minuten vorkamen. Das Telefon war tot, es kam kein Freizeichen. Ralf hatte sicher die Anlage im Erdgeschoss abgeschaltet. Jetzt konnte sie ihre panische Angst kaum beherrschen. Aber sie riss sich zusammen. Den folgenden Geräuschen entnahm sie, dass Ralf die Treppe hoch stolperte. Er war so betrunken, dass er ständig taumelte und irgendwo aneckte. Das könnte ihr Vorteil sein. Sie musste den Überraschungseffekt nutzen. Vor der Tür verharrte er und drückte auf die Klinke. Als er merkte, dass abgeschlossen war, rüttelte er daran.

„Larissa, du kannst ruhig aufmachen. Dieses Mal wirst du mir nicht entkommen. Ich habe nicht viel Zeit, lass uns das zu Ende bringen. Du hast mein Leben zerstört, das wirst du jetzt mit deinem bezahlen. Zu verlieren habe ich nichts mehr. Auf deinen Gigolo brauchst du nicht zu warten. Der wird so schnell noch nicht kommen können. Erst muss er seinen Wagen wieder fahrbereit machen. Das kann dauern. Ich habe ihm sicherheitshalber zwei Reifen zerstochen. Hast du wirklich geglaubt ich würde mir gefallen lassen, dass du mir meinen ganzen Lebensinhalt nimmst, ohne dass ich dich dafür zur Rechenschaft ziehe. Etwas naiv warst du ja schon immer. Was mir auf Teneriffa misslungen ist, werde ich endlich vollenden. Wegschwimmen kannst du dieses Mal nicht.“

Larissa saß heulend und zitternd auf dem Bett. Gerade hatte das Leben sich für sie von der schönsten Seite gezeigt. Ihre Tätigkeit in der Fabrik war erfolgreich und befriedigte sie. Mit Robert hatte sie die Liebe ihres Lebens gefunden. Niemals vorher war sie so vollkommen zufrieden und glücklich gewesen. Sollte das alles jetzt zu Ende sein. Nein! Sie war entschlossen, den Kampf mit Ralf aufzunehmen. Wenn sie schon dran glauben sollte, müsste er einen größtmöglichen Schaden abbekommen. Ihr fiel ein, dass ihr verstorbener Mann eine Pistole besaß. Wo könnte er sie aber versteckt haben? Sicher bewahrte er sie in seinem Büro auf. Nie hatte sie darüber nachgedacht und auch beim Aufräumen hatte sie keine gefunden.

Das würde ihr jetzt also nicht helfen, sie musste sich andere Waffen suchen oder mit ihren Händen und Füßen zufrieden sein. Zunächst verhielt sich Ralf ruhig, vielleicht war er im Rausch eingenickt, hoffte sie. Aber die Hoffnung währte nicht lange.

„Larissa, ich bin immer noch da. Hast du deine Gebete schon gesprochen? Es wird höchste Zeit. Kann ich dir einen letzten Wunsch erfüllen? Soll ich deinem geliebten Robert noch etwas von dir bestellen? Vielleicht schicke ich ihn hinter dir her. Er soll mir nur in die Quere kommen. Noch einmal wird er dich nicht retten können.“

Larissa hatte sich die einzige brauchbare Waffe gesucht, die sie finden konnte und neben sich an der Tür bereitgestellt. Eine schwere Vase, Erbstück von ihren Eltern, die sie ungern opfern wollte. Aber es ging um nichts Geringeres als ihr Leben und sie hatte nur das eine. Schon einmal wollte er es ihr nehmen. Würde sie ihm zum zweiten Mal entkommen können? Seine zynischen Worte hatten sie noch zorniger gemacht, als sie ohnehin schon war. Sollte er doch endlich die Tür eintreten, damit seine Schikanen ein Ende hatten.

Krachend splitterte das Türschloss, aber die Tür ging noch nicht auf. Mit Schwung warf sich Ralf noch einmal dagegen und fiel zusammen mit der Türplatte ins Zimmer hinein. Larissa zielte kurz und trat zu, so fest sie konnte. Seinem Schrei nach zu urteilen, hatte sie die empfindlichste Stelle eines Mannes erwischt. Sofort haute sie ihm die kostbare Vase auf den Kopf. Sie zersplitterte in Einzelteile.

Ralf verdrehte benommen die Augen. Sie glaubte, dabei ein Grinsen auf seinem Gesicht zu sehen. Schneller als sie erwartet hatte, kam er wieder hoch. Der blanke Hass stand in seinem Gesicht, während ihm ein kleines Rinnsal Blut von der Stirn rann. Wie ein angeschossener Stier stürzte er auf sie zu und schlug auf sie ein. Larissa rammte ihm ihre Finger fest in die Augenhöhlen. Wieder wich er unter Schmerzen zurück und fiel um. Noch im Straucheln griff er nach ihr und riss sie mit sich zu Boden. Hart schlugen sie auf. Ralf landete auf dem Teppich. Larissa schlug mit dem Hinterkopf an die Bettkante. Vor ihren Augen wurde es schwarz. Wie lange sie weg war konnte sie nicht ermessen, als sie mit einem stechenden Schmerz im Kopf zu sich kam. Vor ihren Augen hatte sie einen Schleier. Nach und nach nahm sie die ersten Konturen war und versuchte sich zu orientieren. Die Splitter von der zerschlagenen Vase piksten in ihren Rücken und sie reckte sich leicht hoch, was die Schmerzen im Kopf fast bis zur Unerträglichkeit steigerte. Sie befürchtete, er würde zerspringen. Der Nebel vor ihren Augen lichtete sich nur langsam und ihr wurde wieder bewusst, in welcher Situation sie sich befand. An den Türrahmen gelehnt, mit der Pistole in der Hand, grinste Ralf sie an. Es schien fast so, als wäre er durch den Sturz nüchterner geworden. Seine Wut machte sein Gesicht zu einer hässlichen Fratze. Sein Anzug war zerrissen. Das Blut von seiner Stirn hatte das vorher weiße Hemd mit einigen roten Streifen und Punkten versehen.

Er hielt sich aber stabil auf den Beinen. Larissa hatte die Befürchtung, gleich wieder in Ohnmacht zu fallen. Das ist wohl mein sicheres Ende, dachte sie. Sie hatte keine Chance sich zu wehren. Ralf weidete sich währenddessen an ihrem Anblick.

„Da bist du ja endlich wieder. Ich hatte schon Angst, dass du nicht mehr aufwachst. Das hätte mir sehr leidgetan. Ich muss sehen, wie du stirbst. So einfach sollst du nicht davonkommen. In die Augen musst du mir schauen, wenn ich dich töte. Langsam sollst du unter Schmerzen daran denken, was du mir angetan hast."

„Du bist total verrückt, du elendes Schwein. Schieß doch endlich, damit du dich an meinem Tod ergötzen kannst. Oder schaffst du es wieder nicht? Machst du noch einmal nur halbe Sachen?"

Nur schwer waren Larissa diese Worte über die Lippen gekommen. Sie wunderte sich, dass sie trotz Schmerzen noch dazu in der Lage war. An einen Ausweg glaubte sie jetzt nicht mehr. Selbst wenn jemand zur Hilfe kommen sollte, Ralf würde nicht zögern, die Waffe abzudrücken. Er hatte nichts mehr zu verlieren. Sehenden Auges wollte sie ihrem Ende entgegen gehen. Langsam erhob sie sich und wunderte sich, dass sie sogar noch stehen konnte. Sie trug immer noch nur den Bademantel, der ihr durch den Kampf und den Sturz verrutscht war. Ralf sah darin jetzt eine weitere Möglichkeit sie zu demütigen. Er zog fest am Gürtel und wollte sie dadurch entkleiden. Geschockt durch diese Aktion schlug Larissa mit letzter Kraft auf ihn ein.

Ehe Ralf die Pistole wieder in Anschlag nehmen konnte, stieß sie ihn um und rannte durch die Tür. Zuerst nahm sie den Weg zum Eingang. Sollte es ihr gelingen ins Freie zu gelangen, müsste sie aber den Weg bis zum Eingangstor überwinden. Ralf hätte ein freies Schussfeld auf sie. Deshalb drehte sie um und flüchtete stattdessen in den Pool- und Fitnessbereich. Sie hörte Ralf hinter sich. Ein Schuss hallte durch den Flur und streifte ihre Schulter, als sie die Türklinke niederdrückte. Der Adrenalinschub gab ihr dennoch die Kraft hineinzugehen. Schnell verschloss sie die Tür von innen. Auf den Beinen konnte sie sich kaum halten. Warmes Blut rann an ihrem Arm herunter und tropfte auf den Boden. Sie nahm es nicht zur Kenntnis. Hektisch rannte sie am Pool entlang, ohne zu wissen, wohin sie sollte. Trotz Angst und Eile nahm sie den Feuerlöscher an der Wand wahr und hängte ihn hastig ab. Wenn sie schon sterben sollte, dann wenigstens mit dem größtmöglichen Widerstand. An der Ecke zur Nasszelle postierte sie sich mit dem Feuerlöscher im Anschlag. Eine trügerische Stille umgab sie und beunruhigte sie etwas. Was hatte Ralf vor? Die Tür war zwar sehr massiv, aber mit einigen Schüssen müsste er das Schloss aufsprengen können. Dass er aufgegeben hatte war auszuschließen. Bestimmt überlegte er sich noch, wie er weiter verfahren sollte.

„Larissa", schallte es plötzlich durch die Tür.

„Jetzt reicht es mir endgültig. Ich komme hinein und wir bringen es endlich zu Ende."

Mehrere Schüsse zerschmetterten das Schloss in alle Einzelteile und die zersplitterte Tür flog auf. Ralf schaltete das Licht ein und hielt sich sofort die Hände vor die Augen. Offensichtlich hatten ihn Holzsplitter am Auge getroffen. Langsam folgte er der Blutspur, die Larissa am Boden hinterlassen hatte. Er taumelte am Schwimmbecken entlang in die Richtung, in der er Larissa vermutete.

Larissa sah seinen Schatten, der sich schwach in den Fenstern spiegelte. Alle Sehnen angespannt, verharrte sie, bereit die letzte Kraft aufzuwenden, um ihm den Feuerlöscher an den Kopf zu schlagen oder Löschschaum in seine Augen zu sprühen. Sie presste den Rücken fest an die Wand und wartete. Die Sekunden wurden zur Ewigkeit.

Ralf wusste, dass sie mit dem Rücken zur Wand stand. Sie hatte keine Fluchtmöglichkeit mehr. Er konnte sich Zeit lassen. Der Kopf schmerzte ihm fürchterlich und seine Beine wollten ihm kaum noch gehorchen. Der Schlag auf den Kopf zeigte Wirkung. Schwerfällig schritt er weiter auf die Ecke zu. Das Blut von der Kopfverletzung war ihm in die Augen gelaufen und beeinträchtigte ihn. Sein Hass hielt ihn aufrecht und trieb ihn weiter. Auch wenn es das Letzte wäre was er erledigen konnte, er würde es zuende führen. An der Ecke, hinter der er Larissa vermutete, hielt er kurz inne. Um nicht von ihr übertölpelt zu werden, hielt er Abstand zur Wand, nahm die Pistole in Anschlag und sprang zwei Schritte nach vorne. Sofort kam ihm ein dichter Strahl Löschschaum entgegen.

Larissa hatte mit dem Feuerlöscher einen ersten Erfolg erzielt. Sie wusste aber, dass Ralf damit nicht total außer Gefecht gesetzt war.

Halb blind von dem Löschmittel taumelte Ralf zurück. Hasserfüllt schoss er in die Richtung, aus welcher der Strahl vermutlich gekommen war. Ein Schmerzensschrei bestätigte ihm einen Treffer.

Ein harter Schlag in den Bauch warf Larissa zurück. Ralf hatte sie mit einem Schuss getroffen. Den Schmerz spürte sie, der Selbsterhaltungstrieb ließ ihn aber ertragen. Ihr linker Arm war nicht mehr zu gebrauchen, er hing schlaff herunter und war gefühllos. Mit dem rechten Arm holte sie weit aus und schlug den Feuerlöscher auf den Kopf von Ralf, der sofort zu Boden ging. Im Fallen feuerte er das ganze Magazin der Pistole in ihre Richtung leer, bevor ihn die Ohnmacht übermannte. Mit dem Schwung des Feuerlöschers sank auch Larissa zu Boden. Hart schlug sie auf den Fliesen auf. Es ist vorbei, war ihr letzter Gedanke gewesen, bevor auch sie das Bewusstsein verlor.

Es dauerte geraume Zeit bis Ralf mühsam die Augen wieder aufmachen konnte. Sehen konnte er zunächst nichts. Erst nach einem Moment kamen seine Sinne zurück. Er erinnerte sich daran, was geschehen war. Mit dem Ärmel seiner Anzugjacke wischte er sich über die Augen. Das verkrustete Blut hatte sein Gesicht bedeckt. Ein Schleier hatte sich vor seine Augen gelegt. Er versuchte ihn zu durchdringen. Sein Kopf drohte vor Schmerzen zu zerspringen. Er konnte sich nicht konzentrieren.

Um ihn herum drehte sich alles. Er versuchte sich umzusehen. Neben ihm lag Larissa in ihrem Blut. Sie rührte sich nicht und schien nicht zu atmen. Wenigstens meine Aufgabe habe ich erfüllt, dachte er sich. Schwerfällig versuchte er, sich zu bewegen. Sein Versuch aufzustehen misslang, er fiel sofort wieder zurück. Nach einigen Minuten versuchte er es erneut. Jetzt konnte er sich mit Mühe umdrehen und auf die Knie stützen. Einen Moment verharrte er so und überlegte, wie er sich verhalten sollte. Robert würde bestimmt bald zurückkehren. Dass er eine Chance hatte, rechtzeitig zu verschwinden, bezweifelte er. Aber wenigstens versuchen musste er es. Tatsächlich gelang es ihm, nach mehreren Anläufen, aufzustehen. Nach einem Blick auf die offensichtlich leblose Larissa, wankte er durch die Schwimmhalle. Noch immer hielt er die Pistole fest in der Hand. Er steckte sie in die Jackentasche. Der Weg zum Eingang schien ihm endlos. Mehrmals befürchtete er, davor noch zusammenzubrechen. Endlich erreichte er die offen stehende Tür. Ein leichter Regen hatte eingesetzt. Die Kühlung tat ihm gut. Sein Gesicht reckte er hoch und ließ den Regen darüber rinnen. Vor dem Haus stand noch sein Wagen mit offenem Verdeck. Es störte ihn nicht, er war sowieso nicht in der Lage damit zu fahren. Aber er musste schleunigst wegkommen. Als er sich durch den Garten zur Straße schleppte, hielt ein Taxi vor dem Tor und Robert stieg aus. Gerne hätte er ihn erschossen, aber die Pistole war leer, er hatte alle Patronen auf Larissa abgefeuert.

Einen Kampf mit ihm konnte er nicht wagen. Seine Chance war gering, er war viel zu angeschlagen. Hinter einer Hecke wartete er, bis Robert auf das Haus zuging und in der offenen Tür verschwand. So schnell er konnte ging er zu dem Taxi und stieg ein. Zum Glück hatte der Fahrer seine Einnahmen sortiert und das Wechselgeld weggesteckt, was seine Weiterfahrt verzögert hatte. Nun meldete er sich über Funk bei der Zentrale. Ganz erstaunt betrachtete er im Rückspiegel den neuen Fahrgast. Es war sehr ungewöhnlich, mitten in der Nacht, direkt am Ziel, sofort wieder eine Anschlussfahrt zu erwischen. Der Fahrgast sah außerdem verletzt aus. Trotz seiner Skepsis traute er sich nicht, ihm Fragen zu stellen. Ralf hatte seinen kritischen Blick bemerkt. Mit den zwei Hundert-Euro-Scheinen die er ihm reichte, vergaß der Fahrer seine Bedenken und fuhr los. Den etwas ungewöhnlichen Fahrgast behielt er im Rückspiegel im Auge. Er merkte sich die genaue Uhrzeit und die Adresse, sowie das angegebene Fahrziel.

Robert hatte einen schönen Abend verbracht. Die Tennisspiele waren spannend, zwei von drei Sätzen hatte er mit seinem Partner gewonnen. Alle gingen nur sehr knapp aus und hatten ihnen viel abverlangt. Entsprechend lange hatten sie gespielt. Die Verlierer mussten, wie vorher vereinbart, bei dem anschließenden Umtrunk die Zeche bezahlen. Bei angeregter Unterhaltung verging die Zeit wie im Fluge. Er hatte keine Eile. Larissa würde sicher bereits schlafen und ihn nicht vermissen. Viel Schlaf brauchte er sowieso nicht, die etwas kurze Nacht würde ihm ausreichen. Er war es gewohnt damit gut auszukommen. Auf seine Leistung am nächsten Tag wirkte es sich nicht aus. Erst lange nach Mitternacht brachen sie gemeinsam auf und verabschiedeten sich.

Auf dem Parkplatz vor der Sporthalle kam ihm sein Wagen seltsam vor. Er stand ungewöhnlich schräg, obwohl das Gelände völlig eben war. Der vordere Teil war unnatürlich stark abgesenkt. Mit kritischem Blick umrundete er ihn, um die Ursache zu suchen. Die beiden Vorderreifen waren platt bis auf die Felgen. Wer es auch gewesen sein mochte, er hatte ganze Arbeit geleistet. Jeweils ungefähr zehn Zentimeter lange Schnitte am Außenrand der Reifen machten eine Reparatur mit Pannenspray unmöglich. Der Wagen führte nur ein Notrad mit, somit war ein Wechsel sinnlos. Das waren sicher Vandalen, die anderen ihre Autos nicht gönnten.

Einen beabsichtigten Anschlag auf ihn schloss er kategorisch aus. Wer sollte ihm so etwas antun wollen. Der Abend war zu angenehm gewesen, um sich jetzt darüber aufzuregen. Die werkseigene Auto-Werkstatt könnte am Morgen den Wagen abholen und flott machen. Seine Sportkameraden hatten auch mitbekommen, dass etwas nicht in Ordnung war. Sie boten sich sofort an, Robert nach Hause zu bringen. Da alle drei zu weit von seiner Adresse entfernt wohnten, lehnte er es dankend ab und bestellte sich telefonisch ein Taxi. Auch auf der Heimfahrt ließ er sich seine gute Stimmung nicht vermiesen. Müde und ausgepumpt freute er sich auf sein Bett und einen geruhsamen Schlaf.

Vor dem Haus angekommen, wunderte er sich über das weit offen stehende Tor. Gedämpftes Licht fiel aus der ebenfalls offenen Eingangstür. Larissa hatte wohl Besuch, der sie gerade verlassen wollte, dachte er sich. Das Auto, das mit offenem Verdeck vor dem Haus im Regen stand, konnte er niemandem zuordnen den er kannte. Es war der gleiche Sportwagentyp den Ralf gefahren hatte. Aber der hatte seinen Wagen schon lange an die Firma zurückgegeben. Sicher hatte der Fahrer oder die Fahrerin noch nicht bemerkt, dass es regnete. Eiligen Schrittes ging er ins Haus.

„Larissa, ich bin zurück", rief er laut in den Flur und wartete auf Antwort. Nichts rührte sich. Seine Sporttasche stellte er schnell ab und legte die Jacke ab. Nun kam ihm alles seltsam vor. An der Treppe bemerkte er vereinzelte Flecken auf dem Boden.

Sie sahen aus wie Blutstropfen. Sollte sich Larissa verletzt haben und ins Bad an den Verbandskasten geeilt sein, um sich zu verarzten? Hastig, mehrere Stufen auf einmal nehmend, rannte er nach oben. Dort fand er ein Chaos vor. Die Schlafzimmertür war zersplittert und aus den Angeln gehoben. Hier hatte sich jemand gewaltsam Zutritt verschafft. Im Raum verteilt lagen Splitter der großen Vase, die sonst immer neben der Kommode gestanden hatte. Alles deutete auf einen Zweikampf hin. Aber wo war Larissa? Befand sich der Eindringling, den sie überrascht hatte, noch im Haus und sie war vor ihm geflüchtet? Oder verfolgte sie ihn? Behutsam ging er hinein und lauschte. Sollte er rufen, oder leise nach dem Rechten sehen? Er entschloss sich für das Letztere und schlich zurück in den Flur. Die Tür zum Badezimmer stand offen, Larissa war nicht drinnen. Schnell ging er der Blutspur nach. Auf der Treppe folgte er ihr nach unten. Es war nicht besonders viel Blut, das auf dem Steinboden Spuren hinterlassen hatte. Demnach dürfte die Verletzung nicht schwerwiegend sein. Voller Sorge um Larissa eilte er zum Fitness-Bereich. Hatte sie jemand in seine Gewalt gebracht? Die Drohungen von Ralf fielen ihm ein. Sollte er hier eingedrungen sein, um ihr etwas anzutun. Gab es vielleicht einen Zusammenhang mit seinem manipulierten Auto? Es wäre durchaus möglich, dass der Täter seine Gewohnheiten kannte und von ihm nicht gestört werden wollte. Angespannt bis zum Letzten hoffte er, den Täter eventuell noch erwischen zu können.

Larissas Wohlbefinden galt zunächst seine Sorge. Zuerst musste er sie finden. Er hoffte, dass ihr nichts Schlimmeres passiert war. An der Tür, die zum Schwimmbad und dem Fitnessbereich führte, bekam er die Gewissheit, dass es ernst war. Mit einigen Schüssen war das Schloss aufgesprengt worden. Sehr wahrscheinlich hatte sich Larissa dahinter versteckt. Nach den Einschusslöchern und den zahlreichen Holzsplittern zu urteilen, war mit einer großkalibrigen Waffe darauf geschossen worden. Nun rannte er, alle Vorsicht außer Acht lassend, in das Schwimmbad. Am Beckenrand lag Larissa ausgestreckt am Boden. Er eilte zu ihr und beugte sich besorgt über den leblos erscheinenden Körper. Sie war bewusstlos, atmete aber schwach. Neben ihr hatte sich eine Blutlache ausgebreitet. Mehrere Einschüsse waren an ihr zu erkennen, aus denen Blut rann. Sie lebte, aber die Verletzungen konnten lebensgefährlich sein. Schnellstens müsste er sie verbinden und in ein Krankenhaus bringen lassen. Er sah sich nach einem Eindringling um. Es war niemand zu sehen. Neben Larissa waren noch weitere Blutspuren zu sehen, die auf einen zweiten Verletzten schließen ließen. Offensichtlich hatte es einen Kampf gegeben. Ein Feuerlöcher und eine Lache Löschschaum deuteten darauf hin.

Hektisch nahm er mit einem schnellen Griff ein Badetuch aus dem Wandregal und drückte es auf die Wunde an Larissas Bauch, um den Blutstrom etwas aufzuhalten. Ihre Seitenlage ließ erkennen, dass die Kugel am Rücken wieder ausgetreten war.

Es war ein glatter Durchschuss. Glücklicherweise war also wenigstens die Wirbelsäule nicht verletzt worden. Mit dem Gürtel ihres Bademantels machte er einen provisorischen Druckverband. Weitere Schüsse hatten ihr den rechten Oberschenkel durchbohrt und den Oberarm gestreift. Außerdem bedeckten zahlreiche Schnitte und Blutergüsse ihren Körper. Sie musste sich gegen den Angreifer gewehrt haben. Der Schuss in den Bauch war der Schlimmste, er könnte Organe verletzt haben. Die übrigen Verletzungen dürften eher harmloser sein. Seine Glieder waren schwer wie Blei als er sich wieder erhob. Die Angst um Larissa hatte ihn fast gelähmt. Bereits zum zweiten Mal musste er um ihr Leben fürchten. Er durfte keine Zeit verlieren. Wahrscheinlich würde sie sonst ihre Verletzungen nicht überleben. Zu gerne hätte er geprüft, ob sie ansprechbar war. Er besann sich aber zuerst einen Rettungswagen zu rufen. Sein Smartphone war in der Tasche seiner Jacke, die er im Flur abgelegt hatte. Beim Spurt dorthin sah er auf der Straße vor der Einfahrt das Blaulicht eines Streifenwagens. Direkt neben dem Tor hielte er an und ein Beamter stieg aus. Er schrie laut um Hilfe und wurde sofort gehört. Der Polizeibeamte rannte auf ihn zu und gab seinem Kollegen das Zeichen ihm zu folgen. Ihre Pistolen hatten sie gezückt und schussbereit.

„Schnell, rufen sie bitte einen Notarzt und einen Krankenwagen. Meine Lebensgefährtin ist schwer verletzt. Sie wurde anscheinend überfallen und angeschossen. Ich habe sie gerade eben gefunden.

Einer der Schüsse ging durch ihren Bauch und ist am Rücken wieder ausgetreten. Es ist bestimmt lebensgefährlich und kommt auf jede Sekunde an."

Während ein Beamter seiner Aufforderung nachkam und per Funk Arzt und Rettungsdienst anforderte, um danach gleich den Überfall an die Zentrale zu melden, folgte ihm der andere in die Schwimmhalle. Robert beugte sich wieder über Larissa und prüfte, ob sie überhaupt noch atmete. Leicht berührte er ihre Wange und fühlte mit der anderen Hand den Puls an ihrer Halsschlagader. Sie röchelte, ihr Pulsschlag war schwer fühlbar, aber einigermaßen gleichmäßig.

„Larissa, kannst du mich hören und verstehen? Ich bin es, Robert. Halte bitte durch, ein Notarzt und der Krankenwagen werden sicher gleich da sein. Du bist jetzt in Sicherheit."

Ein leichtes, kaum spürbares Zucken ging durch ihren Körper. Robert drückte ihre Hand.

„Du schaffst es, bitte…, ich brauche dich doch. Lasse mich bitte nicht allein."

Ihre Augenlider flatterten leicht, aber sie schaffte es nicht, die Augen zu öffnen. Stattdessen spitzte sie ihre Lippen und versuchte, ihm etwas zu sagen. Robert legte ein Ohr dicht an ihren Mund, um ihr leises Flüstern zu verstehen.

„Wo ist Ralf? Lebt er noch? Habe ich ihn schwer verletzt oder erschlagen?", stammelte sie.

„Nein, ich habe ihn nicht mehr gesehen. Er muss es geschafft haben zu verschwinden. Hat er dir das angetan? Das habe ich mir gleich gedacht.

Es tut mir leid, dass ich nicht rechtzeitig da war um es zu verhindern. Er hat meinen Wagen außer Betrieb gesetzt. Die Vorderreifen sind zerstochen. Meine Gepflogenheiten muss er gekannt haben. Sicher wusste er, dass ich mittwochs beim Tennis bin und erst spät nach Hause komme. Vielleicht hat er mich beobachtet. Was er dir angetan hat, wird er bereuen. Die Polizei ist bereits da. Irgendjemand hat die Schüsse gehört und sie alarmiert. Ich werde sie informieren und Anzeige erstatten. Auch wegen dem Anschlag auf Teneriffa. Das muss jetzt endlich sein, sonst gibt er keine Ruhe."

Ein Notarzt kam hereingerannt. Er überprüfte die Verletzungen und machte eine Notversorgung. Nachdem er ihr eine Infusion gelegt hatte, übergab er Larissa an die Sanitäter, die mittlerweile mit dem Krankenwagen eingetroffen waren.

Robert packte Toilettenartikel, Bademantel und einige Kleidungsstücke für Larissas Aufenthalt im Krankenhaus zusammen. Mit ihrem Auto fuhr er hinterher zur Klinik. Sie musste sofort notoperiert werden. Sie hatte viel Blut verloren und es bestand akute Lebensgefahr. Wegen innerer Verletzungen musste sie vorsorglich in ein künstliches Koma versetzt werden mit einer unbestimmten Dauer. Die Ärzte schickten Robert nach Hause, er konnte im Moment nichts für sie tun.

Nach Ralf wurde sofort weitläufig gefahndet. Es war nicht bekannt, wo er sich aufhielt. Susanne, die man in der Nacht geweckt und vernommen hatte, konnte den Beamten dabei auch nicht helfen.

Seinen letzten Aufenthaltsort wusste sie nicht. Seit er sie vor Wochen verlassen hatte, war er aus ihrer Umgebung verschwunden. Im zurückgelassenen, geliehenen Auto, fand die Spurensicherung später eine Hotelanschrift. Aber dort hatte er ausgecheckt mit unbekanntem Ziel. Bei der Leihwagenfirma waren auch nur die Anschrift des Hotels und seine Kreditkartennummer hinterlegt. Über kurz oder lang würde man ihn sicher finden und verhaften, versicherte man Robert. Der hatte über die beiden Mordversuche ausgesagt. Das Beweismaterial für den Mordversuch auf Teneriffa, würde Dr. Held der Polizei zur Verfügung stellen. Die Beamten rügten Robert, dass der erste Anschlag damals nicht gleich zur Anzeige gebracht worden war. Vielleicht wäre dann der neue Versuch noch zu verhindern gewesen. Glücklicherweise waren sie schnell vor Ort. Sie waren alarmiert worden, weil die Nachbarn meinten, Schüsse gehört zu haben. Leider waren sie zu spät gekommen, um Ralf noch auf frischer Tat zu erwischen.

Am nächsten Morgen musste Robert als erstes Martha, die Haushälterin von Larissa, beruhigen und betreuen. Sie war beim Anblick der Spuren des Überfalls vor Angst in Ohnmacht gefallen. Übernächtigt, hatte Robert bei ihrem Eintreffen geschlafen, und konnte sie deshalb nicht abfangen und warnen. Erst nach einer Stunde war sie wieder soweit, dass er sie alleine lassen konnte.

KAPITEL 19

Robert regelte in den darauffolgenden Tagen alles Notwendige in der Firma. Larissas Termine ließ er absagen oder delegierte sie an die leitenden Mitarbeiter. Alle Beschäftigten der Heim Werke hatten den Anschlag bereits aus dem Radio oder der Presse mitbekommen, soweit dem nicht die Mundpropaganda bereits vorausgeeilt war. Sie waren entsetzt darüber. Eine Welle der Solidarität folgte. Viele Genesungswünsche und Blumen, auch von Kunden und Lieferanten, zeugten von ihrer großen Beliebtheit.

An den Nachmittagen besuchte Robert Larissa im Krankenhaus. Sie lag auf der Intensivstation und hing an zahlreichen Geräten und Schläuchen. Er musste sich mit einem Blick durch ein Fenster begnügen. Zu ihr ins Zimmer durfte er noch nicht. Die Ärzte versicherten ihm nach wenigen Tagen, dass sie außer Lebensgefahr sei und den Anschlag körperlich gut überstehen würde. Innere Organe waren nicht verletzt worden. Ihre Psyche würde aber wahrscheinlich in der Folgezeit noch mit der Bewältigung ihrer Erlebnisse zu kämpfen haben. Psychiatrische Betreuung würde sicher sinnvoll sein. Robert konnte während dieser Zeit nichts für sie tun. Bei einer Veränderung würde man ihn sofort informieren. Die Polizei hatte einen Beamten zu ihrem Schutz vor der Tür postiert. Sie glaubten zwar nicht, dass Ralf noch etwas unternehmen würde, aber ausschließen konnten sie es nicht.

Nach vier Tagen holten die Ärzte Larissa aus ihrem künstlichen Schlaf. An ihrem Bett wartete Robert, den man vorher verständigt hatte, bis sie zu sich kam und die Augen öffnete. Erstaunt und noch benommen schaute sie sich um. Er ließ ihr Zeit sich zu orientieren und zu erinnern. Erst nach einigen Minuten erkannte sie ihn und streckte eine Hand nach ihm aus. Er drückte sie sanft und strich ihr zärtlich über die eingefallenen Wangen. Sie sah mitgenommen aus, die Verletzungen hatten ihre Spuren hinterlassen.

„Willkommen zurück unter den Lebenden. Schön, dass du wieder da bist, ich habe dich sehr vermisst. Du hast mir gefehlt.“

Dankbar lächelte sie ihn an und ließ ihren Blick durch das Krankenzimmer schweifen.

„Wo bin ich? Was ist passiert? Wie lange habe ich geschlafen? Schön, dass du da bist.“

„Das sind aber gleich drei Fragen auf einmal. Du bist im Krankenhaus. Strenge dich bitte nicht zu sehr an. Gleich werden die Ärzte kommen und dich noch einmal gründlich untersuchen. Ralf hat dich mehrfach angeschossen. Zu deinem Glück sind die Verletzungen nicht mehr lebensgefährlich. Du musstest nach der Einlieferung sofort operiert werden. Vier Tage hat man dich danach in einen künstlichen Schlaf versetzt, um deine Genesung zu beschleunigen. Jetzt war es Zeit, dich zu wecken.“

„Wer hat mich gefunden und wo ist Ralf? Er muss doch auch verletzt gewesen sein. Ich hatte ihm den Feuerlöscher auf den Kopf geschlagen.“

„Ralf war nicht mehr da, als ich nach Hause kam und dich gefunden habe. Er hat es geschafft zu verschwinden. Die Polizei hat sofort nach ihm gefahndet, aber bisher ohne Erfolg. Sie waren fast zeitgleich mit mir da, weil die Nachbarn Schüsse gehört haben. Niemand weiß wo er steckt, Susanne auch nicht. Ich habe bei der Polizei zu Protokoll gegeben, dass du gefragt hast, ob Ralf noch da ist und ob er verletzt ist. Die Spurensicherung hat, außer deinen, noch weitere Blutspuren gefunden. Die dürften von ihm sein. Den genauen Ablauf der Tat werden sie noch von dir erklärt haben wollen. Sie haben bisher nur meine Aussage. Man wird auch dich verhören, sobald du dazu imstande bist. Die Berichte und Beweise von Teneriffa habe ich ihnen bereits zukommen lassen."

Larissa drückte seine Hand und sah ihn an.

„Beschütze mich bitte. Ich habe solche Angst. Solange er nicht gefasst ist, werde ich keine Ruhe finden. Vielleicht versucht er es wieder."

„Du brauchst keine Angst zu haben. Ich werde zukünftig besser auf dich aufpassen. Außerdem gehe ich davon aus, dass man ihn bald findet."

Die weiteren Untersuchungen zeigten keine ernsten Auswirkungen der Verletzungen mehr bei Larissa. Innere Organe waren glücklicherweise nicht beschädigt. Die Ärzte stellten ihre Entlassung in spätestens drei Tagen in Aussicht.

Ausführlich schilderte sie den Polizeibeamten den Angriff von Ralf. Sie versicherten ihr alles zu unternehmen, um ihn zu finden und zu verhaften.

Eine mehrjährige Gefängnisstrafe war ihm gewiss. Gleich zwei Mordanschläge waren ihm eindeutig anzulasten. Die Beweise waren zur Überführung und Anklage ausreichend. Einen ersten Erfolg konnte die Polizei bereits verbuchen. Aufgrund der Pressemeldungen hatte sich der Taxifahrer gemeldet, der Ralf direkt vor dem Anwesen von Larissa aufgenommen hatte. Sein sehr auffälliger Zustand mit der blutenden Kopfverletzung und sein Verhalten hatten ihn stutzig gemacht. Das Fahrziel hatte er sich deshalb notiert. Mit dem Taxi war Ralf zu einem befreundeten Arzt gebracht worden. Dieser bestätigte, dass er ihn notärztlich versorgt hatte. Zahlreiche Platzwunden am Kopf und eine schwere Gehirnerschütterung hatte er davon getragen. Mehr Angaben konnte der Arzt nicht machen. Ärgerlich war für Robert, dass es ausgerechnet das Taxi war, mit dem er gekommen war. So knapp war er ihm entgangen. Eine weitere Spur war zunächst nicht zu verfolgen. Ralf musste den Anschlag minutiös geplant haben. Sowohl den regelmäßigen Sportabend von Robert, als auch die Halle, in der er mittwochs Tennis spielte, hatte er ausspioniert. Roberts Wagen herauszufinden und lahm zu legen, war nicht schwer. Dadurch hatte er ausreichend Spielraum für die Tat geschaffen. Die Abwesenheit von Martha an diesem Tag, dürfte er beobachtet und ausgenutzt haben.

Nach ihrer Entlassung erholte sich Larissa sehr schnell. Die Angst vor Ralf belastete sie, genau wie der Anschlag selbst, stark. Oft hatte sie Alpträume.

Schweißgebadet suchte sie dann Trost bei Robert. An manchen Tagen glaubte sie, Ralf inmitten der Menschenmenge auf den Straßen zu erkennen. Dann musste sie sich aber eingestehen, dass es nur Hirngespinste waren. Selbst mit der Hilfe eines Psychiaters, kam sie nicht ganz davon los. Die traumatischen Erlebnisse beeinträchtigten sie noch. Robert bestand schließlich auf einigen Tagen oder auch Wochen Urlaub an einem abgelegenen Ort. Vier Wochen verreisten sie gemeinsam. Sie mieden die eigenen Domizile und suchten die Anonymität kleinerer Pensionen und Gasthöfe, von denen aus sie Wanderungen und Exkursionen in der nahen Umgebung unternahmen. Die, im Vergleich zu den ansonsten immer ausgewählten noblen Hotels bescheideneren Unterkünfte, kamen Robert sehr gelegen. Auch Larissa gewöhnte sich bald daran. Selbst die einfache Hausmannskost auf dem Land behagte beiden, und wurde zur willkommenen Abwechslung. Den Luxus, der sie sonst immer umgab, vermissten sie dabei nicht.

Auf dem Rückweg machten sie Station in Roberts ehemaligem Domizil. Larissa interessierte sich für seine Vergangenheit und sein Haus, das von seiner Exfrau bewohnt wurde. Es fiel Robert nicht schwer, sich davon zu trennen. Zu einem sehr günstigen Preis vermachte er es Johanna, um sich endgültig davon zu lösen. Er hatte sich an sein Leben an der Seite von Larissa gewöhnt, auch wenn ihm der Luxus, und hauptsächlich auch der elitäre Bekanntenkreis von Larissa, nicht gefielen.

Die Rückkehr in den Alltag wurde erleichtert durch die viele Arbeit, die auf sie wartete und sie ablenkte. Bald waren sie wieder im alten Trott.

Larissas Angst vor Ralf verlor sich im Laufe der Zeit. In einer Fernsehsendung wurde nach ihm gefahndet. Bei der Verfolgung der Spuren, die sich aus den Zuschauerhinweisen ergaben, fand man wieder einen Taxifahrer, dem er aufgefallen war. In dem Hotel, zu dem er gebracht worden war, konnten die ermittelnden Beamten seine neue Identität ermitteln. Er hatte sich einen anderen Namen zugelegt und einen neuen Pass beschafft. Mit Hilfe dieser Angaben und dem nachverfolgen von Kreditkartenzahlungen stellten sie fest, dass er sich ins Ausland abgesetzt hatte, wahrscheinlich nach Südamerika. Seine monatlichen Zahlungen der ihm zustehenden Firmenanteile ließ er später aber über eine Bank in Lichtenstein laufen, deren Zugang der deutschen Justiz nicht möglich war. Einer weiteren Nachverfolgung entging er damit. Bei Susanne und seinen Kindern hatte er sich nicht gemeldet. Eine Rückkehr nach Deutschland dürfte ihm nicht mehr möglich sein, ohne bei der Einreise seine sofortige Verhaftung zu riskieren.

KAPITEL 20

An manchen freien Abenden und Wochenenden widmeten sich Larissa und Robert der Kultur. Der Besuch von Opernaufführungen, Schauspielen, Konzerten und fast allem, was sonst noch in einer Großstadt geboten wurde, gehörten in Larissas Kreisen zum guten Ton. Es war notwendig, um ‚in‘ zu sein und mitreden zu können. Robert waren die Meinungen anderer völlig egal, er beugte sich den Wünschen von Larissa. Meistens wurden sie von Freunden und Bekannten begleitet. Nach Ende der Veranstaltungen gingen sie meist zum Essen und diskutierten über das gerade Erlebte.

Robert missfiel das elitäre, manchmal versnobte Gehabe einiger der ‚sogenannten‘ Freunde, und er machte gegenüber Larissa keinen Hehl daraus. Manche der Gespräche ödeten ihn regelrecht an. Ob die Aufführung von Tosca in der Mailänder Scala, in der Metropoliten Opera in New York, oder in der Royal Albert Hall in London die Beste war, interessierte ihn wenig. Auch den Details, die manche kritisch beleuchteten und sich anmaßten, kompetent zu sein, konnte er wenig abgewinnen. Ebenso störte ihn die oft unangebrachte Kritik bei den gemeinsamen Essen in guten Restaurants. Es gab kaum ein Gericht und nur selten einen Wein, der nicht besser sein könnte. Verwöhnt, hatten sie kein anderes Ziel, als alles zu kritisieren, wofür so mancher normale Bürger nur ein Lob übrig hätte, weil er es sich nicht oder nur selten leisten konnte.

Bei den Diskussionen über die Zubereitung und die Zutaten, und somit auch über die Qualität der Spitzenköche, beteiligte er sich höchstens mit dem Kommentar, dass keiner besser kochen könnte, wie er selbst essen. Die Unzufriedenheit wertete er als verwöhnte Übersättigung der Menschen, die nicht mehr wussten, was sie in ihrem Leben noch alles steigern und verbessern könnten. Es erinnerte ihn an einen Ausspruch seiner Großmutter, der sich hierbei zu bewahrheiten schien. Sie sagte immer:

„Wenn die Mäuse bereits satt sind, schmeckt ihnen das Mehl und der Speck bitter."

Nichts und niemand war manchen gut genug. Sie waren für Robert ein Musterbeispiel dafür, dass Geld nicht unbedingt glücklich macht und diese Menschen, auf allen Ebenen nach weiteren Steigerungen suchten und mit nichts zufrieden zu stellen waren. Kritisch begutachteten sie daraufhin ihren Bekanntenkreis und stellten sich bei einigen die Frage, wie sie zueinander standen. Von einem Teil distanzierten sie sich und ließen gemeinsame Unternehmungen und Besuche einschlafen.

Oft und lange diskutierten sie auch über den Sinn des Lebens und die wahre Erfüllung. Es war bald zu erkennen, dass Robert in seinem Leben andere Ziele hatte. Er war ein unruhiger Geist, der ständig in Bewegung war und sich für alles in der Welt sehr interessierte. Ungerechtigkeiten und die Not in vielen Gesellschaftsschichten im In- und Ausland beschäftigten ihn sehr. Gerne würde er mit an den praktischen Lösungen dafür arbeiten.

Obwohl er in seiner Arbeit engagiert und auch erfolgreich war, befriedigte sie ihn auf Dauer nicht. Es boten sich zu wenige Herausforderungen. Die Fabrikanlagen einschließlich aller Außenbereiche, die Produktionsanlagen, die Gebäude und alle Einrichtungen befanden sich in fortschrittlichstem Zustand. Auch alle Geräte und Maschinen und die Sicherheitseinrichtungen ließen, außer ständigen kleinen Anpassungen, kaum Wünsche offen. Die Beschäftigten waren auch weitgehend zufrieden. Natürlich konnte man es nie allen recht machen. Ausnahmen, die immer etwas zu meckern und auszusetzen hatten, gab es immer.

Auf der Suche nach neuen Herausforderungen war er eine kurze Zeit lang geneigt, sich politisch zu engagieren. Nach genauerem Hinsehen stellte er aber fest, dass keine Partei in allen Themen nach seinem Geschmack war.

Aber zu gerne wollte er ausbrechen und sich verwirklichen. Das Leben ohne offene Wünsche, wie es bei Larissa war, gefiel ihm immer weniger. Der Luxus, in dem sie beide lebten, wurde ihm bald überdrüssig. Alles war jederzeit möglich, nichts mussten sie erst erarbeiten und verdienen. Es gab keine nicht erfüllbaren Wünsche mehr für sie. Er erinnerte sich dann an seine Jugend und seinen Werdegang. Was er gerne tun oder haben wollte war damals ein Ziel, dem man zustrebte. Wenn er sich als Jugendlicher ein Elektrogerät, ein Fahrrad oder motorisiertes Fortbewegungsmittel wünschte, musste er es sich erst hart erarbeiten.

Das Sparen und die Vorfreude gaben ihm Kraft. Was war die Erfüllung dann ein schönes Erlebnis gewesen. Später waren es die eigene Wohnung, das erste Auto und danach das eigene Haus. Auch Urlaubsreisen bedurften der vorausschauenden Planung, wann und für was die finanziellen Mittel reichten. Immer gab es Wünsche und Ziele denen man entgegenfieberte. Restaurantbesuche und das Ausgehen standen ebenfalls unter dem Aspekt, was man sich erlauben konnte. Erbaulich war es, nach einem guten Geschäft, seine damalige Frau in ein Spitzenrestaurant einladen zu können. Es war etwas Besonderes, sich ein Chateaubriand mit Spargel und Sauce Bernaise, ein Filet Mignon, fangfrische Fische und Scampi, oder ein anderes edles Gericht zu leisten. Jeden Bissen konnte man genießen, es war ein Highlight wie man es selten erlebte. Ein Glas Champagner davor, und einen Bordeaux oder Châteauneuf du Pape, trank man mit Genuss und Wertschätzung. Auch den ersten Beluga Kaviar, den man sich leistete, behielt man lange in angenehmer Erinnerung. Ebenso war es mit vielen Reisen. Vier- oder Fünf-Sterne-Hotels in den schönsten Urlaubsgebieten, manchmal auch im Winter, waren ein Ausnahmeerlebnis, von dem man über viele Arbeitswochen träumte und zehrte, und das Kraft und Elan für die Zukunft gab. Jetzt war das zu selbstverständlich geworden. Das Beste wurde alltags serviert. Die Wertschätzung fehlte, weil man es sich jederzeit leisten konnte. Wohin sollte das noch führen? Wo blieb ein Ziel offen?

Wo etwas Besonderes, das man anstreben konnte? Larissa kannte solche Gedanken bisher noch nicht. Sie konnte sie aber leicht nachvollziehen. Auch sie stammte aus normalen bürgerlichen Verhältnissen, hatte sich aber zu sehr an den Luxus gewöhnt und machte sich keine Gedanken mehr darüber.

Robert philosophierte immer öfter über sein Leben und seine Ziele. Er suchte Erfüllung und Befriedigung. Zu gerne hätte er etwas Großes und Einmaliges für die Menschheit geleistet, und sich damit verewigt für alle Zeiten. Aber alles was ihm einfiel hatte schon jemand vor ihm erfunden oder getan. Was blieb, war der Dienst an Menschen, die es dringend brauchten. Die Not vieler in aller Welt berührte ihn, und er hatte das Bedürfnis zu helfen. Durch seine Gedanken daran und die Gespräche darüber, beeinflusste er auch Larissa sehr stark. Bald gab es fast keine karitative Organisation mehr, die nicht Spenden von ihnen oder der Firma erhielten. Die gute Geschäftslage machte es ihnen möglich. Sie selbst verdienten auch sehr viel mehr, als sie brauchten und ausgeben konnten. Selbst der Bekanntenkreis Larissas, von Robert scherzhaft ‚die Kaviar-Connection‘ genannt, bekam durch ihr Engagement einen Sinn. Durch Spendenaktionen und Benefizveranstaltungen, die sie organisierten, konnte ein Anteil ihres Vermögens für sinnvolle Projekte gewonnen werden.

Ein Zufall ließ sie erkennen, dass Not nicht nur in der Ferne, publiziert durch Medien, existierte, sondern auch in der nächsten Nähe sein konnte.

Robert wurde Zeuge eines Unfalles im Hof der Fabrik. Ein junger Lagerarbeiter wurde vor seinen Augen von einem Gabelstapler eingeklemmt. Sein Brustkorb und ein Bein wurden eingequetscht. Erste Hilfe und die schnelle Veranlassung des Transportes ins Krankenhaus, waren sein erstes Engagement. Wie schlimm es um den jungen Mann wirklich stand, berichteten ihm auf seine Nachfrage, die Kollegen von ihm. Die Prellung des Brustkorbes erforderte einen Heilungsprozess der sich lange Zeit hinziehen würde. Viel schlimmer war noch die Quetschung seines Beines. Nach drei Operationen stand fest, dass es dauerhaft steif bleiben würde. Damit war er in seinem bisherigen Arbeitsbereich nicht mehr einsetzbar. Ein Besuch von Robert bei ihm im Krankenhaus, brachte seine wirtschaftliche Gesamtsituation ans Licht. Er hatte bereits zwei Kinder und seine Frau war mit dem dritten schwanger. Ihre Arbeit hatte sie deshalb aufgeben müssen. Die Familie als Alleinverdiener einigermaßen zu ernähren, war ihm nur durch viele Überstunden möglich gewesen. Die konnte er, während der Genesung und anschließender Reha, nicht leisten. Wahrscheinlich würde er in der Zukunft dazu auch nicht im bisherigen Umfang in der Lage sein. Um ihm in der Notlage zu helfen, besuchte Robert, zusammen mit Larissa, seine hochschwangere Frau und seine beiden Kinder. Ihre Soforthilfe war dringend notwendig, es fehlte an allen Ecken. Am meisten belastete ihn und seine Frau aber die Sorge um seine berufliche Zukunft.

Die kleine Wohnung war für die bald fünfköpfige Familie völlig unzureichend. Sie versprachen, auch dafür eine Lösung zu suchen.

Bei der Größe des Unternehmens war es leicht, für den jungen Mann eine sitzende Tätigkeit zu finden, die seinen eingeschränkten körperlichen Möglichkeiten gerecht wurde. Eine, für die Familie geeignete größere Wohnung, fand sich bald darauf in einer Immobilie, die dem Werk gehörte und in der einige Mitarbeiter der Firma wohnten. Robert übernahm die Organisation von Renovierung und Umzug, sowie alle notwendigen Erledigungen. Alle Kosten gingen zu Lasten der Firma. Die große Dankbarkeit für diese Unterstützung, war Larissa und ihm viel mehr wert, als alle geldwerten Dinge. Die leuchtenden Augen der Kinder, als sie ihren neuen Lebensraum besichtigten, blieben ihnen noch lange in Erinnerung.

Angeregt durch die Aktion, kontrollierte Robert anschließend die Einkommen der Beschäftigten in den Heim Werken. In Relation zu den Gewinnen des Unternehmens schienen sie ihm zu gering. Schon früher, in seinen ersten Berufsjahren, fand er die Ungerechtigkeit bei der Verteilung der von den Firmen erzielten Gewinne ungerecht. Während einige Unternehmen riesige Erträge einfuhren, wurden deren Mitarbeiter knapp gehalten oder manchmal sogar ausgebeutet. Die Überstunden wurden als eine Notwendigkeit zur Sicherung des Arbeitsplatzes abgenötigt. Bezahlt, oder durch Freizeit ausgeglichen, wurden sie oft auch nicht.

Als Begründung wurde genannt, dass es genügend Leute gab, die für diese Beschäftigung dankbar wären. Die Personalkosten galten als die erste und beste Möglichkeit für Einsparungen. Bei vielen Aktiengesellschaften stiegen die Börsenkurse nach Entlassungen und Personalkostenreduzierungen besonders stark.

Larissa hatte Robert gedrängt, Anteile an der Firma zu erwerben, um ihn stärker zu binden. Das gab ihm die Möglichkeit, das Auseinandertriften der Einkommensschere, zumindest im eigenen Unternehmen, etwas zu bremsen. Er errechnete eine Quote, nach der die Mitarbeiter am Erfolg der Firma beteiligt wurden. Immer zum Jahresende wurde die Erfolgsbeteiligung ausbezahlt.

Weitere Möglichkeiten der Verwirklichung fand Robert bei sozialen Projekten in der dritten Welt. Animiert durch einen Tenniskameraden, der einen Teil seiner Urlaube für Ärzte ohne Grenzen im Ausland verbrachte, beteiligte er sich aktiv in der Entwicklungshilfe. Zweimal im Jahr reiste er für drei Wochen nach Afrika, um für Menschen, die nicht mit fließendem Wasser versorgt waren, den Bau von Brunnen zu organisieren. Der Kontrast zu seinem sonstigen, sehr bequemen Leben, war zwar erschreckend, bestätigte aber die Notwendigkeit dieser Aktion. Larissa litt unter der Trennung jedes Mal mehr. Sie gab sich mit den anschließenden gemeinsamen Urlauben zufrieden.

KAPITEL 21

Während einer dieser Auslandsaktionen von Robert, hatte Larissa ein Erlebnis, das sie zum Nachdenken über ihr Leben nachhaltig anregte. Mitten in der Nacht vermeinte sie das Klirren von Glas zu vernehmen. Sofort wurde die Erinnerung an den Überfall von Ralf wieder geweckt. Sie hatte damals, nach der Genesung von ihren zahlreichen Verletzungen, gleich die Pistole ihres verstorbenen Mannes gesucht und gefunden. Nach Antrag und Genehmigung eines Waffenscheines übte sie damit im örtlichen Schützenverein. Es kostete sie immer viel Überwindung abzudrücken und sie glaubte kaum, dass sie sich damit verteidigen könnte. Aber zur Abschreckung von Angreifern behielt sie die Waffe im Schlafzimmer griffbereit und holte sie jetzt hervor. An der Tür lauschte sie angestrengt. Tatsächlich schien sich jemand im Untergeschoß zu bewegen. Nach kurzer Zeit spiegelte sich an den Wänden der Lichtkegel einer Taschenlampe. Martha, die auch im Haus übernachtete, konnte es demnach nicht sein. Mit einem eiligen Sprung löste sie die Alarmanlage und die Alarmbeleuchtung rund um das ganze Haus aus. Ein Schalter dazu war hinter ihrem Bett angebracht. Das grelle Licht und sicher noch mehr das Heulen der Sirenen, hatten die Eindringlinge aufgeschreckt. Die lauten Schritte von mindestens zwei Personen schallten durch das Haus. Sie bewegten sich offensichtlich zur Schwimmhalle oder zu den Fitnessräumen.

Martha war inzwischen zu Larissa geeilt. Sie zitterte am ganzen Körper. Beide Frauen eilten ins Schlafzimmer und lauschten. Larissa war in Rage. Noch einmal wollte sie nicht in die Enge getrieben werden, wie damals von Ralf. Sie entschloss sich zum Überraschungsangriff. Mit der entsicherten Pistole im Anschlag stürmte sie zur Treppe. Sie war fest entschlossen, den oder die Angreifer zu stellen und notfalls zu schießen. Den Geräuschen nach waren sie in den Fitnessbereich geflüchtet. Sie rannte hinterher, ohne auf ihre lauten Schritte Rücksicht zu nehmen. An der Tür zur Schwimmhalle angekommen, konnte sie sehen, wie zwei vermummte Personen durch ein offenes Fenster flohen. Wahrscheinlich waren sie auf diesem Wege auch hereingekommen. Sie schrie sie an stehen zu bleiben, aber dieser Aufforderung kamen sie nicht nach und flohen. Am Fenster angekommen, sah sie beide durch den Garten eilen. An einer entlegenen Stelle kletterten sie über die Mauer. Kurz darauf traf bereits die Polizei ein. Nach Feststellung der Tatumstände forderten sie die Spurensicherung an. Bei der Fahndung nach den Eindringlingen, konnten in der unmittelbaren Nachbarschaft nach kurzer Zeit die beiden Einbrecher festgenommen werden. Von der Polizei war zu erfahren, dass im Umkreis in letzter Zeit eine Reihe von Einbrüchen verübt worden waren. Bei einem der Fälle waren die Bewohner sogar gefesselt und gequält worden, bis sie alle ihre Wertsachen und Schmuckstücke und auch den Inhalt ihres Tresors preisgaben.

War dieser Vorfall glücklicherweise ohne große Probleme und materielle Verluste abgelaufen, so löste er bei Larissa doch eine sehr nachdenkliche Phase ein. Warum hatte es wieder einmal jemand auf sie selbst oder auf ihr Hab und Gut abgesehen? Die zwei Anschläge von Ralf auf ihr Leben kamen wieder in ihrer Erinnerung hoch. Sie konnte ihre ständige Angst nicht mehr überwinden. Gleich nach der Rückkehr von Robert konfrontierte sie ihn mit allen ihren Sorgen und Ängsten.

„Was ist das für ein Leben, in dem man ständig nur Ärger und Sorgen haben muss. Die vielen Probleme der letzten Zeit nehmen mich zu sehr mit. Laufend ist in der Firma etwas anderes zu bewältigen. Vor kurzem der unerklärliche Brand in der Montagehalle, die unzulänglich ausgeführten Bauarbeiten am neuen Bürogebäude, die neue Produktionsstraße, die nicht einwandfrei läuft. Hinzu kommen die Lieferengpässe bei unseren Lieferanten, der Personalengpass, der es uns kaum möglich macht, unsere Termine einzuhalten, und, und, und. Die Aufzählung könnte ich noch uferlos fortsetzen. Und jetzt noch dieser Einbruch. Warum können wir nicht in Frieden und Sicherheit leben? Weißt du noch wie ich damals, nach dem Vorfall auf Teneriffa, geäußert habe, dass ich mich aus dem Geschäftsleben zurückziehen möchte. Jetzt bin ich endgültig so weit, den Schritt einzuleiten. Ist es nicht besser, wenn man nicht so viel besitzt, das Neider und Verbrecher anzieht? Mittlerweile fühle ich mich hier nirgends mehr sicher genug.

Sogar auf dem Weg zur Arbeit werde ich ständig von der Angst geplagt. Am liebsten würde ich mich in die Einsamkeit zurückziehen und dort ein bescheidenes, aber dafür sicheres Leben führen. Natürlich nur mit dir zusammen. Kannst du dir das vorstellen?"

„Ich bin schon immer der Auffassung, dass der Mensch zu viel hat was er nicht braucht, das weißt du ja. Es liegt an dir, ob du bescheidener leben kannst. Ein bisschen Komfort darf sein, auch einige Möglichkeiten zum Sport und zur Gestaltung der Freizeit. Statt der Arbeit in der Fabrik könnten wir unsere Hobbys pflegen und einen kleinen Garten bewirtschaften. Schon immer wünsche ich mir ein Leben im Süden von Europa. In einem kleinen abgelegenen Haus, möglichst in der Nähe des Meere. Wir haben die Möglichkeit dem Trubel von Ballungsräumen und der Hektik zu entfliehen. Tun können wir das, was uns gerade einfällt. Den überflüssigen Ballast abwerfen und uns auf das Leben konzentrieren. Falls du dich lösen kannst, lasse es uns doch probieren."

„Ich glaube, ich kann es jetzt, zurück können wir ja immer noch, falls wir ohne die Arbeit nicht sein können. Die Verantwortung für die Fabrik könnte ich an unsere Führungskräfte abgeben und nur über den Aufsichtsrat den Überblick behalten. Unsere sozialen und karitativen Objekte könnten wir von einer Stiftung weiterführen lassen. Wenn du willst, packen wir es in Ruhe an. Ich brauche nur ein Leben mit dir, alles andere ist unwichtig."

Bei den letzten Worten hatte sich Larissa wieder eng an Robert geschmiegt. Sie waren sich einig und gingen umgehend, aber ohne jegliche Eile an die Planung. Die Verantwortung für die Fabrik legten sie in die Hände eines Prokuristen, der schon seit vielen Jahren im Unternehmen arbeitete. Er würde als geschäftsführender Mitgesellschafter das Unternehmen im Sinne von Larissa leiten.

Alle ihre karitativen Aktivitäten vereinten sie in einer Stiftung, die in Larissas Haus ihren Sitz hatte. Damit bekam auch die Haushälterin Martha eine neue sinnvolle Aufgabe.

Um ein neues Domizil für ihr weiteres Leben zu finden, gingen sie mit einem dafür erworbenen Wohnmobil auf Reisen. Einige Wochen fuhren sie kreuz und quer durch alle südlichen Länder von Europa. An den schönsten Orten blieben sie einige Tage, aber auf Dauer war es ihnen zu belebt. Auch die anderen Menschen wussten wo es schön war. Der Tourismus hatte diese Stellen schon längst erreicht und erschlossen.

Von allen Verpflichtungen befreit, bemühten und motivierten sie sich zu Gelassenheit.

„Nichts und niemand zwingt uns zur Eile. Lasse uns nur unsere Freiheit und unser Leben genießen, bis wir ein neues Ziel gefunden haben", beruhigte Robert von Zeit zu Zeit Larissa. Sie hatte es noch nicht ganz geschafft, sich von ihrer jahrzehntelang gewachsenen Strebsamkeit und ihrem Tatendrang zu lösen. Aus ihrem streng strukturierten Alltag musste jetzt ein zwangloses dahingleiten werden.

Nur noch die eigenen Wünsche und Bedürfnisse sollten den Tagesablauf bestimmen.

Als ihnen das Reisen nach mehreren Monaten reichte, machten sie in Larissas Ferienhaus auf Teneriffa Zwischenstation. Hier hatten sie alles was sie brauchten. Nur war ihnen das große Haus zu komfortabel. Es passte nicht zu ihrem Wunsch nach Bescheidenheit und Abgeschiedenheit.

Einige Wochen verbrachten sie mit Fahrten und Wanderungen auf der Insel. Nach Lust und Laune übernachteten sie in Hotels oder Pensionen, oder, falls ihnen ein einsamer Standort gefiel, nächtigten sie in ihrem Wohnmobil. Robert schien ein Gespür für die schönsten Fleckchen zu haben. Öfter fuhr er auf entlegenen Wegen in die Landschaft, meistens in der Nähe des Meeres. Einmal faszinierte ihn ein Felsenmassiv, das er unbedingt erkunden wollte. Dahinter vermutete er einen Blick aufs weite Meer. Larissa hatte keine Lust zu einem Fußmarsch, da ihr die hohe Temperatur zusetzte und ihr ein Bad im Meer lieber wäre. Er versuchte mit dem Wohnmobil so nahe wie möglich heranzufahren. Auf einem stark ausgefahrenen Feldweg fuhr sich das schwere Fahrzeug fest und war nicht frei zu bekommen. Nach vielen vergeblichen Versuchen, machte er sich auf den Weg, um Hilfe zu suchen. Ganz in der Nähe fand er ein einsames Gehöft. Ein Junge sah ihn bereits kommen und kam neugierig entgegen. Selten verirrten sich wohl Fremde in dieser abgelegenen Gegend. Schnell konnte er dem cleveren Burschen erklären was sein Problem war.

Nach einem Wortwechsel mit seiner Mutter, die plötzlich in der Tür stand, bestieg der Junge einen Traktor. Sie fuhren gemeinsam damit querfeldein zu dem festgefahrenen Wohnmobil. In Windeseile hatte er eine Kette an der Achse des Fahrzeugs angebracht und das Gefährt herausgezogen. Eine Bezahlung dafür lehnte er strikt ab. Er war für die Abwechslung dankbar und freute sich über seinen Erfolg. Ganz erstaunt begutachtete er das bestens ausgestattete Fahrzeug. Larissa unterhielt sich eine Weile mit ihm und stellte fest, wie belesen der Junge war. Nach einiger Zeit und einer kleinen Erfrischung aus dem Bordkühlschrank, sprang er auf seinen Schlepper und winkte den beiden, ihm zu folgen. Vorbei an dem Bauernhof führte er sie zu einem Gelände hinter den Hügeln, die Robert ins Auge gefasst hatte. Der Anblick der sich ihnen dort bot war faszinierend. Steile Felsen säumten ein schmales Tal, das zum Meer hinunter führte. Ein weißer Strand lud zum Schwimmen ein. In der kleinen Bucht davor ragte ein Felsen aus dem Wasser, auf dem zahlreiche Vögel nisteten. An einer Hangseite stand ein verfallenes Gebäude. Das Haus, gebaut aus groben Natursteinen, war nur von der einen Seite zugängig. Das Mauerwerk an der Front war gut erhalten, alles dahinter fast bis auf die Grundmauern verfallen. Umgeben war das Haus von einem wild verwucherten Garten, von dem ein schmaler Pfad hinunter zum Meer führte. Larissa und Robert wechselten nur einen kurzen Blick und waren sich sofort wortlos einig.

Auf Anhieb hatten sie sich in dieses Juwel verliebt.

„Das wird unsere neue Heimat. Hier werden wir uns niederlassen für den Rest unseres Lebens", meinte Larissa hocherfreut.

„Schauen wir erst einmal, wem das Gelände gehört und ob es zu erwerben und zu bebauen ist. Das dürfte nicht einfach sein. Bestimmt haben es schon andere entdeckt und Interesse bekundet."

Der Junge, der sich als Pedro vorgestellt hatte, war die ganze Zeit nicht von ihrer Seite gewichen. Er plauderte ständig von seiner Familie, ihrem Hof und seinen Wünschen und Träumen. Gerne würde er einmal etwas von der Welt sehen und aus der Einsamkeit ausbrechen. Agrarwirtschaft in einem anderen Land zu studieren war seine Vorstellung, bevor er gemeinsam mit seiner jüngeren Schwester den Hof übernehmen und bewirtschaften würde. Er löcherte beide mit Fragen über Deutschland, das wohl zu seinem bevorzugten Ziel auserwählt war. Sein Vater hatte einige Jahre dort verbracht, als die wirtschaftliche Lage auf der Insel zu schlecht war. Erst mit dem wachsenden Tourismus hatte er wieder bessere Absatzchancen für seine Produkte und war zurückgekehrt.

Nachdem sie einige Zeit verweilt hatten und im Meer gebadet hatten, beschlossen sie an dieser Stelle einige Tage zu bleiben und hofften, dass sie niemand vertreiben würde.

Pedro schreckte plötzlich zusammen, als ein Motorrad auf die Bucht zufuhr. Es war sein Vater, den bestimmt auch die Neugierde getrieben hatte.

Auf dem Sozius hatte er ein noch halbwüchsiges Mädchen dabei, das sofort auf Pedro zustürmte und ihn mit zahlreichen Fragen überhäufte.

Larissa und Robert stellten sich vor und boten Getränke an. Sie unterhielten sich mit dem Vater und bald kam das Gespräch auch auf das Gelände. Wie sich herausstellte, gehörte es seiner Familie. Antonio, wie er sich vorstellte, und sein Bruder Manuel, hatten es von ihren Großeltern geerbt. Schon mehrmals hatten es Investoren inspiziert. Sie wollten ein riesiges Urlaubsresort erbauen mit einem Golfplatz, der auch die anschließenden Ackerflächen bis zum Hof einvernehmen würde. Trotz des attraktiven Angebotes gaben sie es nicht her. Nachdem auch die Behörden sich gegen die touristische Erschließung des Gebietes wehrten, war das Thema vom Tisch. Man hatte erkannt, dass der Ausverkauf der Insel nicht nur positive Aspekte mit sich brachte. Als Larissa und Robert die Absicht bekundeten, das Gelände zu erwerben, wiegte er zweifelnd mit dem Kopf. Erst als sie ihm erklärten, dass sie sich nur zu zweit mit einem kleinen Häuschen darauf niederlassen wollten, legte sich seine Skepsis etwas. Er werde darüber nachdenken und es mit seinem Bruder besprechen. Gegen ihre Absicht, mit dem Wohnmobil ein paar Tage auf dem Gelände bleiben zu wollen, hatte er keinerlei Einwände. Für den Abend lud er sie auf seinen Hof ein, um weiter mit ihnen zu plaudern. Pedro und seiner Schwester kam das sehr gelegen. Sie wetteiferten um Anerkennung bei den Gästen.

Bereits am ersten Abend, sowie auch in den folgenden Tagen, entwickelte sich mit der Familie ein freundschaftliches Verhältnis. Besonders die beiden Kinder fühlten sich zu den beiden Fremden hingezogen und suchten den ständigen Kontakt. Larissa und Robert fühlten sich bald heimisch. Sie hatten nicht nur ein paradiesisches Fleckchen Erde gefunden sondern auch eine familiäre Anbindung.

Nachdem Antonio, seine Frau Julia und auch sein Bruder Manuel gegen einen Verkauf des Grundstücks nichts mehr einzuwenden hatten und ihnen Unterstützung bei den Formalitäten und den Baumaßnahmen zusicherten, gingen Larissa und Robert sofort an die Planung und Organisation. Die Genehmigungen waren unproblematisch und kamen zügig zustande. Robert und Larissa hatten an alles gedacht was auf sie zukommen würde. Da das Grundstück nicht erschlossen war, hatten sie eine Wasserversorgung über einen Brunnen, die Stromerzeugung über Solarenzellen und auch eine eigene Kläranlage eingeplant. Die Baumaßnahmen würden eine Menge Geld kosten, aber daran sollte es nicht scheitern. Nur die Bescheidenheit, die sie sich auferlegen wollten, geriet etwas ins Wanken. Das Haus war nicht groß, aber bei der Ausstattung hatten sie gehobene Ansprüche. Ein Pool sollte ebenso wenig fehlen wie eine Sauna und eine Klimaanlage. Die sichtbare Front bildete die Mauer des ehemaligen Gebäudes, so dass der Anschein eines alten Hauses gewahrt blieb. Dahinter verbarg sich, nicht einsehbar, ein luxuriöses Anwesen.

Um gegen die Angst von Larissa vor weiteren Anschlägen gewappnet zu sein, wurde der Weg zum Grundstück nach Fertigstellung des Hauses verlegt. Es war jetzt nur noch auf unbekannten und verzwickten Feldwegen zu erreichen.

„Hier können wir endlich sicher und geborgen leben. Niemand wird uns nach dem Leben oder unserem Hab und Gut trachten", meinte Larissa.

„Wir haben es uns verdient", ergänzte Robert.

Noch mehr zu schätzen wussten sie ihr Reich nach einem erforderlichen Besuch in München und einer Aufsichtsratssitzung im Werk. Die Hektik der Stadt und die Probleme, die eine Firma mit sich brachte, waren ihnen fremd geworden.

Nach einer Phase der Erholung, die sie zum Teil im Ferienhaus in Santiago del Teide verbrachten, gaben sie ihrem Alltag im neuen Heim Struktur.

Larissa entpuppte sich als perfekte Hausfrau und gute Köchin. Die Versorgung ihres Haushalts machte ihr sogar Spaß.

„Ich entdecke täglich neue Eigenschaften an dir die mich überraschen", gestand ihr Robert.

Er selbst ergänzte zusätzliche Details an Haus und Grundstück, die ihnen das Leben bequemer machten und legte mit Hilfe von Antonio einen kleinen Garten an. Zu Langeweile kam es bei ihnen nie. Immer fiel ihnen etwas Neues ein. Mit den Familien von Antonio und Manuel pflegten sie ein freundschaftliches Verhältnis. Die zwei Brüder versorgten sie mit Gemüse, Obst, Milchprodukten und Fleisch aus eigenem Anbau und Produktion.

Durch den Verkauf des Grundstücks an Larissa und Robert waren sie zu den finanziellen Mitteln gekommen, ihre Betriebe zu modernisieren und weiter auszubauen, sowie komplett auf biologische Erzeugnisse umzustellen. Robert half ihnen bei der Überwindung der anfänglichen Absatzprobleme. Er gewann zwei große Hotels als Abnehmer. So half und unterstützte man sich stets gegenseitig.

Larissa kümmerte sich oft und gerne um Pedro und seine Schwester Olivia. Beide himmelten sie an. Für Olivia organisierte sie eine Ausbildung zur Hauswirtschafterin, für Pedro einen Studienplatz für Landwirtschaft und Agrarwirtschaft. Damit er etwas anderes von der Welt kennenlernen konnte, studierte er in München und war unter der Obhut von Martha in Larissas Anwesen untergebracht. Für beide übernahm sie die Ausbildungskosten.

Larissa und Robert lebten zufrieden in ihrem ‚Paradies'. Viel Freude fanden sie bei Radtouren und Wanderungen. Manchmal gingen sie Tennis spielen in einem Hotel in der Nähe. Kleine Touren mit ihrem Boot, das in der Bucht ankerte, waren eine weitere Beschäftigung. Am liebsten waren sie jedoch zu Hause. Viermal im Jahr besuchten sie die alte Heimat. An Sitzungen in der Fabrik nahmen sie zwangsläufig teil, stellten dabei jedoch fest, wie fern ihnen diese Welt jetzt geworden war. Auch den kulturellen Veranstaltungen, denen sie bei der Gelegenheit beiwohnten, konnten sie nur wenig abgewinnen. Sie waren stets froh, wenn sie wieder in ihr Reich zurück konnten.

Oft erzählten sie an langen Abenden von ihren einschlägigen Erlebnissen. Robert notierte sie und fasste sie zu einem Buch zusammen. Er fand einen Verlag, der es veröffentlichte.

In Erinnerung an ihre erste Begegnung machten sie noch einmal eine Wanderung zu der Stelle an der sie sich kennen lernten.

In der idyllischen kleinen Bucht, in der Larissa nach dem stundenlangen Schwimmen von Robert wagemutig gerettet worden war, verbrachten sie einige schöne Stunden und ließen ihr gemeinsames Leben Revue passieren.

Larissa schmiegte sich dabei fest an Robert.

„Du bist das Beste, was mir je passieren konnte. Eine Welle hat unser Schicksal bestimmt. Zweimal hast du mich gerettet und mir jedes Mal ein neues Leben geschenkt. Ich bin mit dir so glücklich, wie ich es mir niemals vorstellen konnte. Dafür hat sich das lange Schwimmen gelohnt."

Von Ralf, der ihnen unbeabsichtigt zu ihrem Glück verholfen hatte, hörten sie nichts mehr.

Helmut Baumgärtner wurde im Oktober 1946
in Ingelheim am Rhein geboren.

In Mainz machte er eine Ausbildung zum
Schriftsetzer und übte diesen Beruf bis
zu seiner Einberufung zur Bundeswehr aus.

Die Ableistung des Wehrdienstes im
Sanitätsdienst führte ihn nach Mannheim,
Koblenz, Hamm und Amberg.

Anschließende Weiterbildungen
im grafischen Gewerbe absolvierte er,
während verantwortlicher Tätigkeiten,
in Mainz, Wiesbaden, Würzburg und München.

Viele Jahre arbeitete er als Betriebsleiter
und später Geschäftsführer und Teilhaber
eines Dienstleistungsbetriebes in München.

Bis zum Ende seiner Berufstätigkeit
war er als selbstständiger Berater
für Druckobjekte aller Art und Werbung
in München tätig.

Seit dem Eintritt in den Ruhestand lebt er
zusammen mit seiner Frau in Lorsch/Hessen.

Der erste Roman von Helmut Baumgärtner
erschien im November 2015 als E-Book und als
Taschenbuch und wurde 2019 in überarbeiteter
Form neu aufgelegt.

Strandfundstück

Eine schicksalhafte Begegnung zweier Generationen und die Folgen.

Ein Rentner findet eine leblose junge Frau
an einem einsamen Strand.

Aus seinem Spaziergang wird eine dramatische
Rettungsaktion.

Die Begegnung führt zu ereignisreichen Folgen
im Leben mehrerer Menschen.

Das Geschehen wird dicht gedrängt dargestellt.

Die pralle und bunte Handlung ist geprägt
von Vorurteilen, geschäftlichen Intrigen,
aber auch von harmonischen Liebesbeziehungen
und Schicksalen.

Personen von intensiver Lebendigkeit
mit authentischen, glaubwürdigen Charakteren
nehmen den Leser mit in ihre Welt.

ISBN 978 3 740 753450

TWENTYSIX – Der Self-Publishing-Verlag

Beurteilungen und Rezensionen zu dem Buch
Strandfundstück:

*...ein lesenswertes, sehr unterhaltsames,
und vor allem generationsübergreifendes Buch.*

*...hat mir sehr gut gefallen, ich konnte es nicht
mehr aus der Hand legen, so sehr hat mich die
Handlung gefesselt.*

...war für mich die ideale Urlaubslektüre.

*...hat mich sehr bewegt, ich konnte am Ende die
Tränen nicht unterdrücken.*

...hat mir sogar einige Tränen entlockt.

...auch für ältere Menschen gut zu lesen.

Der zweite Roman von Helmut Baumgärtner
erschien 2017 als E-Book und als Taschenbuch.

Überlebenstraum

Verfluchter Stress!

Der Stress in unserem leistungsorientierten
Leben verursacht bei einem Unternehmer
erhebliche Zweifel an seiner beruflichen und
auch an seiner privaten Lebensweise.

Ein ungewöhnliches, tragisches Ereignis zwingt
ihn plötzlich zu anderen lebensnotwendigen
Aktivitäten. Durch seine akribische Planung und
Organisation sichert er das Überleben.

Eine überraschend schlüssige Erklärung für den
Schicksalsschlag verändert sein Bewusstsein und
führt zu einer neuen Lebensqualität.

Episoden und Erfahrungen aus vielen Bereichen,
mit glaubwürdig dargestellten Personen,
fließen in die abwechslungsreiche Handlung ein.

Kritische Gedanken animieren zum Nachdenken.

ISBN 978-3-740-728724

TWENTYSIX – Der Self-Publishing-Verlag

Beurteilungen und Rezensionen zu dem Buch
Überlebenstraum:

*…habe ich mir fast in einem Rutsch zu Gemüte
geführt. Ich war sehr angetan von der ganzen
Geschichte und auch der Art der Erzählung.*

*…tolles Buch und sehr gut geschrieben.
Habe es in einem verschlungen,
weil die Geschichte der Hammer ist.*

*…ein spannendes und mitreißendes Buch,
das mich von Anfang bis Ende gefesselt hat.*

*…ein sehr spannendes Buch, es passt wunderbar
in die heutige Zeit. Es hat mich gefesselt und
zum Nachdenken angeregt. SUPER*

*…hoffe, der Autor beglückt seine Leser noch mit
weiteren Büchern.*

*…solch eine erfinderische, utopische und doch
packende Handlung habe ich nicht erwartet.*

*…ein phantastischer Stoff,
der noch mehr hergeben würde.
Auf jeden Fall lesenswert!*

Der dritte Roman von Helmut Baumgärtner
erschien 2018 als E-Book und als Taschenbuch.

Schneewehen

Ein dramatischer Winterurlaub.

Es sollte ein schöner Skiurlaub werden,
stattdessen wurden sie vom Pech verfolgt
und zum Opfer von Naturgewalten.

Im Schneesturm bei eisiger Kälte bestimmt
eine lockere Skibindung ihr Schicksal.

Die letzte Seilbahn erreichen sie nicht mehr
und geraten auf die falsche Abfahrt.
Als sie wieder hoffen heil ins Tal zu kommen,
schlägt die Natur erbarmungslos zu.

Können sie sich noch aus eigener Kraft
aus ihrem kalten Grab befreien?
Werden sie rechtzeitig gerettet,
oder bleibt ihnen nur die Wahl
zwischen Erfrieren und Ersticken?

Der Kampf ums Überleben wird auch zur
Bewährungsprobe für ihre Beziehungen.

ISBN 978-3-740-750978

TWENTYSIX – Der Self-Publishing-Verlag